Мария
Метлицкая

Наша маленькая
ЖИЗНЬ

Мария
МЕТЛИЦКАЯ

«В книгах Марии Метлицкой яркие характеры, нетривиальные
повороты сюжетов, тонкий юмор. Для меня не существует
писателей начинающих и продолжающих.
Писатель — или он есть, или его нет.
Мария Метлицкая — есть».

Виктория Токарева

За чужими
окнами

Читайте повести и рассказы
Марии Метлицкой
в серии «За чужими окнами»

Наша маленькая *жизнь*

То, что *сильнее*

Машкино *счастье*

Мария Метлицкая

Наша маленькая
ЖИЗНЬ

ЭКСМО
Москва
2013

УДК 82-3
ББК 84(2Рос-Рус)6-4
М 54

Оформление серии *П. Петрова*

Метлицкая М.

М 54   **Наша маленькая жизнь** : рассказы / Мария
Метлицкая. — М. : Эксмо, 2013. — 320 с.

ISBN 978-5-699-49693-8

Мария Метлицкая рассказывает о простых людях — они не
летают в космос, не блистают на подмостках сцены, их не найдешь в списке Forbes.

Поэтому их истории читаются на одном дыхании — они могли бы произойти с нами.

Автор приподнимает занавес, за которым — чужая жизнь,
но читателю все время хочется сказать: «Это я». Это я рыдала
в аэропорту, провожая любимого и зная, что больше никогда
его не увижу. Это я, встретив первую любовь, поняла, что не
смогу второй раз войти в эту реку. Это я вдруг осознала, что
молодость стремительно пролетела и вернуть ее невозможно.

И каждый скажет: герои Метлицкой справились со всеми
испытаниями судьбы. Значит, и я смогу, и я справлюсь.

УДК 82-3
ББК 84(2Рос-Рус)6-4

ISBN 978-5-699-49693-8

Алик — прекрасный сын

Соседей, как и родственников, не выбирают. Хотя нет, не так. С несимпатичными родственниками ты можешь позволить себе не общаться, а вот с соседями — хочешь не хочешь, а приходится, если только совсем дело не дойдет до откровенного конфликта. Но мы же интеллигентные люди. Или пытаемся ими быть. Или хотя бы казаться. Да еще есть такие соседи, от которых никуда не деться. В смысле не спрятаться. Особенно если вы соседи по даче, участки по восемь соток и у вас один общий забор. В общем, секс для бедных.

Хозяин дома, Виктор Сергеевич, отставник, человек суровый и прямой, был категоричен и считал, что с соседями точно не подфартило. А вот его супруга Евгения Семеновна, женщина тихая и интеллигентная, учительница музыки, была более терпима и к тому же жалостлива, впрочем, как почти любая женщина.

Теперь о том, кого она жалела.

Соседская семья состояла из четырех человек: собственно хозяйка, глава семьи и рулевой

Клара Борисовна Брудно, мать двоих детей и женщина практически разведенная, но об этом позже; двое ее детей — сын Алик и дочка Инка; и престарелая мать, Фаина. Без отчества. Просто Фаина.

Теперь подробности. Клара была женщиной своеобразной. Крупной. Яркой. Шумной. Все это мягко говоря. Если ближе к реалиям — то не просто крупной, а откровенной толстухой. Объемным было все — плечи, руки, грудь (о да-а!), бедра, ноги, живот. Все — с излишком. Яркой — да, это правда. Лицо ее было преувеличенно рельефным — большие, темные, навыкате глаза, густые брови, мощный, широкий нос и крупные, слегка вывернутые губы. Все это буйство и великолепие обрамляли вьющиеся мелким бесом темные и пышные волосы, которые Клара закручивала в витиеватую и объемную башню. Дополнялось все это яркой бордовой помадой и тяжелыми «цыганскими» золотыми серьгами в ушах. Полные руки с коротко остриженными ногтями, на которых толстым и неровным слоем лежал облупившийся лак. Одевалась она тоже — будьте любезны: в жару тонкое нижнее трико по колено, розовый атласный лифчик, сшитый на заказ (такие объемы советская промышленность предпочитала не замечать), а поверх всего этого надевался длинный фартук с карманом. Если спереди вид был куда-никуда, то когда Клара поворачивалась задом... Картинка не для слабонервных.

Хозяйка она была еще та — к мытью посуды приступала, только когда заканчивалась последняя чистая тарелка или вилка. А обед она готовила так: в большую, литров шесть, кастрюлю опускала кости, купленные в кулинарии по двадцать пять копеек за кило. Это были даже не кости, а большие и страшные мослы, освобожденные от мяса почти до блеска. Они вываривались часа три-четыре, потом щедрой рукой Клара кидала в чан крупно наструганные бруски картошки, свеклы, моркови и лука. В довершение в это гастрономическое извращение всыпалась любая крупа: гречка, пшено, рис — все, что оказывалось в данный момент под рукой. Этот кулинарный шедевр Клара называла обедом. Готовился он, естественно, на неделю. То же страшноватое варево предлагалось заодно и на ужин. Хлеб, правда, что на обед, что на ужин, резался щедро, крупными ломтями — батон белого и буханка черного.

По выходным (читай, праздник) делалась немыслимая по размеру яичница — праздник для детей, но и это нехитрое блюдо Клара умудрялась испортить, добавляя туда отварную картошку и вермишель. Хотя понять ее было можно — все постоянно хотели есть, особенно старая Фаина. Фаина эта вообще была штучка — крошечная, сухонькая, с тощей седой косицей, в которую непременно вплеталась сеченная по краям мятая атласная ленточка грязно-розового цвета, тоже видавшая виды. Считалось, что

Фаина занимается огородом — Клара ее называла Мичуриным. Действительно, она маячила на участке весь световой день — что-то перепалывала, рыхлила, пересаживала. Не росло ничего. Даже элементарный лук вырастить не получалось, не говоря об огурцах, редиске и прочем. Потом она додумалась удобрять свое хозяйство отходами человеческого организма, помешивая весь этот ужас длинной палкой в старой жестяной бочке. Но тут не выдержала даже спокойная Евгения Семеновна и попросила прекратить эти опыты. Примерно в час дня Фаина взывала к совести дочери и требовала обед.

Клара громко возмущалась:

— Такая тощая, а столько жрешь!

Фаина оправдывалась:

— Я же занимаюсь физическим трудом.

— Ха! — громогласно, участков эдак на пять, восклицала Клара. — А где результат твоего труда?

Домочадцев она называла иждивенцами, правда, о каждом говорила с разной интонацией. О Фаине — с легким презрением и пренебрежением, о сыне Алике — гневно и почти с ненавистью, а о дочке Инне — с легкой и нежной иронией.

Инну, довольно хорошенькую, молчаливую и туповатую кудрявую толстушку, Клара обожала, это была ее единственная и ярая страсть. На улицу, где шла вольная жизнь местных детей, девочка выходила молча, бочком, на велосипеде не каталась, в салки и казаки-разбойники не играла, тихо посапывая, сидела на бревне и жевала горбушки, распиханные по многочисленным карманам грязноватого сарафана. Брата ее Алика тоже всерьез особо не принимали — тощий, носатый, с вечными соплями, хлюпающий ханурик в сатиновых трусах. Ни толку от него, ни проку. Но его жалели, не гнали и, всегда неохотно вздыхая, брали в игру. Клару, конечно же, осуждали. Два родных ребенка — и такая разница в отношении! Допустим, бывают у матери любимчики, хотя это странно, но факт — бывают. Но чтобы одного ребенка так откровенно, не стесняясь, лелеять, а второго, мягко говоря, не замечать! Впрочем, все они там были с большими прибабахами.

— Иннуся! — сладким голосом кричала Клара, стоя на крыльце подбоченясь.

— Чего? — не сразу откликалась дочь.

— Иди, солнышко, кофе пить, — ворковала Клара.

Конечно, это был не кофе — кофе был им просто не по карману, — а какое-то пойло, дешевый напиток, но к нему полагались пряники или овсяное печенье, немыслимые лакомства, достававшиеся из глубоких и никому не ведомых Клариных тайников. Клара и дочка усаживались на веранде и начинали пировать. Фаина сидела на грядках и водила носом — ее на эти пиршества не приглашали, а Алика и подавно. Евгения Семеновна не выдерживала, подходи-

11

ла к общему забору и тихо выговаривала Кларе — за мать, за Алика. Клара не обижалась, а отвечала спокойно:

— Что вы, Евгения Семеновна, Фаине кофе вредно, спать ночью не будет. А этот малахольный и так по ночам ссытся — это в тринадцать-то лет! Ну их! — махала рукой Клара, облизывая крошки с толстых, накрашенных губ.

Евгения Семеновна качала головой и Клару осуждала:

— Ведь он тоже ваш сын, Клара, а как приемыш, ей-богу.

— Ох, — вздыхала Клара, закатывая глаза, — вы же знаете, Евгения Семеновна, Алик у меня от этого изверга (так обозначался первый Кларин муж). Такой же шаромыжник растет, как его отец. Ни тпру, ни ну. Нахлебалась я с ним — во! — Клара проводила рукой по горлу. — Ну, сами знаете, — деловито добавляла она. — Не жизнь была — пыточная камера. А Иннуся, — взгляд ее влажнел и останавливался, — знаете ведь, от любимого человека. И это большая разница! — Клара назидательно поднимала похожий на сардельку указательный палец.

— Бросьте, Клара, — сердилась Евгения Семеновна, — дети тут ни при чем. Сначала рожаете от кого попало, а потом свои обиды и комплексы на них вымещаете.

Клара тяжело вздыхала — соглашаться ей уже надоело, это было не в ее характере. Тогда она укоряла соседку.

— Вы, Евгения Семеновна, пе-да-гог, — произносила она по слогам. — У вас все по науке, а жизнь — это жизнь. — И, не выдерживая, начинала хамить: — Да и что вы в этом смыслите! Своих-то у вас нет! — И, развернувшись, чувствуя себя при этом победительницей и единственно правой, она с достоинством удалялась от забора, демонстрируя несвежее фиолетовое трико.

Евгения Семеновна расстраивалась, даже плакала — от обиды и хамства. Уходила в дом и переживала, долго, до вечера. Муж ее ругал:

— Куда ты лезешь! Дура ты, а не она! Нашла с кем связываться — с этой непробиваемой хамкой и торгашкой. Удивительно, — кипятился он, — ну ничему тебя жизнь не учит. Сиди на участке и не лезь в чужие жизни.

— Мне ребенка жалко! — всхлипывая, оправдывалась Евгения Семеновна.

— Заведи себе кота, — резко бросал муж и хлопал дверью.

Прожив долгую жизнь, внутренне они так и не смирились со своей бездетностью. Дернул же черт Евгению Семеновну тогда, зимой 79-го, в страшенный мороз и гололед, будучи на шестом месяце, отправиться с подругой в кино. Идти не хотелось, но, как всегда, было трудно отказаться. Упала она почти у подъезда — страшно ударилась затылком, так, что не спасла отлетевшая в сугроб песцовая шапка. Потеряла сознание, и сколько пролежала она на льду, одному Богу известно. У нее было сотрясение мозга, ночью начались боли и рвота. Ребенка она потеряла. Как следствие — сильнейший стресс, депрессия, жить тогда вообще не хотелось. Вылезала из этого годами, с невероятным трудом. Усугубляло еще и страшное чувство вины — перед младенцем, а главное, перед мужем. Забеременеть ей так больше и не удалось — сколько ни старалась, ни лечилась. Чувствовала, что муж ее так и не простил, хотя сказал всего одну фразу: «Эх, Женя, Женя...»

К сорока годам, поняв окончательно, что борьба бессмысленна, робко заговорила с мужем о возможности взять младенца в детском доме. Он тяжело посмотрел на нее и сказал:

— Нет, Женя, чужого не полюблю. — И добавил: — Раньше думать надо было.

Тогда она еще раз убедилась — не простил. Значит, не простит никогда. Жизнь была ей тягостна и порой невыносима — к чудовищной, неустанной боли прочно приклеилось чувство неизбывной вины. И каждый раз, глядя на небрежное Кларино материнство, она думала о вселенской несправедливости — такой, как *эта*, Бог дал двоих, а ей — ни одного. За что, Господи, за один необдуманный шаг, даже не за проступок, — и такая кара, такая непосильная плата. Ах, какой бы она могла быть матерью!

Бездетные женщины обычно испытывают к чужим отпрыскам либо полное безразличие и неприятие, либо глубокую и тщательно скрываемую нежность и жалость.

Евгения Семеновна жалела неприкаянного Клариного сына Алика, переживая и яростную обиду, и тихую скорбь, и непреодолимое желание обогреть, накормить и просто обнять, прижать к своему изболевшемуся сердцу. Пару раз, в бессонницу, ей приходила в голову дикая мысль — забрать Алика у Клары. В том, что та легко откажется от него, Евгения Семеновна практически не сомневалась. Мысленно она выстраивала свои долгие монологи, переходящие в не менее долгие диалоги с Кларой. Монологи ей казались убедительными, основанными на убежденности в Кларином благоразумии. Аргументы были бесспорны: «Ты одна, бедствуешь, двоих тебе не поднять. Рвешься, бедная, бьешься. А мы — обеспеченные люди: прекрасная квартира в центре, машина, дача; да-да, конечно, у тебя тоже, но ты все же не равняй кирпичный дом с печкой и душем и твою, прости, Клара, развалюху. А образование? У Алика, между прочим, прекрасный слух. Музыканта, конечно, из него не выйдет, поздновато, а так, для общего образования... И библиотека у нас прекрасная. И у него будет отдельная комната».

Словом, все «за». Евгения Семеновна представляла удивленное Кларино лицо. Скорее всего, она не согласится сразу, нет, конечно, Клара расчетлива и примитивно хитра. Наверняка сначала схамит — типа, в своем ли вы уме, Евгения Семеновна? А потом придет в себя, подумает, прикинет выгоду от этого предприятия и наверняка согласится.

На самый крайний случай у Евгении Семеновны имелся последний довод склонить соседку на сделку — старинная наследная брошь, даже не брошь, а какой-то орден, что ли, в общем, звезда, острые лучи которой были плотно усеяны разной величины бриллиантами, а в середине располагался довольно крупный кровавый рубин. Звезду эту перед смертью ей сунула тетушка, сестра матери, за которой Евгения Семеновна ходила последние три года перед ее смертью. От мужа она этот подарок утаила, и из-за этого тоже умудрялась страдать. Но сильнее оказалась постоянно точившая мысль, что в конце концов, по всей логике, он все же ее бросит, уйдет, заведет себе ребенка на стороне, непременно уйдет. А эта цацка — все же кусок хлеба на черный день, на одинокую старость. Вполне себе оправдание. Теперь она думала, что предложит Кларе эту самую звезду, та, конечно, не сможет отказаться — такое богатство! Инночкино приданое.

Но после этих изнуряющих монологов Евгения Семеновна понимала, что без мужниного слова начинать беседу с Кларой невозможно. Пыталась завлечь Алика в дом — не только из корыстных целей, а в первую очередь из жалости. Звала его, он заходил — боком, потупив взор: тощий, взъерошенный, грязный, нелепый. Она его сажала на кухне и кормила бутербродами с дефицитной сухой колбасой, щедро сыпала в вазочку шоколадные конфеты, и сердце ее сладко замирало, когда этот, в сущности, неприятный чужой ребенок, вытирая мокрый нос тыльной стороной грязной, с нестрижеными ногтями, руки, жадно глотал куски, неловко разворачивал конфеты, нечаянно проливал чай, тихо говорил «спасибо» и пятился к двери.

— Алик! — кричала она ему вслед. — Завтра заходи непременно!

Еще больше смущаясь и мучительно краснея, он кивал, своим худым телом почти просачивался в узкую щель калитки — и убегал на свободу.

Она пыталась заводить разговор с мужем издалека, подобострастно спрашивая:

— Чудный мальчишка, правда?

Муж поднимал на нее глаза, несколько минут молча смотрел и, тяжело вздыхая, говорил:

— Займись чем-нибудь, Женя. Полезным трудом, что ли. Или иди почитай. — И, помолчав, добавлял: — Не приваживай его, Женя, это неправильно. Там семья и там своя жизнь. Это все не нашего ума дело. И не придумывай себе ничего. — Он резко вставал из-за стола и бросал ей: — А парень, кстати, действительно малахольный, эта дура Клара права. Дикий какой-то и грязный, — заключал он, брезгливо сморщившись.

Евгения Семеновна поняла, что ничего из ее затеи не выйдет. Никогда, никогда муж не согласится взять Алика. И чутье ей подсказывало: «Даже не вздумай начинать с ним этот дурацкий разговор. Из дур потом до конца жизни не вылезешь». Муж был человек резкий и без церемоний. В общем, затею эту она оставила и думать об этом себе запретила — еще одна зарубка на сердце. Мало их, что ли? Подумаешь, еще одна. Оставалось только по-воровски, в отсутствие мужа, зазывать Алика на чай. И мысленно голубить его, стесняясь своих чувств, — дотронуться до него она не решалась.

А у соседей разгорались очередные страсти. Обычно за лето два-три раза наезжал бывший Кларин муж, отец Алика. Клара называла его хануриком. Он и вправду был ханурик — тощий, носатый, с тревожным взглядом бегающих глаз, с тонкими, какими-то острыми пальцами, теребящими угол рубашки или брючный ремень. Приезжал он скорее к Кларе, чем к Алику. Алик его тоже особенно не интересовал, а Клару он продолжал страстно обожать — и это было видно невооруженным глазом. От станции он шел быстро, вприпрыжку, задирая ноги в растоптанных коричневых сандалиях. В правой руке держал видавший виды дешевый дерматиновый портфель, а в левой торжественно нес картонную коробку с бисквитным тортом — Клара обожала сладкое. Ни о каком подарке сыну — ни о самой дешевой пластмассовой машинке, ни о паре клетчатых ковбоек, ни о новых брюках — речи не было, ему это и в голову не приходило. Ехал он повидаться с любовью всей своей жизни, коварно ему изменившей когда-то с его же начальником. Он долго маялся у калитки, не решаясь войти, и, покашливая от волнения, срывающимся на фальцет голосом жалобно вскрикивал: «Клара, Клара!»

Клара не слышала — она была в доме, варила обед. На участке копошилась Фаина, на крики бывшего зятя особо не реагируя. Спустя примерно полчаса она поднимала голову и спрашивала недоуменно:

— Чего орешь?

— Фаина Матвеевна, — жалобно просил он, — позовите, пожалуйста, Кларочку.

Фаина распрямлялась, не спеша терла затекшую спину, еще минут десять думала, а стоит ли вообще реагировать на просьбу этого товарища, и, повздыхав, медленно направлялась к дому позвать дочь. Клара возникала на крыльце — гордый вид, руки в боки.

— Ну, — кричала она с крыльца, — что приперся? Чего надо?

— Кларочка, можно зайти? — заискивал бывший муж и уже просовывал узкую ладонь в щель между штакетником, пытаясь скинуть ржавый металлический крючок, запиравший калитку изнутри.

Клара, в той же воинственной позе, подбоченясь, с ножом или поварешкой в руке, молча и неодобрительно смотрела на эти действия.

Жалко улыбаясь, отец Алика протискивался в калитку и шел по тропинке к дому, но вход туда перегораживала мощным телом любовь всей его жизни — Клара.

Ничего-ничего, главное — пустили, радовался он и присаживался на шаткой скамеечке у дома, ставил коробку с тортом, вынимал клетчатый платок и долго и тщательно вытирал им вспотевшее лицо.

— Жарко! — оправдывался он.

Клара молчала. Тогда, поняв в очередной раз, что здесь ему ничего не предложат, он жалобно просил принести ему водички. Так и говорил — «водички».

Клара слегка медлила, потом разворачивалась и уходила в дом за водой, а он вытягивался в струнку, трепеща, сладко замирал, с восторгом и страстью глядя на ее еще крепкие ноги и могучие ягодицы, грозно перекатывающиеся в фиолетовом трико.

Клара выносила воды в ковшике — еще чего, в чашке подавать. Он жадно пил, а она с ненавистью смотрела на его острый кадык.

— Ну! — повторяла она нетерпеливо.

Бывший муж мелко и торопливо кивал головой, приговаривая:

— Да-да, конечно, сейчас, сейчас, Кларочка. — И дрожащей рукой суетливо вытаскивал из кармана брюк мятый конверт. — Здесь все за четыре месяца, Кларочка, — суетился он.

Это были алименты на Алика.

Клара открывала конверт, пересчитывала деньги, результатом, видимо, довольна не была, но настроение у нее явно улучшалось.

— Чай будешь? — великодушно спрашивала она.

Бывший муж счастливо кивал — не гонит, не гонит, еще какое-то время он побудет возле нее! Они заходили в дом, и он подобострастно спрашивал:

— Как дети, как Инночка?

Не как Алик — родной сын, а как Инночка — материнское счастье, родившаяся от соперника. Знал, чем потрафить. И Клара извергала свой гневный монолог — денег не хватает, бьется, как рыба об лед, мать совсем в маразме, все постоянно просят жрать, рвут ее буквально на куски — поди подними двух детей!

— Алик — бестолочь! Такой же болван, как и ты! Малахольный, одним словом, — мстительно и с явным удовольствием сообщала Клара бывшему мужу. — Только бы мяч гонять целыми днями, ни толку от него, ни помощи! Инночка, — взгляд при этом у нее теплел, — конечно, прелесть, единственное утешение в жизни, только

21

это сердце и греет. А так не жизнь, а ярмо и каторга.

Бывший муж усиленно кивал, поддакивал, пил пустой чай и опять вытирал носовым платком мокрое лицо. А Фаина тем временем на скамейке столовой ложкой жадно поедала оставленный бисквитный торт, щедро украшенный разноцветными маслянистыми кремовыми розами. У нее был свой праздник.

— Алика позвать? — напоминала бывшему мужу Клара.

Он оживленно кивал:

— Да-да, конечно. И Инночку тоже.

Клара выходила на крыльцо и раздавался ее зычный рык:

— Алик, Алик, иди домой, придурь небесная! — И сладко и нежно: — Иннуля, доченька, зайди на минутку!

Инна появлялась быстро — от дома она далеко не отходила. А вот Алик гонял где-то, счастливый, по поселку на чьем-то велике, который великодушный хозяин предоставил ему на полчаса — из жалости и благородства.

Инна заходила и садилась на стул — молчком. Отец Алика расплывался в улыбке и гладил ее по волосам.

— Чудная девочка, чудная. Красавица какая! — восхищался он.

Довольная Клара делано хмурилась и жестко бросала:

— Да уж, не твоя порода! Удалась.

С лица бывшего мужа сползала улыбка, и начинали дрожать губы, но отвечать Кларе он не решался. Силы были явно не равны.

— Ну, все, — объявляла Клара. — Некогда мне тут с тобой. Свидание окончено.

Он неловко и проворно вскакивал с табуретки, благодарил за чай, опять гладил Инну по голове и, суетливо прощаясь с Кларой, торопливо шел к калитке. Довольная Фаина провожала его сытыми глазами, затянутыми пленочками катаракты, понимая, что сейчас, когда грозная дочь увидит наполовину пустую коробку от торта, разгорится нешуточный скандал.

По центральной улице, называемой в народе просекой, смешно, прыгающей походкой шел к станции немолодой, тощий и лысоватый мужчина. Заметив стайку местных мальчишек, он, прищурясь, слегка всматривался — один, на стремительно отъезжающем велосипеде, тощий, голенастый и темноволосый, был похож на его сына Алика. Наверное, он, равнодушно отмечал про себя мужчина, но бросал взгляд на часы и не окликал мальчишку. Во-первых, торопился в Москву, а во-вторых, особенно было и неохота. В конце концов, приезжал он сюда не за этим. А то, за чем приезжал, он и так получил. Сполна. И был почти счастлив.

— Видали? — Клара висела на заборе, призывая Евгению Семеновну, сидевшую с тяпкой на грядке клубники, к разговору.

Евгения Семеновна поднимала голову, вставая, выпрямлялась. Она бывала почти рада короткой передышке — возиться в огороде не очень-то любила, просто муж очень любил клубнику.

— Видали? — грозно вопрошала Клара. — Шляется, черт малахольный, глаза б мои его не видели. Деньги привез — ха! Слезы, а не деньги!

— Ну, Клара, вы несправедливы, — откликалась Евгения Семеновна. — По-моему, он человек порядочный, вы за ним не бегаете, да и потом, любит, видно, вас. Простил измену, зла не держит.

— Любит, — возмущенно повторяла Клара. — Еще бы не любил! А вот я его, Евгения Семеновна, терпеть не могла. Ну просто не выносила. Ночью от отвращения вздрагивала, когда он до меня дотрагивался. Лучше с жабой спать, ей-богу.

«Тоже мне, Брижит Бардо», — вздыхала про себя Евгения Семеновна.

— А зачем же вы, Клара, за него замуж вышли? Если он был вам так неприятен? — поинтересовалась она однажды.

— Из-за квартиры, — просто и бесхитростно ответила Клара. — Мы же с матерью жили на Пресне, в коммуналке, в семиметровой комнате. Еще девять семей. А тут хоромы — двухкомнатная, кухня, ванная. Он год за мной ходил, покоя не давал. А я ведь была хо-ро-шень-ка-я, —

грустно вздохнув, по складам произнесла Клара, глядя куда-то вдаль.

Евгении Семеновне верилось в это с трудом. Но, словно желая подтвердить сказанное, Клара упорхнула в дом и тут же вернулась с целлофановым пакетом, полным фотографий.

«И вправду хорошенькая», — мысленно удивилась Евгения Семеновна. Молодую Клару она не знала — эту дачу они с мужем купили всего около десяти лет назад, когда Клара уже выглядела так, как сейчас. В молодости же она была похожа на крупную (ни в коем случае не громоздкую) и светлокожую мулатку — широкий нос, большие круглые карие глаза, пухлые яркие губы, короткие, вьющиеся мелким бесом черные волосы.

Да, тяжеловата, пожалуй, для девушки, но талия имеется, высокая большая грудь, крепко сбитые, сильные ноги. Необычная внешность, яркая, на такую точно обратишь внимание, обернешься.

— Ну?! — нетерпеливо поинтересовалась мнением соседки Клара.

— Хорошенькая, — согласилась справедливая Евгения Семеновна. — Необычная такая.

— Вот именно! — подхватила Клара и грустно добавила: — А в любви никогда не везло.

Покопавшись в пакете, она извлекла на свет еще одно фото и сунула под нос Евгении Семеновне: широко и крепко расставив ноги, стоял солидный и, видимо, высокий мужчина в белой майке и широких брюках. Лицо у него было крупное, значительное, взгляд уверенный и вызывающий. Было видно, что на этой земле на ногах он стоит уверенно и прочно — в прямом и переносном смысле.

— Кто это? — спросила Евгения Семеновна. — Ваша первая любовь?

— Ну, первая — не первая, — усмехнулась Клара, — но главная — это точно. Инночкин отец, — спустя минуту добавила она, и глаза при этом у нее увлажнились.

Евгения Семеновна однажды краем уха слышала от Фаины эту историю, банальную донельзя: был нелюбимый, постылый муж, а тут такой орел светлоокий — его начальник. Сошлись, конечно, оба молодые, яркие, горячие, но у того — семья, дети. Правда, он Кларе ничего не обещал — так, увлекся яркой, темпераментной бабенкой. А она возьми да забеременей, да еще и рожать собралась. Он уговаривал избавиться — она ни в какую. Хочу, говорит, частицу тебя иметь. Если не тебя, то хотя бы плоть твою. Он разозлился и бросил ее, непокорную, — ни помощи, ни денег. А она в любовном угаре мужа выгнала — глаза, сказала, на тебя, постылого, не глядят. Лучше одной с двумя детьми, чем такая пытка — каждый день с тобой в постель ложиться и твое дыхание нюхать. Муж, вечный ее раб, из своей же квартиры покорно ушел — только чтобы не раздражать, не злить. Ушел к матери, в барак без удобств на Преображенке, в тайной надежде, что не справится одна с двумя детьми, просто не справится. И позовет. На любовь он давно не рассчитывал. Но гордая Клара не позвала. Страдала, рвалась на части: трехлетний Алик — сын от нелюбимого мужа, обожаемая дочка Инна — от любимого человека, бестолковая старуха-мать. Колотилась, как могла: до школы в детском саду нянечкой, там хоть ели сытно, потом в школьном буфете — уже не так вольготно, но что-то выносила, обливаясь от страха холодным потом. Подъезды мыла в соседнем доме — в своем стеснялась. Потом научилась вязать шапки и шарфы из ровницы — шаблонные, примитивные и бесхитростные, но шерсть была почти дармовая: соседка работала на прядильной фабрике. Нашелся и сбыт — родня этой соседки жила в Рязани, товар забирала с удовольствием. В Москве это не шло, а на периферии, в селах — отлетало будь здоров. Деньги невеликие, но худо-бедно с этого как-то кормились. Работать Клара уже не могла — инвалидность второй группы, что-то со щитовидкой, эндокринка совсем никуда, плюс астма — проклятая шерсть.

Евгения Семеновна представляла, что это была за жизнь.

Образования у Клары не имелось, каких-то способностей, к примеру к шитью, — тоже.

Хозяйка она была никакая — ни фантазии, ни вкуса.

В доме нелепо громоздилась старая мебель — неудобные, громоздкие шкафы с незакрывающимися дверцами, шаткие, колченогие стулья, выцветшие линялые занавески, кастрюли с черными проплешинами отбитой эмали. От бестолковой матери, кроме ее пенсии, помощи не было никакой. Оставить детей — кто-нибудь обязательно упадет, коленки разобьет, руку вывихнет. Дети, правда, нешебутные, но Алик нашкодить мог с удовольствием, тихо, исподтишка, а Инночка — точно ангел, сидела целый день, смотрела телевизор, не прекращая, жевала пряники. Правда, говорить начала после трех, а буквы и к школе никак не могла запомнить. Не хочет — и все. Неинтересно ей. Алик, тот книжки запоем читал и учился неплохо — тройка только по пению и физкультуре. А дочь — двойка на двойке, сидела за последней партой и молчала, в учебниках писателям носы и уши подрисовывала.

— Развивать ее надо, — сетовала с досадой молодая учительница.

А как развивать, если ей все неинтересно? В хоре петь Инночка не хотела, на танцы ее не взяли, в художественный кружок тоже — простой домик с крышей нарисовать не могла.

«Ничего, — успокаивала себя Клара, нежно глядя на спящую дочку. Сердце ее разрывалось от любви. — Ничего, зато хорошенькая, как куколка. Я тебя замуж удачно выдам, за приличного человека, не голодранца. Я тебе судьбу устрою, через себя перекинусь, а устрою. Только на тебя, моя красавица, одна надежда. Не на этого же малахольного, что с него возьмешь — одни убытки!» И она кидала гневный взгляд в угол комнаты, где на раскладушке, выпростав худющую, в цыпках, голенастую ногу, с полуоткрытым ртом, спал ее нелюбимый сын. Потом, вздыхая, Клара нежно целовала спящую дочь.

На следующее лето Клара приехала на дачу с матерью и Инной. Для Алика удалось выхлопотать путевку в лагерь на Азовском море. Все повторялось четко по сценарию — Фаина бестолково возилась в огороде, с гордостью демонстрируя соседям то жалкий, бледно-желтый, с мизинец, хвостик морковки, то кривоватую свеклу, размером с орех, то полведра такой же мелкой картошки.

— Своя! — при этом с гордостью объявляла она.

Клара вздыхала и безнадежно махала рукой. Инна все толстела, грызла то сухари, то печенье, так же сидела кулем на бревне за калиткой, молчала и смотрела на мир красивыми, с яркой синевой, незаинтересованными, туповатыми глазами. Клара в своем неизменном дачном «наряде» варила свои неизменные обеды, стояла подбоченясь на крыльце, нещадно ругая мать, сцепляясь с соседями, всех критикуя и нахваливая свою ненаглядную дочь. Об Алике она не вспоминала.

Он приехал в конце августа сам, на электричке, с маленьким, старым коричневым чемоданчиком — встречать с юга Клара его не поехала. Был он загорелый, сильно вымахавший, голенастый и по-прежнему нелепый и угловатый.

— Явился, малахольный, — тепло приветствовала его мать.

Алик привез всем подарки: пластмассовую, блестящую, с камушками, заколку для сестры, маленький пестрый платочек для бабки и шкатулку из ракушек для матери. Мать повертела в руках шкатулку и бросила:

— Надо на такое говно деньги тратить!

Евгения Семеновна — свидетельница этой сцены, расстроилась до слез и, когда муж уехал в Москву, с гневом выговорила Кларе. Та искренне удивилась:

— Что вы, Евгения Семеновна, да не обиделся он вовсе. Ну правда, что деньги на ерунду-то тратить! Они же у нас считаные!

— Господи, Клара, но вы же не понимаете элементарных вещей! Вы вроде неплохая женщина, сами столько страдали! Откуда же такая черствость по отношению к собственному ребенку! Мальчик старался, деньги на мороженое не проел, а вы так — наотмашь. Это, конечно, не мое дело, — горячилась Евгения Семеновна. — Но смотреть на это просто невыносимо.

Клара с удивлением взглянула на соседку.

— Ну и не смотрите, Евгения Семеновна, займитесь своими делами. — И, развернувшись, она удалилась в дом.

Евгения Семеновна проплакала весь вечер — благо муж уехал и скрываться было не от кого.

«Господи, куда я лезу? Разве можно научить эту хабалку, это чудовище чувствовать? Бедный, бедный Алик! Несчастный мальчик!»

Вдруг в голову пришла простая и гениальная мысль. Забор! Конечно же, забор! Не жалкий прозрачный штакетник, безжалостно вываливающий на нас подробности чужой непонятной жизни, на которую невыносимо смотреть, а плотный, без единой щелочки, горбыль, высокий, два метра точно. Вот благо, вот спасение. И Евгения Семеновна, успокоившись, решила, что как только приедет на выходные муж, она с ним поделится своими мыслями. А причину и придумывать не надо. Надоели. Просто надоели — и все. Давно надо было сообразить, хватит сердце рвать невольными наблюдениями. Все равно эту халду Клару с места не сдвинуть.

Алика к себе, на свои чаи, теперь она звать стеснялась — уже юноша, не ребенок, возраст сложный, отягощенный обстановкой в семье, обидится еще на эту жалость. Проходя как-то по просеке в местную лавочку за хлебом, столкнулась с ним.

— Как ты вырос, Алик! — Смутились почему-то оба. Вырвалось: — Что не заходишь совсем?

Алик помолчал, а потом тихо бросил:

— Да дела всякие.

Она кивнула.

— Шкатулку ты очень красивую матери привез, — для чего-то сказала она. Он покраснел, опустил глаза, смущенный, понимая, что она слышала Кларину пренебрежительную реплику по поводу его подарка, и грубовато бросил:

— А ей не понравилось, — а потом простодушно добавил: — Лучше бы я вам ее привез.

У Евгении Семеновны сжалось сердце. Проглотив предательский комок в горле, она попыталась ободрить мальчика:

— Ну, в следующий раз, Алик, все впереди.

Чтобы не разреветься, опустив голову, она быстро пошла по тропинке. А он ее нагнал, рванул тонкую тесьму на шее и протянул что-то в кулаке:

— Это вам.

Он разжал длинную, смуглую ладонь, и она увидела там гладкий, отполированный временем и морем голыш с дырочкой почти посередине.

— Куриный бог, — вспомнила Евгения Семеновна смешное словосочетание. — Редкость какая! — подивилась она. — Не жалко?

Алик резко мотнул головой и крутанул колесо велосипеда. Велосипед рванулся вперед.

— Спасибо! — крикнула вслед ему Евгения Семеновна.

Господи, какой тонкий ребенок. Тонкий и несчастный. Опять заныло сердце. На Клару она обиделась за Алика на этот раз глубоко и всерьез, но саму Клару это не очень-то беспокоило. В двадцатых числах августа она с дачи съехала — собирать детей к школе. Алик шел в девятый класс. Инна с трудом переползла в седьмой.

* * *

В мае Евгения Семеновна уже выезжала на дачу — самое время сажать цветы, перекапывать грядки, высаживать рассаду, заполонившую все подоконники и возможные и невозможные пространства в квартире. Все эти баночки, коробки из-под сока, молока и йогурта очень раздражали ее мужа.

Клара приехала в июне и вела себя как ни в чем не бывало. Обид она не помнила и ссор тоже — хорошая черта. Навалившись на хлипкий штакетник грузным телом, она между делом рассказала, что у Алика открылся внезапно какой-то талант по новому предмету — информатике, даже учитель этой самой информатики отдал ему свой старый компьютер, и Алик сидит за ним с утра до ночи и даже пишет какие-то программы.

— В общем, способности у него, — равнодушно добавила она и переключилась на Инну. Теперь она спрашивала у соседки совета по поводу дальнейшего устройства Инниной судьбы, честно признаваясь (а это ей было нелегко), что учиться девочка совсем не может, тянет еле-еле. Дай бог, чтоб закончила восемь классов. А что потом? В парикмахеры? Хотя, сетовала горестно Клара, не такой судьбы она хотела бы для дочери, не прислуживать, и потом, на ногах целый день. — Может, что посоветуете, а, Евгения Семеновна? — жалобно спросила она.

— А об Алике вы не беспокоитесь? — резко отозвалась Евгения Семеновна. — Ведь если он не поступит — впереди армия. А куда ему армия, он такой неприспособленный, нестандартный ребенок.

Клара беспечно отмахнулась:

— Да поступит он, куда денется? Педагог его сказал, что такого, как он, оторвут с руками и ногами. Факультет какой-то в МГУ, забыла, как называется. А вот с Инночкой что делать, ума не приложу! — И печальный ее взгляд обеспокоенно затуманился.

Инночке меж тем можно было дать лет примерно тридцать: полная, сбитая, ядреная бабенка — какая там школа. Грудь четвертого размера, подведенные прекрасные глаза, умело накрашенный рот, лак на ногтях. «Замуж ей уже пора, а не в школу с портфелем», — думала Евгения Семеновна.

Инна на улицу уже не выходила, а днями сидела на скамейке в саду, грызла семечки и смотрела вдаль. Бывший муж Клары в то лето почему-то не появлялся.

Евгения Семеновна не спрашивала — она была не любопытна, но Клара поделилась сама, видно, ее распирало.

— Ну, как вам это нравится? — с вызовом обратилась она к Евгении Семеновне.

— Вы о чем, Клара? — не поняла та.

— Да я про супруга своего бывшего. Про этого малахольного, — объяснила Клара. — Женился он, представьте себе. На своей же двоюродной сестре. Той — сорок пять, старая дева, придурочная по полной программе. — Клара весьма живо освещала этот сюжет. — Страшная! — с удовольствием отметила она и закатила глаза. — Тощая, на голове три пера, нос до подбородка! А сообразила! В общем, сошлись. — И, помолчав, она добавила: — У нее, между прочим, трехкомнатная на Ленинском.

Это, видимо, задевало ее больше всего.

— Ну так радуйтесь, Клара, — призвала ее справедливая Евгения Семеновна. — Одинокие люди нашли друг друга. Пусть живут.

— Пусть, — вяло согласилась Клара. И опять тяжело вздохнула: — Что делать с Инночкой, ума не приложу.

А Инночка сама разрешила сложный вопрос по поводу дальнейшего устройства собственной жизни. К середине августа Клара, слу-

35

чайно увидев как-то вечером голую Инну, натягивающую на пышное тело ночную рубашку, обнаружила, что дочь беременна. Пропустила это многоопытная, бывалая и ушлая Клара легко. У толстой Инны до шести месяцев живот был практически незаметен. Клара надавала ей по мордасам, а потом долго обнимала и целовала, периодически отстраняя ее от себя и пытая, кто же отец ребенка.

— Инночка, милая, ты только мне имя его назови, — елейным голоском просила Клара. — Только имя! А дальше я все сделаю сама.

Инна молчала и качала головой. Зоя Космодемьянская. Клара пыталась воздействовать то пряником, то кнутом, обещая Инне или свадьбу («Я это устрою!»), или хотя бы алименты («Куда он от меня денется!»). Инна сидела на кушетке и мотала головой.

— Я проведу расследование, я его посажу, — пообещала Клара.

Инна сунула матери под нос здоровущую фигу, а потом сказала:

— Иди отсюда, спать хочу. — И зевнула, широко и сладко.

Конечно, бедная Клара убивалась. Такую свинью подсунула обожаемая дочь — не этот поганец Алик, от которого всего можно ожидать, а Инна, тихушница и домоседка.

— Я, — сокрушалась Клара, — я виновата во всем, проглядела, прошляпила. За такой красоткой (это она о тупой Инне) нужен глаз да глаз. А где мне уследить! — Она уже шла в наступление. — Мне же надо думать о том, как семью кормить. Вон их сколько на моей шее! — Голос Клары постепенно переходил на крещендо.

Евгения Семеновна соседку жалела. Сочувствовала. Пыталась давать нелепые советы типа привлечь милицию — девочке только пятнадцать лет.

Но Инка Кларе пригрозила: мол, только начни копать, уйду из дома, меня не увидишь. Допустить этого Клара не могла. Постепенно она стала приходить в себя и мудро постановила: так — значит, так. Клара набрала побольше воздуха и принялась действовать. Во-первых, отвезла Инну в Москву, в женскую консультацию. Во-вторых, пошла к школьной директрисе — та оказалась нормальной теткой, и они договорились, что формально Инна будет на домашнем обучении и в итоге получит аттестат о восьмилетнем образовании. Потом она поехала в институт, куда Алик собирался поступать, и нашла там декана. Алик уже ходил на подготовительные курсы и писал яркие работы, не было сомнений, что мальчишка — талант и обязательно поступит. Но цель у Клары была другая — выбить для Алика место в общежитии, иначе они не разместятся вчетвером в крохотной хрущобе со смежными комнатами. Декан объяснял, что москвичам общежитие не полагается. Клара из кабинета не выкатывалась, рыдала не прекращая и в общей сложности провела там два с половиной часа. Декан был уже готов жить на вокзале и поселить абитуриента Брудно в своей собственной квартире. Только бы эта сумасшедшая тетка наконец ушла. В итоге общежитие он пообещал. Громко сморкаясь, Клара покинула его кабинет.

Алик был опять задвинут на задворки — Клара устраивала судьбу любимой дочери. В ноябре Инна родила дочку. Клара подолгу вглядывалась в лицо младенца, пытаясь, видимо, разглядеть черты неизвестного участника этой истории. Девочка была похожа на Клару — черненькая, темноглазая, губастая. Внучку Клара полюбила всей душой. Но все же единственной настоящей ее страстью оставалась Инна, которая после родов еще больше раздалась и по-прежнему была невозмутима. Часами стояла с коляской во дворе их московского дома на радость соседкам на лавочке у подъезда — они пытали ее, кто отец ребенка. К суровой Кларе с такими вопросами не обращались, боялись ее гнева. Клара устроилась уборщицей в соседний магазин. Алик жил в общежитии, получал повышенную стипендию. Существовал автономно. Домой заезжал редко. Клару это не заботило.

Летом на дачу выехала вся семья — младенцу нужен воздух. Инна прогуливалась с дочкой по просеке. Особо любопытные совали нос в коляску, где лежала маленькая «Клара». Три раза в неделю Клара ездила в Москву на работу.

Фаина продолжала свои аграрные опыты. Алик уехал на шабашку куда-то в Центральную Россию — строить коровник. В начале сентября появился — загорелый дочерна, в потертых джинсах и китайских кедах. Привез семье приличные деньги. Клара не сказала ему ни одного доброго слова. Он выпил чаю и уехал в город. Ночевать не остался. Клара решила сдавать московскую квартиру — работать ей было уже тяжело. Дачу нужно было утеплять — готовить к зиме. На Аликовы деньги она наняла рабочих из Средней Азии, поселила их в сарае, и они принялись за дело. Худо-бедно утеплили дом, подправили печку, запасли дров на зиму.

Евгения Семеновна испытывала чувство неловкости. Ее дом — кирпичный, с АГВ и батареями, с горячей водой и туалетом в доме — всю зиму оставался пустовать. А Кларина хибара, несмотря на все ухищрения, вряд ли выдержит даже несильные морозы. А ведь в доме ребенок и старуха. Измучившись, она наконец решилась на разговор с мужем.

— Пустить их на зиму? — рассвирепел он. — Ты совсем ума лишилась. Это же табор цыганский, все сломают, все засрут. Тебе-то что до них? У них есть квартира в Москве, пусть сами решают свои проблемы. Ты, Женя, полоумная, ей-богу! — И, не доев обед, он резко встал из-за стола.

Конечно, формально он был прав. Этот дом им дался с великим трудом, долго копили деньги, во всем себе отказывали. У Евгении Семеновны, с ее педантичностью, все было аккуратно, в идеальном порядке: кружевные салфетки, шелковые, вышитые ею же наволочки на подушках, ковры, посуда — словом, все наживалось нелегко, береглось и радовало глаз. И вправду, как пустить эту неряху Клару со всей этой оравой? Не приведи господи, потом до конца жизни не отмоешь и не приведешь в порядок — все разнесут, перебьют, искалечат. Нет, муж, конечно же, прав, как всегда, прав, да и как она может пойти ему наперекор! И правда, у всех своя жизнь, свои трудности. Почему у нее, в конце концов, должна болеть совесть из-за абсолютно чужих, безалаберных людей?

К следующему дачному сезону Евгении Семеновне открылась следующая живописная картина: Инна опять была в положении. На этот раз отец был известен: один из рабочих-таджиков, халтуривших на Клариной даче. Для Инны не существовало условностей, и она вовсю сожительствовала с новым кавалером по имени Назар — маленьким, тощеньким, чернявым, плохо говорящим по-русски. Назар теперь жил в Кларином сарае — Инна туда ходила на свиданки. Клару эти события так раздавили, что она уже практически не возмущалась — видимо, просто не было сил. В дом она Назара не пускала, и Инна носила ему еду, как собаке, — в миске. Впрочем, прок от него тоже был — он подправил забор, сколотил новую калитку, скосил траву, поправил худую крышу. Клара его терпела.

Инна родила мальчика — чернявого, мелкого и юркого. Назар уехал на родину на побывку и почему-то больше не вернулся. Может быть, его там женили, а может, что-нибудь еще. Словом, пропал, сгинул, испарился. Переживаний на Иннином лице заметно не было. По-прежнему непроницаемая, она катала по просеке коляску с младшим ребенком, а рядом ковыляла уже подросшая девочка. Клара же продолжала тянуть свой тяжелый воз.

А Алик тем временем задумал жениться. У него завязался первый (и последний) серьезный роман. Девочка с соседнего курса, Аллочка, тоненькая, с невыразительным личиком, тихая, скромная, родом из Мончегорска. А какая еще обратит на Алика внимание? Алик влюбился без памяти — первая любовь, первая женщина. После первой совместной ночи сделал ей предложение. Она, конечно же, согласилась. Не из корысти, какая с него корысть? По искренней любви. Алик повез Аллочку знакомить с матерью.

Подбоченясь, Клара стояла на крыльце — заведомо готовая к атаке. Алик с невестой привезли шампанского, большой торт, цветы и игрушки детям. Клара придирчиво осматривала будущую невестку, и по всему было видно, что она не в восторге. Попили чаю, выпили шампанского, и молодые укатили в город. Клара, повиснув на заборе, жаловалась Евгении Семеновне:

— Ни рожи, ни кожи. Тела — и того нет. — Это она про будущую невестку. — Глиста в скафандре. Нищета, голь перекатная, черт-те откуда.

В общем, в невестки Кларе Аллочка явно не подходила и подверглась жестокой критике. То, что молодые жили трудно, в общежитии, учились на сложнейшем факультете, что девчонок было на этом факультете всего шесть, и одна из них — Аллочка, поступившая туда без блата и каких-либо денег, то, что молодые подрабатывали по ночам — писали курсовые, дипломы, — то, что девочка скромна, интеллигентна, из хорошей провинциальной семьи и, главное, безумно влюблена в ее сына — ничего в расчет не бралось.

— Нищета, — презрительно кривя губы, повторяла Клара и резонно добавляла: — А зачем нам нищие, если мы сами такие?

Заметим: Инна, отцы ее детей, ее дети, ее тотальная тупость и безделие — все, что с ней связано, критике не подвергалось, ни-ни.

Свадьбу молодые играли в студенческой столовой — на большее денег, естественно, не было. Клара на свадьбу не поехала, правда, не по своей вине — заболели малыши. Конечно же, ничего ужасного, и их нерадивая мать Инна с ними бы справилась, не померла бы — подумаешь, температура. Но Клара бросить Инну в такой ситуации не могла. Алика — пожалуйста. Ничего, переживет. В конце концов, там радость, а здесь беда. Где должна быть верная мать? Евгения Семеновна Кларе позавидовала — живет человек трудно, да, трудно, но ни в чем не сомневается. Никаких душевных мук. Любит, так любит. А не любит — ну что поделаешь. Так все и катилось. Фаина заболела, уже не выходила в свой огород и тихо умерла в конце августа. Инна возилась с детьми, Клара билась за хлеб насущный — квартиру они уже не сдавали, зимовать в доме было несладко: из щелей дуло, дети ходили в соплях. Клара работала в двух местах. Почему-то не возникало мысли посадить дома Клару, а молодую и здоровую кобылу Инну отправить на заработки.

А Алик окончил институт и уехал в Америку. Впрочем, контракт он получил еще на последнем курсе — его работой заинтересовался крупный промышленный концерн. Верная Аллочка была, конечно же, рядом. Жили они душа в душу — лучше не бывает. Алик пахал как вол. Сначала квартиру снимали, потом появилась возможность взять ссуду в банке, и они купили дом. Аллочка родила близнецов — Веньку и Даньку. Пошла работать — выплачивать ссуду за дом было нелегко. Наняли няню — молодую девочку из Тирасполя.

Алик передавал матери объемные посылки с тряпками. Клара неизменно возмущалась, демонстрируя Евгении Семеновне очередную блузку или жакет:

— Зачем мне это? Что я — модница какая-то? Я женщина скромная и работящая. — Она подробно изучала ярлыки и наклейки с ценами и раздражалась: — Малахольный, как есть малахольный. Шестьдесят восемь долларов за эту несчастную юбку! Куда мне в ней ходить? На пре-зен-та-цию? Лучше бы деньги прислал!

— Он же хочет доставить вам радость, — увещевала ее Евгения Семеновна. — Вы таких вещей сроду в руках не держали. Будьте справедливы, Клара. Алик — прекрасный сын. Ему сейчас ведь непросто, только на ноги встает, двое детей!

Все напрасно. Клара опять возмущалась.

— А этот дом! — кипела она. — Нет, вы посмотрите на этот дом! — Она тыкала в лицо Евгении Семеновне цветные глянцевые фото. — Барин какой, посмотрите на него! Дом ему нужен в два этажа. И еще подвал. Что он там, танцы устраивает?! И говорит, что там так принято. Я же говорю — малахольный.

Доставалось и безобидной невестке Аллочке:

— Нет, вы подумайте, как этой задрыге повезло! Ведь смотреть не на что — тихая, как мышь, а она уже в Америке! Дом у нее, няня! — Клара всхлипывала и утирала повлажневшие глаза. — А Инночка моя — красавица, все при ней, и что она видела в этой жизни?

Евгения Семеновна, вздыхая, махала рукой и уходила в дом. Далее вести диалог с Кларой не было никакого смысла. Материнская любовь слепа, глуха и не поддается никакой логике, впрочем, так же, как и нелюбовь. Не учитывалось, что Аллочка умница и труженица, верная жена и прекрасная мать, а Инна — дура и ленивая корова. У Клары была своя незыблемая правда.

Между тем дела у Алика пошли в гору — он оказался гениальным программистом. Теперь они могли позволить себе многое — ссуду быстро выплатили, купили прекрасные машины, наняли садовника и домработницу, ездили по всему миру. Но при этом оставались такими же скромнягами и трудягами. И конечно, Алик не забывал мать и сестру. Теперь он регулярно переводил им деньги, и в посылках оказывались и норковые шубы, и золотые украшения. Клара, правда, опять была недовольна: не тот цвет шубы, не того размера камень в кольце или что-нибудь еще. Она опять нещадно критиковала сына. Сделала ремонт в квартире, поменяла на даче крышу и забор, съездили с Инной и детьми на море. Алик звонил раз в неделю и спрашивал, не нужно ли еще чего. Нужно было многое. Алик все исполнял по пунктам. А потом решил забрать мать с сестрой и племянниками в Америку. Клара не хотела ехать ни в какую. Аргумент был прост:

— Что я там не видела?

— Клара, вы сумасшедшая, — уговаривала ее Евгения Семеновна. — Это же такая прекрасная и удобная страна! У вас там будет замечательная и спокойная старость. И потом, вы столько всего увидите!

— Что я увижу? — удивлялась Клара. — Кислую рожу своей невестки?

— Ну, знаете! — задыхалась от возмущения Евгения Семеновна.

И все-таки они собрались. Уговорила Клару Инна, сказав: «Может, я там замуж выйду?» Клара встрепенулась, но продолжала возмущаться и кудахтать. Как собраться, столько дел: продать дачу, квартиру, все оформить. Дело и вправду нелегкое для женщины весьма преклонного возраста. Инна, как всегда, в расчет не бралась. Да и какой с нее толк?

Алик взял отпуск и прилетел в Москву. Купил скотч и коробки, чтобы паковаться, спорил с матерью по поводу старых кастрюль с отбитой эмалью и ветхого постельного белья. Клара кричала, что все это нажито непосильным трудом и что она ни с чем не расстанется. Шантажировала Алика, что она никуда не поедет. Инна сидела у телевизора и грызла орехи. Ни в сборах, ни в спорах она не участвовала. Клара обвиняла Алика, что он лишил ее спокойной старости, насиженного места и, наконец, родины. Алик был терпелив, как агнец.

Инна вступала, кричала, что Клара — дура и хочет испортить ей перспективу. Клара ненадолго приходила в себя. Алик продал квартиру, деньги, естественно, положил на Кларино имя.

А с дачей вышло вот что. Клара дала ему доверенность на продажу. Он поехал на дачу и оформил дарственную на Евгению Семеновну, к тому времени овдовевшую и сильно нуждавшуюся. Евгения Семеновна, конечно же, от такого царского подарка долго отказывалась, сопротивлялась, как могла, плакала, но Алик был тверд как скала.

— О чем вы говорите, это для меня такая мелочь, — сказал он, понимая, что от денег она просто откажется, не возьмет ни в какую. — Вы для меня столько сделали! Только от вас я и видел в детстве тепло и заботу!

Евгения Семеновна опять заплакала. Алик обнял ее, положил на стол бумагу с дарственной и вышел, оставив ее потрясенной и обескураженной.

Клара об этом, естественно, не узнала. Алик просто положил на ее счет деньги за якобы проданную дачу.

В Америке он снял им квартиру недалеко от своего дома.

— Чтобы семья была рядом, — объяснил он ей.

Но прекрасный, тихий, зеленый район Кларе не понравился.

— Я здесь от скуки помру, — уверяла эта «светская львица».

А вот Брайтон произвел на нее неизгладимое впечатление:

— Там все свое: и магазины, и люди, и океан наконец.

Алик снял ей квартиру на Брайтоне. Клара опять была недовольна:

— Не хочу жить в чужих стенах. Что я, беженка, что ли?

Алик не стал объяснять, что покупать квартиру дорого и невыгодно. Он просто купил ей квартиру на Брайтоне. С видом на океан.

Инна теперь целыми днями сидела на пляже, подставляя мощное тело лучам солнца. Дети пошли в школу. Клара ходила в магазины и заводила знакомства. У нее была цель — сосватать Инну. Свой товар она нахваливала усердно, тыча всем под нос Иннины фотографии десятилетней давности.

Про сына говорила небрежно — так, ничего особенного. Всегда был малахольным. Сын, дающий ей неплохое содержание, ее по-прежнему не впечатлял. На его детей она тоже не реагировала, невестку подчеркнуто игнорировала — что о них говорить? А Инниных туповатых отпрысков обожала неистово.

Раз в неделю Алик возил Клару по окрестностям (Инна, кстати, сразу отказалась, заявив, что ей и на пляже хорошо). Клара мрачно комментировала увиденное. Америка не произвела на нее впечатления. Алик приглашал ее на обед в рестораны — японские, французские, китайские, пытался удивить. Клара брезгливо ковыряла вилкой в тарелке. Великая кулинарка Клара!

— У нас, на Брайтоне, вкуснее!

Там и вправду было вкусно. Но мы же не об этом! Алик привозил ее к себе в дом. Кларе не нравились обстановка и Аллочкина стряпня. Аллочка тихо плакала и тихо обижалась. Алик это никак не комментировал.

Инна завела себе любовника — здоровенного негра-полицейского. В душе, конечно, Клара была не в восторге. Она рассчитывала как минимум на одессита — хозяина магазина женского белья или владельца ресторана из Бендер. Но счастье Инны для нее было законом, и она неумело варила для новоиспеченного зятька борщи. Через два года Инна родила очень смуглую девочку, хорошенькую, как кукла. Эта девочка стала самой пламенной Клариной любовью.

Полицейский на Инне не женился, но к ребенку приходил исправно, грозно предупреждая в дверях Клару:

— No borsch, mam!

Клара с восторгом возилась с черной внучкой, а Инна по-прежнему грела окорока на брайтонском пляже. У нее был свой ритм жизни. И похоже, она была вполне счастлива.

Клара важно прогуливалась по Брайтону с коляской и на каждом метре цеплялась языком. И персики в Москве были лучше, и колбаса вкуснее, и люди добрее, и квартира у нее была чудная. А какая дача! Одним словом, послушать Клару — ее прежняя жизнь была удивительна и роскошна. Америку она ругала нещадно, обвиняя сына в том, что привез ее, бедную, сюда, не считаясь с ней.

— Мне это надо? — грозно вопрошала она и, не дождавшись ответа, двигалась дальше, подталкивая коляску внушительным животом.

Умерла Клара ночью от инсульта, прочтя Инкину записку, что та уезжает с дочкой и своим возлюбленным в Алабаму — навсегда. Клара зашла в детскую, увидела пустую кроватку внучки, открыла шкаф — он тоже оказался пуст. Она упала на пол и не смогла дотянуться до телефона. К вечеру обеспокоенный Алик приехал к ней. Клара лежала на полу со сжатым кулаком.

На похоронах Алик безутешно плакал. Через полицейское управление он нашел алабамских родственников Инниного любовника, но сестра на похороны не приехала.

Алик поставил Кларе памятник из розового мрамора. Написал трогательную эпитафию. Страдал. Не брился. Держал траур. Взял к себе Инниных детей, устроил их в дорогую школу. Продолжал высылать деньги сестре. Заказал у недешевого художника Кларин портрет по фотографии. Повесил его в спальне. Под портретом стояли живые цветы — всегда. На тумбочке у кровати в серебряной рамке стояла Кларина фотография.

Перед сном он тихо бормотал:

— Спокойной ночи, мамочка.

Аллочка вздыхала, долго ворочалась, удивляясь своему мужу. И думала — действительно малахольный, Клара была все-таки права.

И немного стесняясь своих мыслей, Аллочка засыпала, а Алик еще долго не мог уснуть, страдал и смотрел на Кларину фотографию, тонувшую в ночном мраке счастливой семейной спальни.

Проще не бывает

Вообще-то они старались его не беспокоить — только крайний случай, самый крайний, когда без него уже точно было не обойтись. А так оберегали, жалели, понимали, какая непростая у него жизнь. Родное дитя. Дитятко, прости господи, сорока лет. Крупный, полноватый и вовсю лысеющий дядька, если разобраться. А для них, стариков, как он их теперь называл, конечно же, дитятко. А жизнь и вправду была, мягко говоря, непростой — все неприятности накинулись разом, в одночасье, оскалившись зубастой пастью. Капитализм (хотели — получите), созданный только здесь, на отдельно взятой территории родного государства, которое, впрочем, как всегда, в любые времена оставалось таинственным и пугающим, притягивающим и отталкивающим, загадочным для всех мало-мальски цивилизованных людей. Приходилось выживать. Она, эта жизнь, не намекала, а громко заявляла — выживет здесь сильнейший, слабакам тут не место.

В слабаках ходить не хотелось. Но часто просто не было сил. Никаких — ни душевных, ни физических. Всё на сопротивлении. Впрочем, и к этому привыкают.

Сдали родители, как ему казалось, сразу, в один день. Но это, конечно, было не так. Просто до времени они тоже старались сопротивляться, отчаянно не желая мириться с наступающей немощью и болячками. И опять, опять главная тема — жизненный рефрен: не беспокоить его. Только когда самый край! Ну просто некуда деваться. Вот тогда-то и звонила мать, отец почему-то стеснялся больше — конечно, трудно активному и зарабатывавшему всю жизнь приличные деньги человеку (только бы семья ни в чём не нуждалась) сказать правду: «Да, я пенсионер, почти старик, и не я теперь тебе, как привык, а ты — мне». Невозможно это сказать даже собственному сыну. А он его считал собственным сыном, тут не было никаких сомнений, кстати, ни у кого. Но об этом позже.

Сегодня отец позвонил. Сначала — общий разговор:

— Ты не занят? Говорить можешь?

Потом, смущённо кхекая:

— Слушай, нам так неловко, но ты же знаешь, мать не встаёт, и моя нога... В общем, дышим на балконе. На двух табуретках. Шера с Машерой, прости господи, — горько добавил он и, вздохнув, замолчал.

53

— Конечно, заеду, о чем речь, сразу после работы, давай список и без вступлений, о'кей?

Отец опять вздохнул и засуетился, понимая, что отнимает у сына драгоценное время.

— Господи, куда же эта бумажка подевалась? А! Вот она! — облегченно вскрикнул он. — Пишешь? — И затем несложные пункты. — Только яблоки не забудь матери обязательно! Ты же знаешь, ей на ночь нужно непременно съесть яблоко, — беспокоился он. — И не покупай мясо в «Перекрестке» — там такие цены!

— Господи, пап, ну какие цены! — взорвался сын. — Мое время дороже! Все, до вечера!

Отец вздохнул и медленно положил трубку на рычаг.

* * *

Мать сошлась с ним, когда сыну было шесть лет. С матерью у мальчика с рождения была острая зависимость друг от друга — ощущаемая физически неразрывная и неколебимая связь, нежная дружба и взаимное уважение и бесконечная, томительная любовь.

В детстве на уровне известного всем эгоистического страха — а если вдруг умрет мама? И ужас среди ночи, и холодный пот по спине. В юности, конечно, бывало всякое — стыдно вспоминать. Но позже, в зрелости, любовь к матери стала таким явным и глубоким чувством, вечным беспокойством, болью и страхом — не дай бог, не дай бог! Маменькин сынок! Если хотите, то да! Абсолютно маменькин. При этом вылетевший из теплого и сытого отчего дома в двадцать лет — абсолютно добровольно (ну мужик я или не мужик?!). Он часто размышлял, как она смогла не покалечить его, не изуродовать — со всей своей авторитарностью и безумной любовью. Как хватило у нее на это мудрости? Как сумела она определить эту тончайшую грань, не переборщить, не перегнуть, расставить тонко и чутко акценты, чтобы вырос человек, жизнеспособный мужик. С ее, в общем-то, деликатным подходом к жизни, с плотно вбитыми с детства установками, что хорошо, а что плохо, абсолютно не работающими сейчас. Его всю жизнь это разрывало на куски — мальчик из приличной семьи, постулаты понятны и известны: не зарься на чужое, не лги без необходимости, ничего не делай за счет других, не поступай с людьми так, как не хотел бы, чтобы поступали с тобой, сохраняй лицо — с этим легче жить, поверь моему жизненному опыту. Ничто не стоит душевного комфорта и равновесия.

И проще: помоги старику, защити женщину, не пройди мимо плачущего ребенка — семейные заповеди. А кто не знает, как сложно следовать заповедям при нашей-то человеческой слабости и людских пороках?

А вообще-то хотелось соответствовать и нравиться хотя бы себе. Ему казалось иногда, что он оставляет себя истинного где-то дома, словно сдает на хранение, а на улицу выходит другой человек — с холодными глазами, пружинистой походкой, подобранный, осторожный и предусмотрительный, готовый к жесткой обороне и изнурительной борьбе. Не он, кто-то другой. Ну а если образно — то ему казалось, что он надевает пластмассовые белые детские челюсти с клыками из магазина, где продается подобная ерунда.

Итак, из прошлого: ему было шесть лет, когда мать задумала уйти от его отца. Верным детским чутьем, краем уха, он, конечно же, понимал, что не все в порядке в Датском королевстве, — засыпая, слышал за закрытой дверью разговоры родителей на повышенных тонах, видел их молчание утром и поджатые губы матери, ее раздражение и плохое настроение, ее слезы и долгий взгляд в одну точку. Что-то цеплялось в голове и тут же благополучно из нее выветривалось. У него были свои проблемы. А они — взрослые — сами разберутся.

Однажды отец долго собирал чемодан в спальне — мать сидела на кухне и курила. Он, маленький, что-то, несомненно, чувствовал, помнил, как громко колотилось сердце. Потом отец зашел в его комнату и порывисто, резко притянул его к себе. Он запомнил, что отцовские руки крупно дрожали. Отец взял чемодан и вышел, громко хлопнув входной дверью.

Мать зашла к мальчику спустя какое-то время, прижала его к себе и заплакала.

— Вот и все, — бормотала она. — Конец нашей семейной жизни. Вот и все.

Ему хотелось вырваться из ее плотных объятий и что-то спросить. Но он не посмел. Тогда она сама посадила его на маленький, расписанный под хохлому детский стульчик напротив себя и уже спокойно и четко объяснила ему ситуацию.

— Мы разошлись с твоим отцом, сынок. Ну, так сложилось. Ты уже взрослый человек (Господи, это ему-то, шестилетнему ребенку) и должен нас понять. Так бывает. Бессмысленно жить вместе, если уже ничего друг с другом не связывает. Хотя, нет, конечно, я конченая эгоистка! Ты, и только ты, нас связываешь. Это, конечно, самое главное, ты же понимаешь. Но есть еще я, я у себя, понимаешь? И моя жизнь. Ну не хочется ее псу под хвост, да?

Он кивнул, почти ничего не понимая. А мать продолжала бормотать:

— В общем, невозможно стало вместе жить, сын. Ты потом поймешь меня, я уверена, а сейчас просто прости и прими на веру. Я знаю, что делаю тебе больно, но дальше было бы еще больнее.

Она что-то еще бормотала скороговоркой, тихим шепотом, вытирала ладонью слезы, прижимая его к себе сильнее, потом говорила уже громко, страстно, что-то объясняя ему, а на самом деле, конечно же, себе. Ему была тягостна эта сцена, и еще почему-то было сильно жалко мать и неловко как-то — ну зачем она так горестно плачет? А потом она отодвинула его от себя и сказала, честно глядя ему в глаза:

— Я полюбила другого мужчину. Вот и вся история. В этом-то все и дело.

В голове были каша и полный сумбур. Он устал, сильно вспотел и понял из этого только одно — отец с ними жить больше не будет. По большому счету это не огорчило его и не расстроило. Важно было задать один вопрос — главный, — и он его задал.

— А ты? Ты будешь со мной жить? — спросил он и почувствовал, как что-то гулко бухнуло у него в груди.

— Господи! Что ты себе думаешь? — ужаснулась мать. — Разве мы можем куда-нибудь друг от друга деться?! Мы неразделимы — ты и я. Понимаешь? — тихо сказала она, и он видел ее бледное лицо и огромные темные глаза, полные тоски и отчаяния. Она повторила: — Мы с тобой неразделимы.

Он кивнул.

— Ничто и никогда нас не сможет разлучить. Запомни это навсегда.

Он снова кивнул.

— Бедный мой ребенок! — Она засмеялась. — Захочешь от меня избавиться — не избавишься. — Мать провела рукой по его голове. — Ну все, давай ложись, хватит с тебя впечатлений.

Ложиться ему совершенно не хотелось, и он слегка спекульнул:

— А мультики посмотреть можно?

Мать вздохнула и кивнула:

— Сегодня тебе все можно.

Минут через десять он смотрел «Остров сокровищ» и уже не думал ни о чем. А когда засыпал, мелькнула мысль, что жизнь меняется — ну и ладно. Главное — мать будет рядом с ним и обещала ему, что это навсегда. Он привык ей верить и крепко уснул, вполне счастливый. По большому счету все оставалось на своих местах. А по поводу каких-то изменений он не беспокоился.

Отец уходил тяжело, рывками — то приходил и спал в гостиной, то исчезал на недели. Когда он приходил, мать опять сникала и виновато опускала голову. Он слышал, как она просила отца:

— Ну будь мужиком, все кончено. Порви. И начни свою жизнь.

Он отвечал ей:

— Ишь ты какая, хочешь, чтобы все ладком да рядком. И чтобы меня не было в твоей жизни. Чтобы все с чистого листа. А я есть, понимаешь, я есть! Живой и битый, но есть, уже полуживой, но есть. И придется тебе с этим жить.

Мать опускала голову еще ниже. А через полгода отец женился — спешно, скоропалительно на странной, пугливой и тихой женщине с нездешним именем Богита.

Он помнил, как эта худая и бледная тетка протянула ему холодную узкую руку и сказала:

— Будем друзьями.

Он послушно кивнул.

Когда отец окончательно ушел, мать расцвела, повеселела и опять стала петь по утрам. А вечерами, закрывшись у себя в комнате, часами тихо ворковала по телефону, и он слышал ее частые и хрипловатые смешки. И понял тогда — она счастлива.

Отчим пришел к ним в гости через месяц после окончательного ухода отца. Мать предупредила:

— Сегодня в гости к нам придет очень важный для меня человек.

Он все понял.

Мать накрыла на стол, испекла пирог с яблоками. Убрала квартиру. Надела свое любимое платье — синее в белый горох. Распустила волосы. И он гордо подумал, что она очень красивая и молодая, его мать. Гость ему тоже понравился — крепкий, высокий дядька, с темными, вьющимися волосами, зачесанными назад. В руках он держал здоровущую коробку с какой-то техникой. Ух ты! Пожарная машина! И откуда это, интересно, он узнал? Потом сидели за столом, ужинали, пили чай, и обычно немногословная мать что-то говорила, говорила. И очень много смеялась. А вечером, перед сном, зашла к нему, как обычно, в комнату: ну, как всегда, поцелуйчики, объятия, разговоры, объяснения друг другу в любви — каждодневный ритуал, известный только им одним. И потом спросила:

— Ну как он тебе, понравился?

— Нормально, — серьезно ответил сын.

— Ну вот и славно, — вздохнула она. И добавила: — А я в этом и не сомневалась.

Она счастливо рассмеялась, чмокнула его в щеку и привычно подоткнула одеяло.

Где-то через полгода отчим переехал к ним и сразу затеял ремонт — новые обои, новая плитка, а еще привез новую стиральную машину и огромный цветной немецкий телевизор «Грюндиг». Мальчишки приходили смотреть на эту чудо-технику и, конечно, завидовали. А мать помолодела и стала еще красивее. С утра, взбивая омлет или тесто для блинчиков, она теперь пела. Не ходила — летала, и на лице ее была постоянно загадочная полуулыбка.

С отцом он виделся крайне редко — тот уехал строить какой-то дворец спорта на Урале. Говорили, что проект грандиозный и для него, архитектора, это огромная ступень в дальнейшей карьере.

Новый мамин муж мальчику очень нравился — ну, во-первых, у мамы теперь постоянно было хорошее настроение и она много смеялась. Во-вторых, она часто пекла пироги с капустой и мясом, которые он так любил, в-третьих, отчим приносил домой всякие вкусности и сюрпризы — то торт-мороженое, то длинную, шершавую, пахнущую летом дыню под Новый год. Это не считая машинок, тракторов и подъемных кранов. Когда он вечером заходил домой, они с матерью обязательно ждали сюрприза, и, открывая сумку, мать, счастливая, всплескивала руками и с гордостью называла его добытчиком. Но не это, конечно, главное. Хотя приятно, что и говорить. Кто же не любит подарки? А главное то, что в доме радостно, тепло и все довольны. И еще теперь по выходным они обязательно куда-нибудь выбирались — или в гости, или в кино, или в театр, или в музей, или в цирк. Но больше всего он любил недалекие путешествия на машине. Например, в Абрамцево, где на стенах небольшого, уютного старого дома висят картины, есть смешная избушка на курьих ножках, резная скамья, и все это, загадочное и притягательное, стоит в таинственном и темном вековом лесу. Еще он обожал поездки в Архангельское — там было уже все другое — никакой камерности Абрамцева или Муранова, только широта, блеск, роскошь, помпезность. Дивная мебель, роскошные интерьеры, на улицах античные скульптуры, которые на зиму укрывали мешковиной, аккуратные дорожки, гроты, прекрасный парк и чудная, крохотная, семейная церквушка с погостом на высоком, крутом берегу реки. А после этих фантастических впечатлений и фантазий, в которых он представлял себя то графом, то рыцарем, то гусаром, они обязательно ехали в ресторан обедать.

— У матери должен быть отгул от кухни, — объяснял отчим.

В ресторане он долго читал меню, было сложно выбрать, хотелось всего и сразу. А потом, конечно, мороженое с фруктами, сливками, вареньем. И обязательно лимонад. Отчим с матерью долго пили кофе, а он уже скучал и, видя краем глаза, как отчим гладит мамину руку своей широкой сильной ладонью, смущенно отводил взгляд.

Скучал ли он по отцу? Да, наверное, особенно когда получал его короткие и редкие письма с фотографиями тех мест, где тот работал. Мать интересовалась:

— Ну что он там пишет, что интересного? Дашь почитать?

Он пожимал плечами и равнодушно протягивал матери конверт:

— Читай на здоровье, что мне, жалко?

Никаких секретов. Отчима он назвал папой примерно через год совместного проживания. Получилось случайно, просто в разговоре обратился: «Пап, слушай!» — и увидел, как замерли оба: и отчим, и мать. Отчим покраснел, смущенно кашлянул и через минуту ответил на его вопрос. В общем, можно сказать, все произошло само собой, как-то естественно и обыденно. Родной отец появлялся редко, примерно раз в восемь-девять месяцев. Да, конечно, они обязательно встречались, гуляли, сидели в кафе. Отец рассказывал о своей жизни, работе. Но это как-то все было неблизко, и он слушал его вежливо, но вполуха и рассеянно кивал. Когда ему исполнилось лет пятнадцать, отец спросил:

— Ну, как там у тебя на личном? Есть девушка?

Он смутился и отрицательно мотнул головой. Отец хохотнул и сказал:

— А у меня в твоем возрасте был уже целый хоровод!

Сын пожал плечами.

* * *

Конечно, уже через год появились и девушки. Начались какие-то истории, романчики, разговоры по телефону до полуночи. В общем, обычная история. А в девятнадцать, учась на втором курсе, в какой-то шумной и случайной малознакомой компании он встретил Машу. Заметил ее сразу, несмотря на приглушенный свет, обилие народа и густой, висящий слоями табачный дым. Она была тоненькая, очень тоненькая, с детской, неразвитой грудью и почти плоской маленькой попкой — девочка-подросток. Вообще-то не его сексотип, как говорили тогда. Но вот лицо у нее было замечательное, завораживающее, притягивающее, нездешнее какое-то лицо. Острый подбородок, четко обозначенные скулы, чуть вздернутый тонкий нос и огромные, черные, без зрачков, глаза. При этом белая кожа, нежная, почти прозрачная, так, что была видна голубая жилка на виске. Несколько мелких конопушек на носу и легкие, рыжеватые завитки волос, которые явно раздражали сейчас их обладательницу, активно участвующую в каком-то жарком споре, и она тонкими пальцами нервно закладывала непослушные пряди за маленькие прозрачные уши.

— Кто это? — спросил он у пробегавшего приятеля, кивнув в сторону Рыжей — так сразу он ее окрестил, как оказалось потом, на всю жизнь.

— Маша Томашевская, из театрального, по-моему. Янкина подружка. В общем, все справки — у Янки, — доложил приятель и спешно удалился.

Ага, как же, у Янки! Главной сплетницы, сводницы и интриганки. Через десять минут, как только он отойдет от Янки, Рыжая прознает про его интерес. Дудки! Он решил справиться без посторонней помощи. У него получилось. Спустя пару часов он провожал ее до дома. Жила она в центре, на Лесной, в старом кирпичном доме с тихим, зеленым двором.

Влюбился он в нее сразу, почти молниеносно, за короткий путь в полчаса от метро до ее темного и мрачного подъезда. Будучи человеком достаточно, как ему казалось, опытным, здесь он растерялся и робел спросить ее телефон, поцеловать или обнять. Просто робел. Она сама предложила ему подняться и выпить чаю. Он удивился — на часах было полпервого.

— А родители? — растерянно спросил он.

— Тирана-отца нет в наличии, — рассмеялась Маша. — А с маман у нас свобода нравов. Никакого контроля и полное взаимопонимание.

Хорошие дела, подумал он. Вот так, запросто, среди ночи. Он рассеянно топтался на месте.

— Да идем, не робей, — засмеялась Маша. — Да и маман, наверное, отсутствует, в смысле, ночует у своего любовника. Так что не пугайся. Я к тебе приставать не буду! — И она опять рассмеялась хриплым, ведьминским смехом.

Пешком они поднялись на второй этаж. Света на лестнице не было, и она, чертыхаясь, долго не могла попасть ключом в замочную скважину. Наконец они вошли, и Маша нажала на выключатель. Прихожая осветилась тусклым светом старого, в кованых лапах фонаря. В прихожей на полу валялась куча обуви, на подставке старинного, мутноватого зеркала в темной, резной, деревянной раме, изъеденной жуками, лежали стопкой старые журналы. Тут же, на зеркальном подстолье, стояли флакончики с духами, и в узкой медной вазочке одиноко засыхала крупная бордовая роза. Они переступили через ворох обуви и зашли в комнату. Там было не лучше: платья, блузки — на спинках стульев, огромный, древний книжный шкаф до потолка, тяжелая люстра из прежних времен — бронза, бронза и разномастные плафоны: и старые, родные, и просто лампочки — видимо, там, где плафоны уже были разбиты. На стенах — картины и фотографии. Большой круглый стол под малиновой, с кистями, вытертой скатертью, а на столе... Господи, чего там только не было на этом столе! И чашки с ободками чая и кофе, и обертки от конфет, и расчески, и бусы, и кремы, и даже, прости господи, колготки.

«Да! — подумал он. — Богема! Видела бы это мама!»

А Маша уже кричала ему с кухни:

— Иди, чай готов!

Кухня была крошечная, тоже захламленная, но на удивление уютная — самодельная деревянная мебель, расписанная вручную — какие-то жар-птицы, диковинные бабочки и цветы, маленький стол под огромным малиновым шелковым абажуром с кистями. И на стенах — тарелочки, доски, сухоцветы. «Симпатично, конечно, оригинально, но убрать бы не мешало», — заключил он про себя.

А рыжая Маша, позвякивая браслетами, наливала в маленькие чашечки крепкий чай, бесконечно курила длинные сигареты в мундштуке и рассказывала ему про свою жизнь. Про то, что мать с отцом родили ее в восемнадцать лет — будучи совсем детьми. Про художника-отца, человека талантливого, но пьющего. Про балерину-мать — слабую, безалаберную, но славную.

— Она у меня совсем дитя, ну, в смысле, что к жизни не приспособлена. В магазине вечно купит что-то не то, деньги тратит нелепо и считает, что в жизни самое главное — любовь, — рассмеялась Маша.

— А ты? — тихо спросил он.

— Что — я? — не поняла она.

— Ну, что ты считаешь в жизни самым важным?

— А, — беспечно отмахнулась она. — Я вообще пока над этим не задумывалась. Родители развелись — а как могло быть иначе? Отец устал от материных экзерсисов и полной жизненной неприспособленности, прожил с ней пару лет и сбежал, женился на простой русской тетке, она его пестует, считает гением и печет пироги. Он вроде жизнью вполне доволен, но пишет всякую херню, — вздохнула Маша. — Впрочем, это все неплохо продается. А маман порхает по жизни, в каждом любовнике ищет прекрасного принца и, как водится, не находит. Убивается и, набравшись сил, продолжает поиски.

Ему было страшно и как-то неловко слышать эти речи. Ему, мальчику из правильной и стабильной семьи, живущей по укладу, традициям, определенному и, как казалось, единственно верному семейному устройству, было все это незнакомо и непонятно, но получалось, что люди живут по-разному, в том числе и так.

— Алименты отец не платил, да и какие с художника алименты? — продолжала Маша. — Мать получала копейки, гроши, жили бы совсем тяжело, если бы не дед со стороны матери. Подкидывал нам изредка деньжат. Он жил бирюком на старой даче в Краснове, но был сказочно богат. Из цеховиков, понимаешь?

Он понимал все это смутно, но Маша говорила, что дед государству не доверяет и все свое добро, нажитое нечестным трудом, хранит в погребке на даче. Ни мать, ни сама Маша этого добра в глаза не видывали, но надеются после смерти этого Гобсека разжиться в полную силу.

Он поморщился — такие разговоры были ему явно не по душе, но он убеждал себя, что она шутит, конечно же шутит. А как иначе? Ведь она же при этом смеется. И еще он думал о том, как сильно, невозможно сильно ему нравится эта молодая рыжая женщина. Как его непреодолимо тянет к ней и как сильно и ярко все то, что происходит с ним, — такого не было еще никогда в его молодой жизни. Он поднялся и поблагодарил за чай. Хороший, интеллигентный, воспитанный мальчик из приличной семьи. Они вышли в коридор, и он все никак не решался уйти и глупо топтался на месте, мучительно подбирая слова для прощания.

Маша подошла к нему и обвила его шею своей тонкой и, как оказалось, сильной рукой.

— Останься, — шепнула она ему в ухо.

Что говорить, *так* у него не было больше никогда и ни с кем во всей его последующей жизни. Никогда. Так волнительно, остро, сладко и горько, как с ней, — всегда, каждый раз, сколько бы они ни были вместе. И еще пронзительная и жгучая боль — никогда, никогда эта женщина не будет до конца *его.*

Она все-таки ускользала от него — даже в самые сокровенные моменты, когда измученная, липкая от пота, опустошенная до донышка, засыпала в его крепких и молодых объятиях. Тогда он еще не знал, что так будет всегда и что именно это станет его мучить, угнетать, раздавливать, бесить и доводить до полного душевного изнеможения.

Когда рассвело, она заснула, а он так и не мог спать, потрясенный и раздавленный всем произошедшим, находясь в полном смятении и какой-то непонятной, необъяснимой тревоге. Осторожно выпростав руку из-под ее спины, он вышел на кухню. Смертельно хотелось курить. Он стоял, голый, у окна и смотрел на тихий, зеленый московский двор, в котором еще не проснулась жизнь. И не было человека счастливее и несчастнее его. Почему? Этого он не мог себе объяснить никогда. Всю его неровную, рваную жизнь с ней он не мог объяснить даже себе это странное чувство огромного счастья, распирающего болью грудь, и пугающего, тревожного страха. А вдруг? Что — «вдруг»? Да вполне понятные мужские фобии: «А вдруг это у нее не только со мной *так*, а вдруг у нее было *так* до меня и будет с кем-то лучше, чем со мной, после?»

Вдруг, вдруг... Потом он убедил себя, что этот страх потери, почти физический ужас, и есть любовь. Но позже, с годами, он все-таки признавался себе, что дело тут было не в любви, вернее, не в ней одной. Дело тут было именно в ней, в Маше. Именно она ни на секунду, ни разу не дала ему понять: мы вместе, мы одно целое. Она всегда была сама по себе, и никто не смел посягать на ее внутреннюю свободу и самоопределение. Абсолютная единица и личность, она не пыталась никогда настоять на своем, но делала все сама, обходясь без советов, презирая чужой жизненный опыт, не собираясь считаться с чьим-либо мнением, игнорируя чужие взгляды и мировоззрение. У нее были ни от чего и ни от кого не зависящий, безусловный взгляд на все происходящее и полная, ненавязчивая уверенность в своей правоте. Таких внутренне свободных людей он не встречал никогда — ни до, ни после нее.

Он стоял и курил, погруженный в свои мысли, как вдруг услышал щелчок замка, дернулся, заметался и лихорадочно схватил какое-то полотенце, попытавшись прикрыть им свои чресла. На пороге кухни возникла маленькая и очень худая рыжеволосая женщина с густыми, темными веснушками на лице.

— Привет! — без всякого удивления и замешательства бросила она.

Он, обалдевший, кивнул. Она подошла к плите и стала жадно пить воду из чайника. Напившись, протянула ему узкую, сухую кисть и представилась:

— Марина.

Он кивнул и сипло произнес свое имя.

— Я спать, — объявила она и пошла в свою комнату.

Ничего себе нравы! Он начал постепенно приходить в себя. И опять что-то противно царапнуло по сердцу. Значит, ситуация вполне рядовая — голый мужик на кухне. Он сел на стул и закрыл глаза, а потом как подбросило — Господи, ведь он не позвонил своим! Такое с ним случилось впервые — чтобы он не предупредил! Бог мой, пока он тут захлебывается в страстях, они там сходят с ума! Он увидел старый, заклеенный скотчем, раздолбанный телефон и набрал свой домашний номер. Трубку сорвали с первого звонка.

— Пап! Прости, прости, ради бога! — бормотал он.

— Живой?! — хрипло спросил отец.

А он все бормотал извинения. «Сволочь я! — подумал он. — У меня тут море счастья разливанное, а у них там «Скорая» у подъезда наверняка». Он тихо прошел в ее комнату — она безмятежно спала, и нога ее по-детски свисала с кровати. Он торопливо оделся и еще раз внимательно и долго посмотрел на нее. Почему-то ему захотелось, чтобы она проснулась и открыла глаза. Но сон ее был крепок — она дышала спокойно и ровно. Он вышел в коридор и осторожно открыл входную дверь.

На улице уже пели птицы, и даже шли по тротуару какие-то ранние люди. Город чуть остыл за ночь и еще не успел набрать густого июльского жара. Он посмотрел на часы — метро уже открылось. Он глубоко вздохнул и зашагал к ближайшей станции. Дверь открыла мать, внимательно посмотрела на него и, убедившись в том, что он жив-здоров, вздохнула и спокойно сказала:

— Иди спать, — и добавила вслед беззлобно и бессильно: — Ну и гад же ты!

Он, соглашаясь, кивнул, зашел на кухню, открыл холодильник и с жадностью сжевал подряд две большие котлеты. Мать сидела на стуле и смотрела на него.

— Прости меня, — попросил он и признался: — А я, кажется, влюбился.

Мать помолчала пару секунд и проговорила:

— Я вижу.

Он подошел к ней, чмокнул ее в щеку, погладил по руке и еще раз попросил:

— Ну пожалуйста, прости.

— Иди уже спать, с тобой все ясно.

— А что, мам, так видно? — попробовал побалагурить он.

— Видно, — отозвалась мать. — Ты похож на идиота.

Он счастливо заржал и пошел к себе. Еле хватило сил, чтобы стянуть джинсы и майку. Он рухнул на кровать и тотчас, моментально провалился, как в яму, в сон.

А в семь часов вечера он стоял под дверью на Лесной, не решаясь нажать на звонок. Когда он наконец позвонил, дверь ему открыла Марина.

— Привет, — ничуть не удивившись, рассеянно произнесла она. — А Маруси нет дома, проходи, обожди.

Она посторонилась в узком коридоре, и он, растерявшись, прошел в квартиру.

— Хочешь чаю? — спросила Марина — он потом так и звал ее, без отчества всю жизнь. Он смущенно кивнул. Она поставила чайник и сказала ему:

— Я уйду через полчаса, а ты ее жди.

Он опешил:

— А это удобно?

— В каком смысле? — не поняла она.

Он пожал плечами. Пока он пил на кухне чай, Марина собиралась в комнате, что-то напевая. «Странные все-таки», — подумал он. Марина заглянула на кухню и бросила ему:

— Пока! Если не дождешься, просто захлопни дверь — там «собачка».

— Счастливо! — успел выкрикнуть он ей вслед.

Допив чай, зашел в комнату. На стене висели фотографии — юная Марина на даче на скамейке под кустом жасмина, Марина в гриме и балетной пачке, Марина на море по грудь в воде. Одним словом, одна сплошная Марина, большая, судя по всему, любительница своих изображений. А в книжном шкафу под стеклом стояла черно-белая фотография маленькой девочки с кудряшками, с не по-детски взрослым, осмысленным взглядом. «Кто это? — не понял он. — Маша или ее Марина?» Мать и дочь были удивительно похожи друг на друга. Он вытащил из книжного шкафа томик Чехова, сел в кресло и не заметил, как уснул. Проснулся он от того, что кто-то ерошил его волосы.

— Эй! — смеялась Маша. — Ну ты и здоров дрыхнуть! Я уже полчаса по квартире, как слон, топаю.

Он вскочил и начал суетливо ей объяснять свое присутствие в ее доме.

— Все нормально, — отмахнулась она. — Только есть хочу, умираю.

Потом они жарили яичницу с помидорами, пили кофе, а потом... А потом все было снова — с той же силой и нежностью и какими-то глупыми и очень важными словами, которые срывались с его губ, а она тихо смеялась и прижимала свой тонкий палец к его губам и шептала:

— Не надо, не надо, все и так понятно. Слова ничего не стоят, поверь.

И он удивился этому ее знанию и, смутившись, замолчал. Под утро он все же уснул, Маша его разбудила и потребовала воздуха, леса и реки. Они быстро собрались, нарезали бутерброды, налили в термос чаю и пошли на Белорусский вокзал. Она сказала, что знает дивное место на берегу Москвы-реки, тихое и чистое. Они приехали туда, долго шли от станции по пыльной, узкой дороге, нещадно слепило июльское солнце. Они зашли в подлесок перевести дух и задержались там на долгих два часа, потому что опять неистово и нежно любили друг друга, и было уже наплевать на жару, речку и все дальнейшие планы. Но до речки они все же дошли, и место оказалось и вправду тихое и безлюдное, даже почти незагаженное. Маша сорвала с себя легкий сарафан и, голая, бросилась в воду. Они поплыли наперегонки, но у узкой речушки оказалось сильное и холодное течение, и они, обессиленные, вышли на берег, выпили чаю и заснули, обнявшись, на зеленой траве, крепко-крепко. Это было самое счастливое лето в его жизни. Они не расставались ни на день. В августе родители засобирались к родне в Одессу — мать долго уговаривала его поехать с ними, но отец сказал ей твердо: «Оставь его, видишь, его здесь нет. Он на другой планете».

Однажды она приехала к нему — зашла в квартиру и удивилась:

— Боже, какая у вас чистота! Все по местам, с ума сойти!

Он открыл холодильник и поставил греть на плиту жаркое — мать оставила ему еды недели на две.

Она ела и качала головой от восторга.

— Боже, как вкусно! И мясо, и малосольные огурчики! У тебя маман — гигант, — заключила она. И добавила с грустью: — А мы живем одним днем, безалаберно как-то живем. Знаешь, я суп ем только в столовке в альма-матер.

— Ну, у всех по-разному, — дипломатично ответил он.

А она задумчиво протянула:

— В общем, жена из меня будет никакая. Нет школы! — И, испугавшись самой себя, со смущенным смешком добавила: — Зато я честно обо всем тебя предупредила. Теперь с меня взятки гладки!

Это правда, с нее всегда были взятки гладки. Как с гуся вода. Весь август пролетел в бешеной круговерти — днями они шатались по Москве, где уже определились *их* места — скамейка на Патриарших, кафешка на Бронной, сквер у Никитских, переулочки Замоскворечья, киношка в «Ударнике». Вечерами ехали к кому-то на квартиру: в августе у многих были свободные хаты — родители разъезжались в отпуска. А ночи, ночи были точно только их. На Лесной в августе почти не появлялись — пропадали у него на Вернадского. Сначала Маша возмущалась:

— Живешь на выселках!

А потом привыкла и оценила — да, воздух, лес под окном. Нет, неплохо, тихо. Действительно — спальный район. Правда, им было не до сна.

К сентябрю приехали родители. Мать критически осмотрела его — похудел, побледнел. Как-то протянула ему Машину заколку, посоветовала:

— Отдай владелице.

А он ходил с дурацкой улыбкой на лице и распевал:

— «А я кружу напропалую с самой ветреной из женщин».

И еще про то, как ругает мама, «что меня ночами нету».

Мать не ругала, нет, а только посмеивалась и качала головой. И еще грозно напоминала — скоро институт! Четвертый курс, между прочим!

В сентябре разбежались по институтам. Полдня прожить без Маши было невыносимо. После лекций мчался к ней, сидел в сквере напротив, вглядываясь в прохожих — только бы не пропустить.

Однажды в октябре мать сказала:

— Что же ты скрываешь от нас свою девушку? Приводи!

Он передал Маше, что в субботу родители ждут на ужин. Она удивилась и задала абсолютно нелепый вопрос:

— А для чего?

— В каком смысле, для чего? — разозлился он. — Просто познакомиться.

— А зачем? — вновь удивленно поинтересовалась она.

Нет, все-таки что-то ей абсолютно непонятно. Даже не знаешь, как человеку в девятнадцать лет можно объяснять такие вещи. А она канючила:

— А может, рассосется? Ну, не люблю я все это — здрасьте, здрасьте, шаркнуть ножкой, нож — вилка. А чем вы занимаетесь? А какие планы на будущее?

Но здесь он был тверд: во-первых, родители — нормальные люди, а во-вторых, как он им объяснит, что она не хочет приходить к ним в дом в их присутствии? Бред какой-то! Маша, вздыхая, согласилась. Он встретил ее у метро и купил маме букет садовых ромашек. Конечно, та накрыла стол — скатерть, пирог, курица, салат, бутылка вина. Маша не робела, просто недоумевала — к чему такой парад? Посидели, пообщались на общие темы. Без напряга. А потом пошли в его комнату, и она спросила:

— Я останусь?

Он помолчал и попытался ей объяснить, что это не очень здорово и их не поймут.

— Почему? — удивилась она. — Они же догадываются, что мы не просто за ручку ходим. Мы же взрослые люди? В конце концов это называется ханжество.

— Да нет, — оправдывался он. — Просто у нас так не принято, понимаешь, ну не готовы они пока к этому.

Она тогда впервые всерьез обиделась. Он спустился и поймал такси.

Назавтра мать ему сказала на кухне как бы так, между прочим:

— Ты же знаешь, конечно же, я за любовь. Но она не жена, понимаешь? И ты не обольщайся. Люби себе на здоровье, но не заморачивайся.

Он разозлился:

— И это говоришь ты? Ты, которая провозглашает лозунг — только любовь имеет значение?

— Это так, — медленно ответила мать. — Но, видишь ли, кроме любви, есть еще много составляющих семейной жизни. Ты понимаешь, о чем я говорю?

— Нет! — резко ответил он. И добавил: — От тебя я такого не ожидал.

Начались занятия в институте, и видеться они стали реже. Нет, он, конечно же, по-прежнему рвался, бежал к Маше при любой возможности — встречал в садике у Щуки, провожал, караулил у дома. Она, при всей своей легкомысленности, была довольно серьезно погружена в учебный процесс — говорила о педагогах, предметах, любимых и нелюбимых, примеряла на себя возможные роли. Он к учебе относился спокойно, по-студенчески, занимался от сессии до сессии. Этот процесс его не увлекал, просто он четко понимал, что надо получить «верхнее» образование. Мать с отцом сначала опасались — не будет ли он манкировать занятиями, но потом успокоились и вздохнули: сессии сдает — и ладно.

Новый год они встречали вдвоем у Маши. Мать, Марина-балерина, как он ее окрестил, встречала праздник где-то за городом. Тридцать первого днем он притащил маленькую пушистую елочку. Маша растерялась — украшать елку было нечем, игрушек в доме не водилось. «Странно, — думал он, вешая на елку мандарины, конфеты, плюшевые игрушки и еще какую-то ерунду, — люди живут совсем без традиций. А мама всегда говорила, что традиции — основа семьи». Праздничный стол, конечно же, Маша не приготовила, но выручили мамины утка и пироги с капустой. Торт купили в соседней булочной. Зажгли свечи и сели за стол. Маша произнесла тост, состоящий из двух слов:

«За счастье».

Потом они танцевали, пили чай и в два часа ночи вышли на пустую улицу. Снега лежало немного, но мела поземка, и небо было чистым и звездным.

— Я люблю тебя, — выдохнул он.

Она не ответила, а только внимательным и долгим взглядом посмотрела ему в глаза, а потом вздохнула и провела по его щеке своей невесомой рукой. И опять была ночь, и смятение, и все-таки счастье. А утром она ему сказала:

— Слушай, перебирайся ко мне. Будем чаще видеться.

Он растерялся, опешил, а потом неловко пошутил:

— Ты делаешь мне предложение?

— Как хочешь это назови, но маман на Кутузовском со своим Жекой, вроде у них все ладно, а я по тебе скучаю.

— Давай поженимся, — вдруг предложил он.

— Дурак, разве в этом дело, — ответила она и вышла из комнаты.

На следующий день он перевез к ней свои вещи — магнитофон, гитару, какие-то тряпки. Она дала ему связку ключей. А в целом, конечно же, ничего не изменилось. Днями они пропадали в институтах, вечером встречались, варили пельмени, иногда шли в кино, иногда заваливались к кому-нибудь в гости, иногда кто-то приходил к ним. Если вдруг Маша задерживалась, он не отходил от окна и почему-то начинал ревновать. Однажды он пошутил на эту тему, а она удивленно посмотрела на него и сказала:

— А ты меня, оказывается, совсем не знаешь. Пока я с тобой, мне никого другого не надо. А когда будет надо, ты первый об этом узнаешь.

Его это почему-то не успокоило, слова «пока я с тобой» еще раз опустили его на землю. Женщина-ветер, она принадлежала только самой себе. Нет-нет, у них по-прежнему было все хорошо. Они не скандалили, не устраивали разборки на бытовые темы (просто он сразу и со всем смирился), почти не обижались друг на друга. Но он ничего не мог поделать с ощущением, что все это, вся их так называемая семейная жизнь оборвется, обрушится в один день, без всяких признаков и предупреждений. Он был не из тех, кто радостно живет одним днем.

Раз в неделю, вечерами, когда у Маши были репетиции или прогоны, он заезжал к родителям. Жадно набрасывался на мамины котлеты, жаркое, съедал две тарелки супа. Мать сидела напротив, подперев голову ладонью, и грустно смотрела на него.

— Бедный ты мой, — говорила она, вздыхая и проводя рукой по его волосам.

Он взрывался:

— Почему бедный?!

Мать, грустно улыбаясь, говорила:

— Потому что худой и голодный.

А он уже рвался на Лесную — скорее, скорее. Он уже по ней нестерпимо скучал. Почему-то очень ждал лета — ему казалось, что летом опять будут свобода и абсолютное счастье: вылазки на природу, долгий сон по утрам, вечерние прогулки по теплому зеленому городу.

На 8 Марта он принес Маше букет белых гвоздик, как доставал тогда — отдельная история. Она удивилась:

— Я пролетарских праздников не признаю.

Он обиделся и сунул букет в помойное ведро.

Она молча собралась и, не говоря ни слова, оделась и ушла. В одиннадцать вечера ее все еще не было, и он поехал к родителям. Всю ночь ждал, что она позвонит. Она не позвонила. Ни назавтра, ни на следующий день. Он поехал на Лесную. Маша была дома — сидела на кухне с подружкой. Он вызвал ее в комнату и спросил:

— Ты ничего не хочешь мне сказать?

Она дернула плечом:

— О чем говорить? По-моему, и так все понятно.

— Что понятно? — глупо настаивал он.

— Все, — ответила она.

— Это конец? — спросил он хрипловатым голосом.

Она усмехнулась:

— Ну ты же умный человек, — и добавила: — Только не надо ничего выяснять, умоляю.

Она ушла на кухню.

Он медленно собирал вещи — мелко дрожали руки. Потом заглянул на кухню.

— Я пошел, — сказал он.

— Ну, пока, — откликнулась Маша.

До дверей она его не проводила. Он положил ключи на столик в прихожей и громко хлопнул дверью. «Вот и все, — крутилось в голове. — Вот и все».

Когда он приехал домой, родителей не было. «Только бы обошлось без вопросов», — думал он, развешивая в шкафу свои вещи. Он включил музыку, любимых «Битлов», — и почему-то почувствовал облегчение. «Вот как оно, оказывается, бывает, — удивляясь, думал он. — А я ведь рад, что снова дома». Как он ошибался!

Вечером пришли с работы родители, все поняли тотчас, переглянулись и, не задавая ни единого вопроса, позвали его ужинать. Говорили о чем-то отвлеченно, и он в который раз ощутил их такт. А утром навалилась тяжелая, беспросветная тоска. И обида, и боль. В институт он не пошел — валялся, читал, проваливался в неглубокий тревожный сон. А вечером поехал к приятелю и напился.

С каждым днем он тосковал по ней сильнее и сильнее. Однажды набрал Машин номер — телефон не ответил. В другой раз подкараулил ее у института — только бы увидеть! Увидел. Она шла, оживленно с кем-то беседуя, свежая, прекрасная, в замечательном настроении. «Как с гуся вода», — в который раз подумал он. В июне, кое-как сдав сессию, уехал с приятелем к родне в Одессу и там закрутил романец с девочкой из Питера — пухленькой, беленькой, тихой и пугливой. В августе пошел работать к отцу в институт курьером. Впереди был последний курс института, а дальше — взрослая жизнь. Свою тоску и обиду он выжигал каленым железом. «Не думать, не думать, не вспоминать, вся жизнь впереди, сколько всего еще будет, и этих самых «любовей» в том числе», — твердил он себе и даже почти в это верил. Но иногда охватывала такая тоска, что хотелось ночью бежать на Лесную, только бы она открыла дверь, и увидеть, только увидеть и прижать к своему лицу ее тонкую, узкую и прохладную руку! Однажды он не выдержал и поехал туда, спрятался в тени еще не до конца облетевших кленов и увидел ее — она шла с высоким худющим парнем в узких джинсах, с длинными белыми волосами, перетянутыми на лбу узкой ленточкой. Держась за руки, они вошли в подъезд. «Вот теперь уже все, теперь точно все», — твердил он себе и рванул прочь почти бегом, не разбирая дороги.

А под Новый год приехала та самая беленькая девочка из Питера — и позвонила ему. Он был рад любому событию, которое могло закрутить, отвлечь, удалить, отвратить его от горьких дум и страданий. Девочка, милая и непритязательная, слушала его, широко открыв глаза, была молчалива и смешлива. Зачем-то он притащил ее домой на ужин. Она пришла с цветами и тортом, и это почему-то тронуло его. Потом она помогала матери убирать со стола и записывала рецепт материнских пирожков и салатов. Вечером он провожал ее до дома тетки, приютившей ее, и неожиданно для себя предложил выйти за него замуж. Она долго молчала, оторопев, а потом почему-то заплакала. И это опять его тронуло, он крепко прижал ее к себе.

Приехав домой, он зашел в родительскую спальню и, скоморошничая, объявил родителям о своем решении жениться. Мать встала с кровати, накинула халат.

— Что за бредни! — жестко сказала она.

— О чем ты? — продолжал он паясничать. — Ну разве она не жена? И хозяйственная, и услужливая, и внимательная!

— Да, — согласилась мать. — Девочка хорошая, только есть одно небольшое «но» — жениться все-таки стоит по любви.

— А как же составляющие семейной жизни? — не унимался он. — Те, про которые ты говорила?

— Говорила, — согласилась мать. — Только и любовь еще никто не отменял. Да и потом, подло рушить чужую жизнь кому-то назло. Вот и подумай. — Мать вышла из комнаты и плотно прикрыла дверь.

— Уже подумал! — крикнул он ей вслед.

В апреле он поехал в Питер и познакомился с будущими родственниками — обычная, вполне приличная питерская семья. Родители — инженеры, две комнаты в коммуналке на Васильевском. Решили, что жить будут в Москве — его невеста была согласна на переезд, решила перевестись на заочное. Училась она в пединституте. Свадьбу сыграли в мае в Москве. Обычная свадьба в кафе — родня, приятели, салат оливье. Глядя на свою невесту в белом громоздком платье, с тряпичной розочкой в волосах, он почему-то подумал, что Маша пошла бы под венец в джинсах и маечке на узких бретельках, позвякивая серебряными браслетами на узких запястьях. Если бы вообще пошла под этот самый «венец» в районном загсе. Его жена перевезла свои вещи, и ему было странно видеть, как она рассаживает в его комнате свои плюшевые игрушки и развешивает в его шкафу свои платья. Она и вправду оказалась хорошей девочкой — по субботам убирала квартиру, пекла торты, гладила его рубашки. Была корректна и сердечна с его родителями. Они ее даже полюбили. Только мать ему однажды сказала:

— Жалко мне вас — и тебя, и ее.

Жалел ли он о содеянном? Да нет, он вообще жил тогда как-то странно, ничего толком не осознавая, просто надо было, очень надо, чтобы меньше болела душа. Помогало? Он убеждал себя, что да. Бывают моменты в нашей жизни, когда мы даже себе ни за что не признаемся, не скажем правду. Это был как раз тот самый случай. А через полтора года у него родилась дочка, он назвал ее Маша. Мать только покачала головой, а отец его поддержал — хорошее имя. Рождение девочки немного отогрело его душу, он ее полюбил, но как-то спокойно, сдержанно. А отношения с женой совсем стерлись, сошли на окончательное и твердое «нет». Теперь она была занята по горло с дочкой. Да что там она — весь дом, включая родителей, построила эта малышка с кукольным личиком. А он жил своей жизнью — работа, друзья, преферанс по субботам, рыбалка. Жена ни в чем его не упрекала, он даже злился — хоть бы слово поперек сказала. А она все молчком — обед готов, все постирано, поглажено, убрано до блеска. Не жена — эталон жены. А на душе тоска — хоть волком вой. Но о чем сейчас жалеть, когда в деревянной кроватке в розовых ползунках спит его дочка.

Спустя какое-то время у него образовался на работе роман. Даже скорее не роман, а просто связь. Да, да, именно связь. С молодой и красивой, разведенной женщиной. Теперь по вечерам он частенько пропадал у нее. На лето сняли дачу для дочки в Шараповой Охоте. Приезжал он туда редко — раз-два в месяц. А родители ездили каждые выходные. Когда приезжал, видел, что жена похудела, подурнела, ничего не осталось от той беленькой девочки, румяной пышки. Они почти ни о чем не разговаривали — так, общие хозяйственные вопросы. В отпуск он уехал на байдарках в Карелию. А когда вернулся, жены уже в квартире не было — собрав дочку и вещи, она уехала в Питер к родителям. Вдогонку он не бросился, а спустя пару дней ей позвонил. Она сухо сказала, что пришлет документы на развод, с дочкой он может видеться — никаких препятствий. Теперь о дочке он все узнавал от матери — та поддерживала с бывшей невесткой постоянную связь. Жена присылала фотографии девочки — он рассматривал их уже почти равнодушно, отстраненно как-то. С любовницей он уже к тому времени расстался — та начала исподволь на него давить, ей очень хотелось замуж. И началась круговерть — один роман плавно перетекал в другой, одна история заканчивалась, и начиналась другая, новая. Он ушел от родителей и снял себе квартиру. Начал зарабатывать, появились машина, деньги и как следствие — возможности.

Теперь это был не тот, прежний, трепетный мальчик, а уже вполне сформировавшийся молодой, крепкий, сдержанный мужчина. И пожалуй, как ему казалось, уже ничего не может зажечь его, растопить его душу, заставить размякнуть, растечься. Никто — он был в этом уверен, — никто уже не сможет им манипулировать, распоряжаться. Его скорлупа, оболочка, броня казалась абсолютно надежной и неподатливой. В конце концов это был его выбор. Так было спокойнее. Да нет, конечно, иногда он чувствовал себя надорванным, изнуренным, что ли. Эта жизнь, безусловно, не была ему в радость. Но он точно знал одно: те страдания и муки, тот излом, были точно страшнее и мучительнее. В общем, он сказал себе твердо — больше никто и никогда не посмеет. И уж наверняка он никогда не задумывался над тем, что испытывали все те женщины, которые приходили к нему в дом, шли в его ванную, ложились в его постель, утром пили с ним кофе на кухне. Иногда по ночам они шептали ему потаенные, заветные слова — те, что произносят только в самые сокровенные минуты. Но это только заставляло его вздрагивать и морщиться, и он твердо останавливал их. Ни к чему.

На фоне затянувшихся связей он не отказывал себе и в коротких, одномоментных историях. Любое вторжение в его частную жизнь, любое желание как-то задержаться, закрепиться возле него он чувствовал моментально и абсолютно спокойно и безжалостно ставил все точки над «i». Да нет, конечно, он был не монстром, не чудовищем — вполне мог оценить и красоту, и юмор, и ум, и прелесть своих подруг. Сам он тоже был вполне галантен и обходителен, благовоспитан, любезен, приветлив и деликатен. Но все же имелась черта, демаркационная линия, противотанковые ежи, за которые вход был категорически воспрещен. Слишком болела его обожженная душа.

Конечно, родители страдали. Сначала молча, а потом мать не выдержала.

— Остановись! — умоляюще просила она. — Тебе нужны дом, семья, нормальная жена. Сколько можно палить свою жизнь?

Отец ее утешал:

— Все образуется, устаканится, ему это надоест, и он остановится. В конце концов наступает возраст, когда человек начинает стремиться к стабильности. Значит, еще не время.

А однажды он не выдержал и сорвался. Среди ночи, теплой летней ночи, почти такой же, как тогда, когда он был бесконечно счастлив. Он долго лежал с открытыми глазами и смотрел в потолок, на котором в свете фонаря чуть колыхались тени деревьев, и вдруг отчетливо понял, что если сейчас, да-да, прямо сейчас, он не увидит ее, то просто не доживет до утра. И поехал на Лесную. Дверь довольно быстро открыли — на пороге стояла Марина-балерина. «Постарела», — мелькнуло у него в голове. Ничуть не удивившись ни ему, ни его позднему, или скорее раннему, визиту, она поправила волосы, запахнула поглубже халат и зевнула.

— Привет, — сказала она.

Он судорожно сглотнул и кивнул.

— Пройдешь? — спросила невозмутимая маленькая рыжая женщина.

Он отрицательно мотнул головой и наконец смог произнести:

— Могу ли я видеть Машу?

Получилась странная высокопарная фраза.

Марина покачала головой:

— Ее же нет в Москве. Уже три года. А ты, что, не знал?

— А где она? — хрипло спросил он.

— В Вильнюсе, в Драмтеатре. Уехала по распределению. В общем, неплохой вариант, все не тмутаракань. Ей там нравится. Хотя репертуар не ахти, да и ролей не густо. Но все же цивилизация, — рассмеялась она. — Почти Европа!

— А адрес? Вы можете дать адрес? — спросил он.

— Да ты пройди. — Машина мать чуть отступила, освобождая пространство крохотной прихожей. — Пройди, я напишу!

Он мотнул головой:

— Вы скажите, я запомню.

— В общем-то, да, там несложно, — согласилась она. — Улица Святого Стефана, дом 14, квартира 3. Это где-то в старом городе.

— Спасибо, — сказал он и добавил: — Вы меня извините.

— За что? — не поняла она.

— Ну, за беспокойство, например.

Марина легко рассмеялась:

— Ерунда, бывает! — И крикнула ему, сбегающему по лестнице: — Удачи тебе!

Он крикнул в ответ:

— Спасибо!

Наутро он летел в Вильнюс. Два часа в самолете показались ему почти вечностью. Через четыре часа он почти бежал по старой узкой улочке, мимо каких-то лавочек, магазинчиков и крошечных кафешек. «Действительно Европа», — на бегу подумал он. Дом 14 оказался старым и мрачно-серым. В четыре этажа. Начал накрапывать дождь, серые, ненастные тучи почти затянули неяркое прибалтийское солнце. Квартира 3 находилась на первом этаже. Звонка не было, и он постучал в тонкую деревянную дверь. Ему не открыли. Он посмотрел на часы. «Наверное, Маша в театре», — подумал он и вышел из мрачноватого сырого подъезда. Дождь набирал обороты. Он перешел на противоположную сторону улицы и зашел в маленькое, на три столика, кафе. У одного из них, возле окна, стоял пожилой мужчина, почти старик, и ел сосиску. Вдруг он почувствовал жуткий голод, заказал три сосиски, салат, пирожное и большую чашку кофе. Все это показалось ему божественно вкусным. Дождь перестал моросить, и выглянуло робкое солнце. Он вышел на улицу и пошел по мощеным улицам куда глаза глядят. Впервые за несколько лет ему казалось, что жизнь прекрасна. Он бродил по старому городу, заходил в маленькие мощеные дворики, опять пил в кафешках настоящий, одуряюще пахнущий кофе.

Заглянул в изящный, красного кирпича, костел — там шла служба и грустно и нежно звучал орган. А потом он на ощупь, наугад пошел назад — и почему-то быстро и легко, ни разу не спросив дороги, вышел на нужную улицу. В Машином окне горел свет. Он долго стоял у подъезда, выкурил пять сигарет подряд. А потом зашел внутрь.

Она открыла ему дверь и удивленно замерла на пороге. Он всматривался в ее лицо — прекрасное и родное. И в этот момент он простил ей все и тут же, моментально, стер, забыл всю свою предыдущую жизнь без нее. Казалось, что ее и не было — той жизни. А всегда была только она — его рыжая девочка, его Машка, тоненькая, белокожая, единственная. Самая родная на свете.

— Ничего себе, — воскликнула она. — Ну, входи, раз так. — Она понемногу пришла в себя и, не прекращая удивляться, улыбнулась: — Вот это сюрпризики.

Он зашел в узкую прихожую, сразу переходящую в комнату — узкую и длинную, как пенал. Комод, этажерка с книгами, журнальный столик, тахта, торшер под зеленым абажуром. На полу плетеная дорожка кирпичного цвета.

— У тебя уютно, — сказал он дрогнувшим голосом.

— Это не трудно, — отозвалась она. — Здесь, в Прибалтике, у всех уютно — коврики, керамика, свечи. Другая культура.

Он кивнул.

— Кофе будешь? — спросила она.

Он рассмеялся:

— Нет, только не кофе, я за день чашек семь выпил. Боюсь, сердце выскочит.

— От кофе? — удивилась она.

— От тебя, — помолчав, сказал он.

Она села на стул и закурила. А он смотрел на ее руки — на пальцах было много мелких серебряных колечек.

Она поймала его взгляд.

— Здесь хорошее и дешевое серебро.

Он кивнул:

— Надо будет что-нибудь купить маме.

— Завтра я тебя отведу в одну лавку. Ты ведь останешься до завтра?

— Мне некуда идти, — проговорил он.

Они замолчали.

— Ты здесь по делам? — спросила она.

Он молчал несколько минут, потом ответил:

— Ты же все знаешь, все понимаешь. Я приехал к тебе. Если выгонишь, тотчас уйду.

Она подошла к нему и внимательно посмотрела в глаза.

— Завтра мы пойдем в серебряную лавку, а потом я покажу тебе город. У меня три свободных дня. Это здорово, что все так совпало. — Она провела рукой по его губам.

Он поймал ее руку и снова сошел с ума.

Они провели вместе три дня, и не было человека счастливее его. Они шатались по старому городу, слушали мессы в католических храмах, поедали безумное количество пирожных со взбитыми сливками, пили бесконечный кофе, не отпускали ни на минуту рук и целовались на каждом перекрестке. Она говорила, что это ее город и что здесь ей очень хорошо, что в театре есть проблемы, но ее там ценят и у нее там есть будущее. Говорила о том, что совсем не скучает по Москве — и это удивило его. И ни слова, ни слова о своей личной жизни. Он только понимал, что она одинока. Вечером без задних ног они ввалились в ее крошечную квартирку — «трамвай», как она ее называла. И опять не спали почти до утра. Если и существовал на земле рай, то определенно он был здесь — в темноватой узкой комнате с жесткой ковровой дорожкой на дощатом некрашеном полу, с тусловатым, уютным зеленым торшером и маленьким окном, выходящим на древнюю, мощеную старым, полустертым булыжником мостовую улочки Святого Стефана. Они говорили обо всем на свете, кроме своего будущего. Отгулы кончались, и он должен был лететь в Москву. Попрощались на пороге, и он погладил ее по голове, как отец гладит дочь. Наконец он решился:

— Позвонишь мне? Мне-то тебе звонить некуда.

Телефона у нее не было.

Она кивнула.

— Можно все изменить, да? — спросил он и добавил почти весело: — В конце концов работа есть везде.

Маша снова кивнула. Он прижал ее к себе, и они замерли. Он подумал о том, что нет совершенно никаких сил, чтобы оторваться от нее.

— Иди, — тихо приказала она. — Ну пожалуйста!

В самолете ему пришла в голову простая и гениальная, как ему показалось, мысль. Кто-то должен решить. Если не оба, то кто-то один должен взять все на себя и просто поставить другого перед фактом. Ведь так все просто — немного, совсем чуть-чуть измени свою жизнь — и будь счастливым. Проще не бывает.

Он легко сбежал с трапа самолета, в здании аэропорта купил цветы, схватил такси и поехал к родителям. В сумке лежали бархатный футляр с тяжелым серебряным браслетом с мутным, беловатым, похожим на засахаренный мед янтарем для мамы и бутылка зеленого травяного ликера для отца.

Они сидели на кухне, ужинали, он жадно ел мамины котлеты, жареную картошку и долго пил чай. Мать глядела на него во все глаза — ничего не понимая, чувствуя только, что он ожил, ожил наконец, и не важно, что за причина. Главное — у сына светятся глаза, и он много ест и много говорит. Значит, что-то произошло, и какая разница — что. Он был счастлив, ее мальчик. Ее взрослый мальчик. И это было самое главное. Началась какая-то суета — он пытался договориться на работе, его не хотели отпускать, требовали, чтобы он нашел себе замену. Он поругался с начальством, бросил на стол заявление, тряс Трудовым кодексом, скандалил. Но ему по большому счету было на все наплевать. У соседки-спекулянтки он купил за бешеные деньги длинную, в пол, шоколадную дубленку, повесил ее на дверцу шкафа и любовался, трогал нежную замшу и легкий, пушистый мех. Счастливо улыбаясь, представляя Машу в этой дубленке зимой, ее глаза при виде этой роскошной, сказочной дохи. «Какая удача», — бормотал он. Почему-то он очень суетился — забрал у матери диплом и военный билет, а она все спрашивала — в чем дело, а он отвечал, что скоро, очень скоро он все им расскажет и просил чуть-чуть подождать. А мать нервничала и говорила ему, что он сошел с ума. А он смеялся и вполне соглашался.

А спустя две недели, когда он уже начал укладывать вещи, вечером позвонила мать и сказала, что ему пришла телеграмма из Вильнюса. У него почему-то страшно и больно екнуло сердце, он попросил зачитать ему текст.

Она отошла от телефона за телеграммой, и эти минуты показались ему вечностью.

— «Не стоит ничего менять», — прочла мать четыре слова и растерянно, с тревогой проговорила: — Ничего не понимаю, здесь без подписи. Ты что-нибудь понимаешь?

Он молчал.

— Ты меня слышишь?! — почти закричала мать.

Он медленно положил трубку на рычаг.

А потом он запил. Тяжело, беспросветно и беспробудно. На третью неделю его, уже почти беспомощного и несопротивляющегося, увезли к себе родители. Просто погрузили в машину на заднее сиденье — как чемодан. Конечно, был врач, делали какие-то процедуры, капельницы — он помнил все это плохо, почти все время спал, только иногда его будила мать и из старого, еще бабушкиного, фарфорового поильника с надписью «Кисловодск» поила его какими-то отварами и клюквенным соком. Он морщился, отталкивал ее руку, но все же пил.

Однажды он встал и подошел к окну. На деревьях и скамейках лежал плотный и тяжелый снег. Он открыл окно, с подоконника зачерпнул в пригоршню влажную горсть и почему-то начал есть этот снег. Странно, но ему полегчало.

— Мам! — крикнул он.

Мать копошилась на кухне.

Она влетела в комнату и с ужасом посмотрела на открытое окно.

— Мам, — повторил он. — Пойдем погуляем.

Она всполошилась, засуетилась и принялась его одевать — как в детстве, что-то приговаривая: свитер, джинсы, ботинки. Он почти не сопротивлялся — совсем не было сил. Она накинула пальто на халат и сунула ноги в старые сапоги. Они медленно спустились по лестнице. Он стоял у подъезда и никак не мог надышаться.

— Пройдемся? — предложила мать.

Он покачал головой — ноги совсем не слушались, и он тяжело опустился на мокрую скамейку.

А вечером он попросил жареной картошки. Мать поджарила ее так, как он любил — кругляшами, с луком. Он съел целую сковороду.

— А отцу? — спросил он испуганно, добирая до дна.

— Не волнуйся, есть обед, — успокоила его мать.

Потом он сидел в кресле, и очень хотелось свежего воздуха. Мать открыла окно и закутала его в плед. Он не заметил, как уснул. А когда проснулся, щелкнул пультом от телевизора. Шел какой-то дурацкий сериал — адюльтер, потерянные близнецы, злодейка, наследство, главный герой — временный коматозник — словом, то, перед чем он раньше не задержался бы ни на минуту. А здесь он смотрел все сорок минут, и ему было интересно. А в выходные отец куда-то уехал с утра и вернулся к обеду с пластмассовой переноской для животных. В переноске сидел крошечный, песочного цвета, мохнатый щенок.

Он взял этот теплый, скулящий комок с мокрым кожаным носом в руки, поднес к лицу и почувствовал молочный щенячий запах. Щенок пустил тонкую теплую струйку ему в ладонь, и он заплакал. В эту самую минуту он понял, что продолжается эта самая жизнь. Эта страшная, бьющая наотмашь, не дающая пощады, выбивающая почву из-под ног — та жизнь, которую он почти разлюбил и в ответ не получал от нее взаимности, в которой ему было почти невыносимо и совсем не хотелось спорить и мериться силой.

Ночью он не спал — на кровати лежал, свернувшись, щенок и изредка тихо поскуливал. Он прижимался к нему и думал о родителях. В который раз они спасли его — как просто все оказалось! Ему, словно малому дитю, купили собаку — и жизнь обрела смысл. Теперь он кормил щенка — пять раз в день, строго по книге: тертая морковка, творог, яйцо, отварное мясо. Убирал за ним бесконечные лужицы, не спускал его с рук. А через две недели начал выходить с ним на улицу, держа на руках осторожно, как ребенка, и аккуратно ставя на землю — на несколько минут. Дома он мыл ему лапы, вытирал полотенцем влажную шерстку, смотрел, как он ест и смешно лакает воду из блюдца. Вечерами он отыскивал старую, юношескую, любимую книгу в книжном шкафу, наливал себе чаю и долго, за полночь, читал. Щенок спал рядом с ним на подушке.

А еще через месяц он уехал к себе. Теперь с ним было почти все в порядке. Как-то, гуляя с собакой, он спустился к метро за сигаретами, его окликнули — старый школьный приятель. Поболтали о том о сем, обменялись телефонами, и вечером следующего дня тот позвонил ему и предложил работу. Директором в свою фирму — ему нужен был свой человек. Он взялся за это с отчаянием, понимая, что это выход, сейчас ему это необходимо. Работа пришлась ему по душе. Приятель, видя его усердие и рвение, наконец-то свободно вздохнул и слегка расслабился, и он получил полный карт-бланш. Работал увлеченно, по двенадцать часов в сутки. Впрочем, деньги ему положили тоже немалые — и он, как человек приличный, отрабатывал их на полную катушку.

Все его прежние любовные похождения, как ему казалось, остались в далеком прошлом. Просто все это стало неинтересно. Он загонял себя, забивал работой — по горло, по макушку, и в этом было его спасение. Одиночество его совсем не угнетало, к тому же дома ждал пес, вымахавший в крупную, прекрасную и умную собаку. Он всегда скучал по нему, ощущая пресловутую собачью преданность и любовь в полной мере. Без оговорок. Только так, как умеет тебя любить твоя собака — без упреков, претензий, обид и просьб о взаимности. О Маше он старался не думать. Да что там старался! Просто запретил себе — жестко и категорично, пони-

103

мая, что иначе не справится. Не анализировать и не пытаться понять. И все. Иначе просто можно сойти с ума. В третий раз из этой ямы ему уже не выбраться.

А потом появилась Красная Шапочка. Он познакомился с ней в банке. Она стояла перед ним у окошка в черном пальто и красном берете и что-то спокойно и обстоятельно пыталась доказать упрямому клерку. Клерк не спешил соглашаться и вел себя довольно нагло, а она продолжала отстаивать свои права. Четко и вразумительно. Он удивился ее логике и терпению и предложил клерку вести беседу корректнее. Она обернулась на него, слегка покраснела и поблагодарила за участие. Когда она закончила свои дела, он вышел вслед за ней и окликнул, предложив подвезти. Она опять покраснела и, подумав пару секунд, согласилась. Он разглядел ее — круглое лицо из разряда простоватых, но миловидных, вздернутый нос, голубые глаза. Невысокая, крепко сбитая, даже чуть полноватая, по нещадным сегодняшним меркам.

В машине она принялась рассказывать о себе — друзья, работа, родители. Впрочем, все это было не назойливо, а довольно мило и непринужденно. Договорились вечером встретиться и выпить кофе. Встретились, кофе выпили и заодно сходили в кино. Он подумал, что не был в кино целую вечность. Потом он отвез ее домой и заторопился — дома его ждала собака. В следующий раз она пригласила его в гости — у нее была маленькая уютная квартирка, доставшаяся ей после смерти бабушки. Кружевные шторы, хрустальная люстра, мягкий палас, горшки с фиалками на окне. Она встретила его в клетчатом переднике с рюшами — и эта деталь почему-то умилила его. Они пили чай с еще теплым черничным пирогом, и ему казалось, что эта милая и уютная женщина, ее тонкие белые чашки в голубой цветочек, кружевная скатерть на столе и фиалки в горшках — словом, это все то, чего ему так не хватает в этой жизни. Он опять шел от противного и только в этом видел свое спасение. Он остался у нее в тот день, и ему показалось, что это и есть его тихая гавань. К черту страдания и страсти, к черту накал бесконечных эмоций. Ведь есть где-то покой и уют, никто не отменял тихую радость: теплый дом, тапочки с пушистыми помпонами, черничный пирог и сливовое варенье.

Ей было чуть-чуть за тридцать, самую малость. С одной стороны — вся жизнь впереди, а с другой — край, черта, за которой ты навсегда можешь остаться старой девой. И это с ее-то врожденным настроем на семейную жизнь. С ее четкостью, аккуратностью, сдержанностью. Видела, сколько вокруг одиноких, оставленных, неприкаянных. И наряду с этим — успешных, красивых и стройных. Занимающих положение и как следствие — прекрасно зарабатывающих. Имеющих дорогие машины, квартиры-студии, одевающихся в бутиках и — тотально одиноких. Про себя все понимала. Знала, чем может взять и что кто-то это в конце концов оценит. Если вообще появится этот кто-то. И вот он появился. Влюбилась ли она в него? Этот вопрос она себе не задавала. Но нравился он ей точно. Очень нравился. И немного пугал. Чувствовала его сильный внутренний излом. Ни о чем не спрашивала — ума хватало. И еще каким-то внутренним, женским, почти звериным, чутьем угадала, почуяла, что ему надо. И это совсем не противоречило ее натуре. Напротив, вся та забота, опека, в которую она старалась, как в кокон, его укутать, запеленать, была ей, безусловно, в радость. В общем, что называется, совпало — они встретились в нужном месте и в нужное время. Обычно он уезжал в ночи — наутро надо было гулять с собакой. Однажды Красная Шапочка предложила переехать к ней. Можно сказать — переступила через себя. Собака в ее представлении была полной катастрофой: лапы, шерсть, слюни — бр-р-р. Он удивился, но пса привез. Пес показался Красной Шапочке огромным — он занял все пространство. Боже, в коридоре был его хвост, а на кухне под столом — морда. Он визжал, лаял, клацал когтями по паркету, пару раз (о ужас!) прыгнул на кровать, застеленную светло-бежевым покрывалом. Когда он ел, добрая половина каши разлеталась по стенам и полу. Но она улыбалась.

— Милая собака! — Это все, что она смогла выдавить из себя.

Милая собака, впрочем, Красную Шапочку и вовсе не замечала — ей нужен был только хозяин. Не замечала и того, что она варила ей кашу, вытирала стены и пол, стирала ее подстилку. В общем, семейная жизнь — один большой компромисс. Это-то Красная Шапочка усвоила. Конечно, хотелось нежности, трепета, цветов, маленьких сюрпризов, волнительных слов, но она понимала — он дает ей только то, что может. В конце концов, он приличный человек, непьющий, вроде бы негулящий, приносит в дом деньги. Она не одинока, у нее есть мужчина. Практически муж. А на все остальное можно закрыть глаза. Одним словом, она старалась. И у нее, надо сказать, неплохо получалось.

По выходным они ездили к его родителям — милейшим, ненавязчивым людям. И она решила, что будет считать так — ей повезло. Крупно повезло. Вскочила, что называется, в последний вагон. Он ее, конечно, ценил и даже испытывал благодарность. Теперь он был почти спокоен, и ему стало везти в делах. Его друг, хозяин той самой фирмы, где он служил, решил совсем отойти от дел — денег ему вполне хватало. К тому же у его жены был успешный и грамотно выстроенный бизнес да еще в

придачу пара квартир в центре, удачно куплен-
ных в нужное время и сданных в аренду.
Словом, «париться» ему было ни к чему. И друг
продал ему свою долю — выгодно, в рассрочку.
Теперь у него была своя фирма — успешная и
раскрученная. В общем, казалось бы, все было
расставлено по своим местам. Работа, дом, семья, собака.

Из офиса он выехал в начале девятого. По
дороге заехал в «Перекресток». Сначала взял
все по списку, а потом слегка добавил самодея-
тельности — «Хеннесси» для отца, творожный
тортик для матери, еще ананас, киви и маленький бразильский арбуз. Мать обожала арбузы.
Из машины он позвонил Красной Шапочке.
Как всегда, стандартно:

— Как дела? Что пес? Если сможешь, выйди
с ним, я буду поздно, старики приболели.

Она забеспокоилась:

— Может быть, нужна помощь? Хочешь, я
тоже приеду, что-нибудь приготовлю, а?

Он отказался, но подумал: «Хорошая» — и
почему-то тяжело вздохнул.

Шаркая, отец открыл дверь. Неловко чмок-
нулись. Отец заохал и заойкал, увидев количество пакетов в руках сына. Он разделся, вымыл
руки и, пока отец разбирал покупки, зашел к
матери в спальню. Мать лежала на высоких подушках, и на ее лице была гримаса боли. Увидев
сына, она приподнялась и заулыбалась. Он сел
на край кровати, взял ее руку.

— Ну, как ты? — дрогнувшим голосом спросил он.

— Ну-у, — протянула мать. — Ты же в курсе. Но в целом все могло быть и хуже. Да что говорить, болячки в нашем возрасте не могут уменьшаться. Они могут только прибавляться. Это закон природы, и с этим не поспоришь. Главное, чтобы боли чуть-чуть ушли и я смогла бы ходить. Хотя бы понемножку. Отца вот совсем замучила, а у него тоже нога не ах. Обычные стариковские дела. — Она грустно улыбнулась и тут же оживилась: — Ну, как у тебя, что у тебя? Это, ей-богу, интереснее.

Он что-то начал ей рассказывать — какие-то обрывки, фрагменты: про бизнес, про новую машину, про собаку.

— А как твоя Красная Шапочка, Серый Волк?

Он задумался и пожал плечами.

Мать внимательно посмотрела на него и опять тяжело вздохнула.

— Она неплохая девочка, — сказал он.

Мать покивала.

— Неплохая. Ну это еще не все для того, чтобы быть счастливым. Господи, что я тебе говорю! — ужаснулась она.

— Ну, матушка, — попробовал отшутиться он, — вас, право, не поймешь! То любовь у вас не главное, а есть еще куча составляющих семейной жизни, как было заявлено ранее. Теперь, когда есть все эти сос-тав-ля-ю-щие, —

произнес он по слогам, — вы опять грустите. Что с вами, мадам? Вы уж определитесь.

— Маразм, думаю, — в тон ему ответила мать, а потом посмотрела на него и серьезно сказала: — А вообще-то я определилась.

— В тебе-то я не сомневаюсь, — глубоко вздохнув, усмехнулся он.

В проеме спальни возник отец и огорченно и взволнованно проговорил:

— Нет, ну у тебя в руках совершенно нет меры. Такие яства и в таком количестве!

Сын махнул рукой:

— Оставь, это все такие мелочи.

— Слушай, — твердо сказала мать, — ты лучше не возмущайся, а покорми ребенка. Ребенок-то после работы. А ты все пакетами шуршишь.

Отец расстроился еще больше и, прихрамывая, припустился на кухню, приговаривая вслух:

— И правда, старый болван, совсем старый болван.

Мать рассмеялась и погладила сына по руке:

— Иди, поешь. У нас фасолевый суп и котлеты.

Он наклонился, поцеловал ее в щеку и пошел на кухню.

— Руки помой! — крикнула мать ему вслед.

На кухне отец ставил на стол тарелку с супом, от которой тянулся густой горячий пар. Он заметил, что у отца мелко дрожат руки. Потом отец резал хлеб, грел котлеты и перекидывался с сыном фразами — обычный словесный пинг-понг, как всегда, с юмором.

Он жадно ел, вспомнив, что за день выпил только две чашки черного кофе. Потом отец, извиняясь, сказал:

— Я пойду к матери, посижу, а? Не возражаешь?

Сын, конечно же, не возражал.

Он с удовольствием съел суп, две котлеты и, вздохнув, бросив взгляд на свой уже вполне образовавшийся животик, положил себе в тарелку жареной картошки. Поев, он с удовольствием выкурил сигарету, глядя в окно на темную улицу, потом поднялся, вымыл посуду и пошел по длинному коридору к родительской спальне. Дверь в нее была прикрыта. Он невольно притормозил, словно что-то почувствовав, и замер у двери, почему-то не решаясь ее открыть.

— Даже не думай, — услышал он.

Отец говорил тихо, но твердо, словно одновременно прося и требуя.

— Ты просто не имеешь права ни о чем плохом думать. Вспомни, что было в жизни. И мы все преодолели, через все прошли. Ты же знаешь, почему. Только потому, что мы всегда были вместе. И сейчас все осилим. Ну ты же мне всегда верила! Даже когда я тебя сильно разочаровывал. А что сейчас изменилось? Ты мне перестала верить? — настаивал отец.

Мать, всхлипывая, что-то тихо отвечала ему, но сын не расслышал.

— И вообще, — продолжал спокойно и уверенно отец. — Все будет хорошо. По-другому и быть не может.

Он на минуту замолчал, а потом сын услышал:

— Ты вся моя жизнь, слышишь?! Вся моя жизнь. Без тебя нет ничего и не может быть. Без тебя просто нет меня. Без тебя и нет, собственно, самой жизни.

Отец еще что-то говорил, но сын уже на цыпочках отступал в коридор. У двери он, кашлянув, хрипло крикнул:

— Мам, пап, я поел, все супер, как всегда.

Отец вышел в коридор.

— Ну что, будешь двигаться? — деловито спросил он.

— Да, только с мамой попрощаюсь.

Он зашел в комнату к матери.

— Все, мамуль, поехал, завтра рано вставать, как всегда, — произнес он скороговоркой. — И обязательно съешь арбуз, слышишь, мам? Ну не зря же я его тащил?!

Мать кивала и улыбалась.

Он поцеловал ее руку и вышел в коридор.

— В общем, бать, звони, если что. Ну давай, до связи. — Он обнял отца, вышел на лестничную клетку и вызвал лифт.

Потом сел в машину, завел мотор и долго курил, глядя прямо перед собой на влажную от дождя черную дорогу, на покачивающиеся тени уже почти облетевших деревьев, поблескивающих серыми мокрыми стволами, и молчал, курил и думал — так, ни о чем конкретном. Просто о жизни в целом. Но кажется, понял что-то очень важное. Важное для себя. Именно в тот обычный, урочный, ничем не примечательный вечер.

Он тронул с места и открыл окно до основания. Капли холодного, мелкого и колкого дождя падали ему на лицо, и почему-то ему было это даже приятно. Он выжал до отказа педаль газа, и машина понеслась по шоссе. Потом он включил музыку, дурацкую, пустую — какой-то шансон. И опять удивился, что она совсем не раздражает, а даже скорее нравится ему. Он усмехнулся. Он ехал быстро по почти пустому проспекту, мерно работали дворники. И впервые за последнее время эта жизнь не показалась ему обузой и наказанием. «Как все просто, — подумал он. — Как, оказывается, все просто!»

Он долго спал утром, его разбудил пес, жалобно и настойчиво поскуливая и требуя своего, положенного. Из ванной он крикнул собаке, извиняясь:

— Сейчас, сейчас!

Быстро собрал свои вещи в новый дорожный чемодан, купленный к предстоящему совместному отдыху, вырвал листок из ежедневника, написал на нем короткую фразу и повесил листок на холодильник, прижав его магнитом-клубничкой.

Позвав пса, он легко спустился вниз. Пес, повизгивая, бежал рядом. Он открыл машину, бросил в багажник чемодан, а собака, радостно дрожа и задрав ногу, уже справляла нужду под соседним деревом. Потом он открыл заднюю дверцу, пес, заядлый автолюбитель, ворвался, влетел в машину и разлегся на заднем сиденье королем. Он завел мотор, и машина резко взяла с места.

А в квартире на шестом этаже, на холодильнике, прижатая глянцевой пластиковой ягодой, чуть колыхаясь от слабого ветра, идущего из фрамуги, висела записка, написанная его торопливой рукой. В ней было всего четыре слова. Проще не бывает: «Не стоит ничего менять».

И это тоже еще кому-то предстояло пережить.

Близкие люди

С вечера, как всегда, была назойливая, дребезжащая тревога. Вдруг Наденька не придет? Нет, нет, она все понимала и даже не собиралась осуждать — ни на минуту, не приведи господи! Ну что ей делать у старухи? Сомнительное удовольствие обсуждать болячки и теребить заскорузлые воспоминания. Хотя нет, конечно же, Софья Михайловна старалась держать себя в руках и об этом не говорить. Зачем девочке ее невеселые проблемы? К приходу Наденьки она готовилась тщательно и заранее — в супермаркете (слава богу, пятнадцать минут пешком, соседний дом) старалась купить что-нибудь вкусненькое, что любит Наденька. Например, венгерские ватрушки, вполне, кстати, приличные, с лимонной цедрой, совсем свежие (в магазине была своя пекарня). Или дорогущий (ужас!) сыр с плесенью — Наденька его обожала. Хотя это, конечно, сильно подрывало хилый бюджет. Или кусок ветчины — правда, это, как правило, оказывалось разочарованием, и она со вздохом вспо-

115

минала тамбовский окорок «со слезой». Придя домой, Софья Михайловна заваривала чай по всем правилам: два раза ополоснуть кипятком, потом заварка — чуть воды на десять минут — это называлось «поженить». А уж потом доверху кипяток — опыт, полученный в Ташкенте в прошлом веке. На единственный парадный сервиз, вернее, на его остатки, раскладывались сыр, ветчина, лимон, выпечка, свежий хлеб. Она придирчиво осматривала стол. Конечно же, скатерть, никаких клеенок. Из буфета доставалась банка сливового джема, густого, можно резать ножом. «Мармелад», — называла его Софья Михайловна. В литровую банку она перекладывала из зеленой, с отбитым боком кастрюли квашенную собственноручно капусту — антоновское яблоко, клюква, моркови совсем чуть-чуть. Очередные вязаные носки — Наденька без конца хватает простуду.

Потом она доставала потертую деревянную шкатулку с почти стертой аппликацией — поле, дорога, две сосны по краю поля — и начинала перебирать свои нехитрые богатства. Все лучшее уже подарено Наденьке. Остатки жалки — простая золотая цепь, правда, девяносто третья проба, но совсем некрасивая, еще бабушкина. Кажется, бабушка носила на ней ключ от буфета, где хранилось сладкое, но точно Софья Михайловна не помнила. Серебряное колечко с чернью и мелкой, ярко-зеленой бирюзинкой — так, совсем чепуха.

Одна серьга, вторая утеряна лет тридцать назад. Но даже та, оставшаяся, не потеряла своей ценности без напарницы. Камень по-прежнему прекрасен и чист — крупный, каплевидный, около карата — последний привет от покойной свекрови. Давняя мечта — сделать у ювелира из этой одинокой серьги кольцо для Наденьки, но страшно отдавать в работу — камень могут подменить, Софья Михайловна об этом слышала.

Еще браслет, тяжелый, из мутноватого темного янтаря — муж купил его ей в Риге, кажется, в конце шестидесятых. Подарок мужа — это из разряда святынь. Это не обсуждается. Да и вряд ли бы это порадовало Наденьку. Слишком грубо, массивно — под руку Софьи Михайловны. Под крупную, рабочую руку оперирующего хирурга. А Наденькино тонкое и бледное запястье... Софья Михайловна со стуком захлопывает крышку шкатулки и снова думает о серьге-кольце. Надо найти своего ювелира. Своего! И дело решится. Она смотрит на часы и подходит к окну. Из-под старой рамы тянет улицей и ветерком. Софья Михайловна сворачивает старый шарф трубочкой и подтыкает окно.

Наденька приходит ко времени, и Софья Михайловна дрожащими руками открывает дверной замок. Наденька долго раздевается в прихожей, поправляет волосы у зеркала, надевает тапки и не спеша моет руки в ванной.

Потом она садится за стол в комнате, и Софья Михайловна торопливо несет из кухни заварной чайник. Наденька ест медленно, откусывает крошечными кусочками сыр и ветчину, ломает тонкой рукой венгерскую ватрушку, Софья Михайловна глядит на нее внимательно и с умилением. И снова тревога. Гемоглобин! «Надо проверить гемоглобин, — мелькает у нее в голове. — Такая бледность, Господи, почти в синеву. И круги под глазами. И вечно зябкие руки!» Софья Михайловна опять тревожится — бедная Наденька! Совсем мало жизненных сил. И все бьется одна — работа, ребенок, дом. Сердце сжимается от жалости и любви к этой хрупкой, немолодой женщине — единственному близкому человеку. Наденька ест мало, наедается быстро — просто птичка божья. Они ведут неторопливый разговор. Вопросы в основном задает Софья Михайловна, а Наденька отвечает — коротко, без подробностей. Да, очень устает от дороги на работу — ехать на двух автобусах и метро. В метро еще ничего, хотя народу, народу... А вот автобус — беда, эти безумные пробки. Начальница — склочная баба, оставленная мужем, обеды в столовой отвратительны и постоянно дорожают. Приходится экономить и пить чай с пряниками или сушками. Софья Михайловна пугается:

— Что ты, что ты, у тебя же гастрит с детства! Разве можно без первого, — горячится она.

Наденька всхлипывает, потом долго сморкается. Опять насморк! У девочки совсем нет иммунитета — расстраивается Софья Михайловна. А Илюша? Нет, конечно, мальчик неплохой, особенно на фоне всех этих! Без дурных мыслей в голове, но возраст! Все-таки пятнадцать лет есть пятнадцать лет, и от этого никуда не деться. И отвечает грубо, и носит рваные джинсы, и эта ужасная музыка, которую он слушает. Нет, не просит ничего, но понятно, что ему всего хочется — и компьютер, и плеер, и кроссовки.

Софья Михайловна опять расстраивается — почти до слез — и почему-то чувствует свою вину за то, что не может помочь двум самым близким людям. Помочь в полной мере. Потом они обсуждают Илюшино будущее — на близком горизонте маячат и институт, и армия. А по большому счету он все-таки балбес — никак не может определиться. Обе тяжело вздыхают, и Софья Михайловна снова идет на кухню — подогреть чайник. Но Наденька уже смотрит на часы — и Софья Михайловна понимает, что ей хочется домой, понимает все без обид. И они выходят в коридор. Наденька опять долго смотрит на себя в зеркало, вздыхает, достает из сумочки тюбик помады и тщательно водит карандашом по тонким бледным губам, но результат практически не виден — помада прозрачная, почти бесцветная. Софье Михайловне хочется посоветовать Наденьке взять помаду поярче, посочнее, и еще нужно бы подкрасить ресницы и брови — они у Наденьки светлые и тонкие, почти незаметные. Хорошо бы сделать короткую стрижку и волосы покрасить тоже — ну, к примеру, светлый каштан или что-нибудь с рыжиной. Но она стесняется это сказать и выносит пакет, где тщательно уложены банка с капустой, сливовый мармелад, маленькая майонезная баночка протертой земляники — отменный деликатес. Еще, стесняясь и пряча глаза, она дает Наденьке конверт, там сэкономленные полторы тысячи рублей — приличные деньги! Наденька пытается отказаться:

— Что вы, тетя Соня! При ваших-то малых возможностях!

Но Софья Михайловна настойчива.

— Это Илюше на Новый год и обсуждению не подлежит. — Софья Михайловна говорит это жестко и бескомпромиссно.

Наденька вздыхает и берет конверт:

— Спасибо.

Она уходит, и Софья Михайловна смотрит ей вслед, Наденька скрывается за поворотом, а Софья Михайловна все еще стоит у окна.

Ночью ей, конечно же, не спится — она тяжело ворочается и вздыхает. Болит сердце, болит душа.

В 56-м году Соня Меркулова, крупная, крепкая, спортивная девица двадцати трех лет, с отличием окончила Первый медицинский институт. Профессию выбрала, как ей казалось, самую гуманную — акушер-гинеколог. Высокая, темноволосая, с ярким румянцем на полных щеках, с задорным блеском в крупных карих глазах, красавицей она не была никогда, но отличалась крепким здоровьем, чистыми помыслами и твердо верила в счастливую, радостную и долгую жизнь. Умная, начитанная, интеллигентка — мещанского ни капли, ни грамма. Бегала в консерваторию, театры, музеи. Горячо и яростно отстаивала свои взгляды, считалась верным и надежным другом, ненавидела сплетни и всегда готова была прийти на помощь. Словом, идеальное воплощение советского человека — уверенного в себе и в завтрашнем светлом будущем, без рефлексий, ипохондрии и каких-либо сомнений по поводу несовершенства данного мира. После защиты диплома она определилась на работу в Грауэрмана — лучший роддом тех лет, тот, что на Арбате. С коллективом отношения сложились легко и сразу — ну не в чем было упрекнуть эту доброжелательную и ответственную девушку. К ней благоволил даже строгий завотделением — и тут же пошли смешки и шутки на эту тему. Соня, будучи человеком без задних мыслей, яростно сердилась на болтливых акушерок, а тех ее гнев только раззадоривал.

Работала сутками, тяжело, но довольна была, только когда роженицы шли потоком и не оставалось времени передохнуть и выпить чаю. Это было не служебное рвение, а искреннее желание молодого и здорового человека постигнуть, познать, вникнуть, осмыслить, разобраться — и помочь! После суток приходила домой, пила чай и валилась спать — но хватало трех-четырех часов, и вот, бодрая, умытая ледяной водой, она уже бежит в киношку или Третьяковку, а если повезет, то на лишний билетик в Зал Чайковского. Конечно, имелись ухажеры: бывший сокурсник Димочка Сомов — верный паж и поклонник, хирург из соседнего отделения Игорь Петрович — педант и старый холостяк, сосед по дому Мишка — водитель грузовика, русский богатырь из былинных сказок. Но никто, никто не трогал ее душу, ни разу не дрогнуло ее чистое и верное сердце. Всему свое время. Ее время пришло спустя три года после окончания института, когда уже ее тишайшая мама не на шутку переживала, справедливо считая свою бойкую дочку перестарком.

Сашу, или Шуру, как будет называть она его всю их дальнейшую долгую и счастливую жизнь, Софья Михайловна увидела впервые в приемной роддома. Он сопровождал маленькую женщину, мелкоглазую, со смазанным лицом и острым подбородком. Высокий, статный красавец с ранней проседью осторожно и нежно держал за плечи свою невзрачную спутницу. Когда медсестра стала оформлять роженицу, Соня услышала, что сопровождающий не муж, а брат. Она подняла на него глаза и, столкнувшись с ним взглядом, тут же очень смутилась, засуетилась и даже уронила медицинскую карту на кафельный пол. За картой они, естественно, нагнулись одновременно. Тем же вечером роженица благополучно разрешилась хилым младенцем мужского пола, а позже благодарный дядька встречал Соню на улице с букетом белых пионов.

Эти пионы так и остались ее любимыми цветами на всю дальнейшую жизнь, бесповоротно отодвинув букеты роз, гвоздик, тюльпанов и гладиолусов — несчитанные охапки цветов, подаренных за долгую трудовую жизнь хорошего, добротного и честного врача.

Неискушенная, Соня влюбилась отчаянно. Всем своим пылким и наивным сердцем. Впрочем, любовь эта была, скорее всего, из серии «я тебя люблю, а ты принимаешь мое большое чувство». И все долгие годы, правда, нечасто, она задавала себе один и тот же вопрос: способен ли нежно любимый Шура на истинную страсть? Сомнения были, были... Нет, сетовать и роптать ей не пришло бы и в голову: Александр Николаевич, Шура — сначала жених, а потом и муж — оказался предупредительным, внимательным и обходительным. Упреждал все ее желания, коих, конечно же, в силу ее характера было немного, не говоря о капризах, был нежен и терпелив, заботлив и не скуп. И все-таки каким-то неопровержимым женским чутьем, тончайшим осязанием, закравшейся, промелькнувшей, холодной и коварной задней мыслишкой она понимала — даже не понимала, а чувствовала, что женился он на ней не по сердечной горячности, а по здравому смыслу и честному, справедливому и, скорее всего, необидному расчету. Жена из нее действительно получилась замечательная — верная, преданная, терпеливая, жертвенная, усердная. Для нее невозможны были сомнительные компромиссы, вялые заигрывания с совестью — стоит ли говорить о предательстве и вероломстве? Он, надо сказать, не ошибся ни в чем и ни на йоту. Соня была соратницей, сподвижницей, подругой, жилеткой, плечом, истиной в последней инстанции, самым непоколебимым и преданным поклонником. Защитницей и заступницей. Даже когда он подвергал свои действия бо-о-льшим сомнениям. Вначале его удивляло, что она оказалась еще и прекрасной хозяйкой: домовитой и расчетливой, чистюлей и кулинаркой. По воскресеньям были пироги, в конце августа она пыхтела над нудным и кропотливым консервированием овощей и фруктов. До блеска драила кастрюли и натирала столовые мельхиоровые наследные приборы, вязала крючком кружевные салфетки под вазы, плела кашпо, шила юбки и блузки, натирала вонючей мастикой до зеркального блеска старый дубовый рассохшийся паркет. И к слову сказать, считалась лучшим специалистом в своем отделении — ей, тридцатилетней, уже доверяли затянувшиеся роды, тяжелые кесаревы.

Александр Николаевич, Шура, служил в ЦСУ — работа нудная, монотонная, связанная с цифрами и отчетами. Коллектив женский на девяносто процентов. Каждый мужчина — платиновый слиток, каждый на виду. Конечно, продвигали мужчин быстрее. Александр быстро стал руководителем отдела. Соблазнить его пыталась не одна и не раз — красавец, скромник, галантен, интеллигентен. Не мужчина — провокация для женского коллектива. Примы мрачного творения Ле Корбюзье на Кировской совершали вокруг немногословного красавца свои ритуальные танцы. В ход пускалось все: яркая помада, терпкие духи, короткая юбка, дедероновые чулки, делающие ногу стройнее и как будто длиннее. Угощения в виде пирожков и диковинных многослойных тортов с безе и без, маринованных своими руками патиссонов и соленых грибов. Просьбы разобраться с отчетом (сесть напротив, расстегнуть верхнюю пуговицу блузки, вздох, отчаянный взгляд). Не работало НИЧЕГО. Александр был по-прежнему сдержан, даже слегка суров, немногословен и спокоен. Одна из обиженных его равнодушием местных красавиц даже пустила по управлению слух — дескать, ни на что не годен, в смысле мужском полный ноль, знаю, пробовала. В курилке она закатывала глаза, шумно затягивалась и убежденно подтверждала, с трагическим вздохом — увы, увы! Ей и верили, и нет. Впрочем, какая разница.

Софья Михайловна, сама неспособная на обман, как-то не думала о том, что ее мужа ежедневно окружает толпа молодых и не очень, прекрасных, готовых на все женщин. Лишь однажды, на предновогоднем концерте со стандартным набором — иллюзионист, чтец-декламатор, полная меццо-сопрано в плюшевом платье цвета электрик, — она вдруг огляделась и увидела то, что ее потрясло. Господи, сколько красивых, хорошо одетых, ухоженных, одиноких — выдает взгляд — женщин! Тут же она увидела себя со стороны — грузная, немолодая, плохо одетая, совсем без косметики, со скучным узлом на затылке докторша. Сердце больно кольнула тоска. Разглядывали ее, конечно, с повышенным интересом, и она видела разочарование в глазах смотрящих. Настроение было окончательно испорчено, слезы в глазах, ком в горле. Ночью тревога не отпустила. Решила как-то себя приукрасить. На следующий день после работы зашла в галантерею. Купила помаду, две нитки бус — под жемчуг и под бирюзу, пудру «Балет» и духи «Каменный цветок». Заказала в ателье новое пальто с дефицитной норкой и норковую же шляпу. Хотела отрезать волосы, сделать модную короткую стрижку, но так и не решилась. Впрочем, довольно скоро за хлопотами и работой думать о том, что ее тревожило, она перестала. В конце концов, доверие в семейной жизни — это главное. Да и поводов усомниться в себе Шура никогда не давал. Жили они складно. Долго ужинали по вечерам, обсуждая новости, события на работе, прочитанные книги, просмотренные фильмы. По субботам ходили на рынок, обедали поздно, позволяли себе выпить бутылочку сладкого вина «Лидия» — словом, отдыхали.

Скоро, правда, Софья Михайловна забросила свои чахлые попытки приукрасить себя. Забросила после того, как услышала за спиной ехидный комментарий молоденькой медсестрички по поводу ее новой норковой шляпы, которую она тоже почему-то невзлюбила и стеснялась носить. Словом, шляпу тем же днем пересыпала нафталином, завернула в старую наволочку и убрала поглубже в шкаф, а на голову нацепила старый вязаный серый берет. И вздохнула с облегчением. В отпуск уезжали в конце августа на море, чтобы прихватить первую неделю мягкого бархатного сезона. Ездили на Азовское — теплее и мельче. Плавать Софья Михайловна не умела, просто заходила в воду по грудь, закрывала глаза, подставляла лицо солнцу, и на лице ее блуждала счастливая улыбка. В эти минуты она была совершенно счастлива. С годами, правда, на юг ездить перестали, заменив солнце, море, теплые края на такую ненадежную в смысле погоды Прибалтику. И тоже полюбили ее всем сердцем, найдя с удовольствием ворох достоинств и в этом — сосновые леса, отличный воздух, чистота, вкуснейшие молочные продукты, почтенная публика. Ездили в Литву, Друскининкай. Снимали комнату у хозяйки, брали курсовки на лечение в санатории, пили целебную минеральную воду в павильоне на набережной.

Иногда, не часто, удавалось подменить дежурство и на два-три дня вырваться среди года из Москвы — у Александра Николаевича случались командировки по союзным республикам. Так побывали вместе в Ташкенте, Ереване, Тбилиси, Баку, Кишиневе. Александр Николаевич до обеда был на службе, а после они встречались, шли обедать в какой-нибудь ресторанчик, пробовали местные яства, а потом до изнеможения, до сбитых в кровь ног бродили по центру города, заходили в музеи, забредали в маленькие лавочки. Отовсюду Софья Михайловна обязательно привозила сувениры или что-то из утвари с местным колоритом. Так, из Ташкента она привезла большое глиняное блюдо под фрукты в синих и бирюзовых тонах, таких ярких и глянцевых, походящих на эмаль. И синие, с золотом, большие миски-касы под суп или плов. Из Тбилиси — маленькие глиняные сковородочки кеци густого терракотового цвета. Из Кишинева — льняные скатерти с народным орнаментом, из Риги — витые свечи и вязаные рукавицы и тапочки. Совсем не барахольщица и не тряпичница, Софья Михайловна радовалась как ребенок. В общем, в доме царили лад и покой. Что есть на свете ценнее?

Только боль свою Софья Михайловна спрятала далеко-далеко, в самый дальний уголок своей души. Брак их оказался бездетным. Ирония судьбы — сколько младенцев она приняла своими руками, скольким дала жизнь! Года через четыре после замужества она поняла, что что-то не так, должна быть причина. Начала с себя. Собой и закончила, поняв, что причина точно в ней. У нее оказалась редкая, но весьма определенная классическая патология, прописанная во всех справочниках и учебниках по гинекологии. Настолько определимая и не оставляющая малейших надежд, что Софья Михайловна, поняв это, от иллюзий отказалась мгновенно. Тем же вечером она вызвала мужа на разговор, предложив ему два варианта: первый — он, вполне здоровый и молодой мужчина, уходит от нее. Она не только не обидится, а даже — страшно произнести — почувствует облегчение. И второй — они берут ребенка на усыновление. Александр Николаевич молча выслушал ее и с улыбкой отмел оба варианта категорически. Говорил он тихо и долго, положив свою руку на руку жены. Софья Михайловна слушала его молча, опустив глаза, изредка кивая. Суть его речи была понятна: кроме любви, их связывает нечто большее — уважение, безусловное взаимопонимание, практически абсолютное доверие, совпадение взглядов на жизнь, вкусы, пристрастия. Жизненная позиция.

— Выбрось все из головы, Соня, и не терзайся. Я счастлив с тобой и другой женщины рядом не представляю. Разве дело в ребенке? Господи, сколько вокруг несчастных браков, в которых есть дети, оглянись!

Она заплакала и покачала головой — он стал горячо приводить ей примеры, и она снова всхлипывала и кивала. Этой ночью муж был особенно нежен с ней, и заснули они, крепко обнявшись. К этому разговору они больше не возвращались. Никогда.

Лишь однажды случилось непредвиденное, домой она почти бежала. В роддоме от младенца отказалась мать. Девочка была настолько хороша, что все врачи и медсестры сбежались на нее смотреть. Крупная, синеглазая, со светлыми, немладенческими кудрями. Спокойная, с удивительно осмысленным взглядом. Чудо-девочка! Мать, семнадцатилетняя деревенская деваха, брошенная, естественно, ухажером, брать ребенка не хотела, как ни пытались ее уговорить.

— Какая девочка, кукла просто, — задумчиво сказала молодая медсестра Марина. — Ох, если бы не мои два бесенка да не комната в коммуналке...

«Возьму!» — думала Софья Михайловна. И неприятно удивилась себе — пошла к коллеге-педиатру, попросила повнимательнее осмотреть девочку. Коллега девочку осмотрела, но, поняв мысли Софьи Михайловны, задумчиво, со вздохом сказала:

— Знаете, Софья Михайловна, физическое здоровье в корне отрицать не буду. А вот как дальше пойдет? Гены, знаете, никто не отменял. И что мы знаем про этого папашу? Вряд ли приличный человек. Непростое это дело, подумайте, Софья Михайловна, — почти попросила коллега.

Только почти у дома Софья Михайловна остановилась, перевела дух и задумалась. А стоит ли? Стоит ли начинать с мужем этот нелегкий разговор, стоит ли менять так решительно и кардинально свою налаженную жизнь? Она присела на лавочку у подъезда, сняла берет, расстегнула воротник — на улице был приличный мороз, но ей почему-то было душно и тяжело дышать. Так просидела она около часа, совсем не замечая, как сильно замерзли ноги и покраснели и одеревенели пальцы на руках. Потом она тяжело поднялась со скамьи, зашла в подъезд и стала медленно и тяжело подниматься по лестнице, в который раз сетуя на размах лестничных пролетов. На площадке между этажами переводила дух и опять тяжело, почти по-стариковски, ползла наверх.

Из всего, о чем она передумала за эти двадцать-тридцать минут медленного шага на пятый этаж, из того сумбура, что был в ее душе и сознании, она сделала один четкий и определенный вывод. Нет. Никогда. Раз сейчас не решилась, когда еще есть силы и, казалось бы, сам Господь Бог подвел ее к этой истории, милостиво дав несколько лет на раздумья, раз сейчас она точно понимает, что нет, — значит, так тому и быть. Значит, надо выкинуть из головы раз и навсегда, поставить крест на подобных мыслях, если так велики, так огромны сомнения.

Стоит ли испытывать судьбу? Она с трудом открыла дверь в квартиру — никак не могла провернуть ключ дрожавшими руками. Разделась, долго сидела в прихожей на стуле, уронив руки на колени и глядя прямо перед собой. Когда вечером пришел с работы муж, она отказалась ужинать — совсем не было аппетита, только выпила чаю. Два раза уронила вилку, обожглась об ручку чугунной сковородки, забыв взять прихватку. Александр Николаевич взволновался:

— Тебе нездоровится, Соня?

Она рассеянно кивнула. Посуду после ужина сложила в раковину — случай небывалый.

Спать легла рано, в восемь вечера. Слышала, как муж в соседней комнате шуршит газетой. Ночь прошла, как в бреду, то она проваливалась, как в яму, в глубокий, тяжелый сон, то просыпалась в холодном липком поту, скидывала одеяло — ей казалось, что она горит. То вдруг ее начинало колотить, и она укутывалась в одеяло, как в кокон. Утром на работу не пошла — вызвала врача из поликлиники. Пришла немолодая, усталая врачиха, посмотрела на измученную Соню, тяжело вздохнула и выписала больничный.

— Отлежитесь, — сказала она коротко. — А еще лучше — пойдите в отпуск. Сами знаете, что такое нервы.

Врачиха оказалась, к удивлению Сони, умницей. Ни одного дурацкого вопроса про температуру, горло или кашель. Просто увидела ее вымученные глаза и тактично не стала вдаваться в подробности, оказавшись человеком зрелым и опытным, с наметанным острым глазом. После недели больничного листа Соня взяла еще десять дней отпуска. Сил совершенно не было, но и дома сидеть казалось невыносимо. Созвонилась со старинной, еще с институтских времен, подружкой и поехала к ней — та жила во Владимире, одна, в своем доме, старом, бревенчатом, оставшемся от родителей, с огромной русской беленой печкой. Они носили воду из колодца, кололи дрова, томили молоко в печи, пекли пироги, гуляли по лесу — зима была тихой и неснежной.

Сомнения уже почти ее не мучили. Она была из тех людей, что принимают решения сразу и наверняка, а если что-то начинало глодать и бередить душу, то понимают: «Значит, это не мое». Приехала в Москву она успокоенная и твердо уверенная, что все сделала правильно, и окончательно отказала себе в сомнениях и терзаниях. Снова затянула работа — она вошла в свой четкий и размеренный ритм: роддом, семья. А потом поглотили переживания другого порядка: в роддоме сменился главный врач — прежнего с почетом проводили на пенсию, на его место пришел молодой и наглый, заимевший эту должность явно по блату. Говорили, что тесть этого деятеля занимает какой-то важный пост в Минздраве. Вел он себя развязно и нахально, установил свои порядки, ни в грош не ставил старых, опытных сотрудников. Обстановка в роддоме стала отвратительной — сплетни, наговоры, подсиживания, подношения начальству к праздникам и без. Как-то на утренней пятиминутке Софья Михайловна с ним сцепилась — он ей откровенно нахамил. Наутро после бессонной ночи и выпитого пузырька валокордина она положила на стол заявление об уходе. Он усмехнулся и цинично спросил:

— Что так?

Она не ответила. Заявление он подписал. Через месяц она работала в районной женской консультации. Работа спокойная: утро — вечер, никаких суток, кесарева, осложненных родов. Сиди себе на приеме, карточки пописывай. Завотделением, прекрасная тетка средних лет, с юмором, явно испытывала к Софье Михайловне симпатию. С медсестрой было сложнее. «Не сработаемся», — испуганно подумала Софья Михайловна, глядя на нее. Медсестру звали Флора. Было ей к сорока, незамужняя, она жила с дочкой. Во внешности ее проскальзывало что-то цыганское — невысокая, ладная, грудастая и бедрастая, черные, впросинь кудри, смуглая кожа, горящие карие глаза, крупный яркий рот. Душилась сладкими, карамельными духами. Сначала показалась она Софье Михайловне нахальной и дерзкой, но потом они подружились, даже поведали друг другу по-бабьи про свою жизнь.

Жизнь у этой Флоры тоже не была посыпана сахарной пудрой. Зарплата крохотная, комната в коммуналке, одна тянет девчонку, а девчонка эта из бронхитов и соплей не вылезает. Флора старалась на больничном не сидеть, чтобы не терять в деньгах, и хилую свою болезненную Надюшку часто брала с собой на прием. Софья Михайловна, естественно, не возражала. Наденька эта, тонкая былинка, сидела в торце Флориного стола тише воды ниже травы, рисовала свои картинки карандашом в блокнотике или книжке-раскраске. Иногда заходилась в густом влажном кашле, тогда Флора заливалась малиновой краской и цыкала на дочь. Софья Михайловна ее останавливала:

— Ну что вы, Флора, ей-богу! Ребенок же не виноват.

Наденька бледнела, пугаясь материнского злого окрика.

— Кашлять и родить нельзя погодить, верно, Наденька? — мягко успокаивала перепуганную девочку Софья Михайловна.

У Наденьки выступали крупные слезы на глазах. Матери она определенно боялась. Флора резко вскакивала со стула, выдергивала из ящика стола пачку сигарет и убегала в подвал-курилку. Софье Михайловне до слез было жалко тихую, спокойную, некапризную девочку. А Флора ею явно тяготилась, явно Наденька была ей обузой — ни одного ласкового слова, только окрики и попреки. Девочка пуганая, вздрагивает от каждого стука в дверь. Софья Михайловна стала ей приносить гостинцы — то пирожное купит в кондитерской по дороге на работу, то пластмассового голыша в киоске у метро, то книжку — Наденька обожала сказки. Флора опять раздражалась:

— Что вы ее приучаете, Софья Михайловна? У нее все есть! Она ни в чем не нуждается.

— Ну при чем тут это, — одновременно обижалась и оправдывалась Софья Михайловна.

Флора эта была тот еще фрукт. Все мечтала выйти замуж, а никак не складывалось. Охотников до ее сочной красоты находилось предостаточно, а вот замуж звать никто не спешил. Видимо, слишком бросалось в глаза это ее неистребимое желание — дотащить непременно до загса. Сама она, правда, объясняла эти неудачи по-своему:

— Комната у меня маленькая, узкая, темная. Соседей — восемь семей. Да и эта... — Она кивала подбородком на дочку, и злые слезы закипали в ее прекрасных и недобрых глазах.

Наденька не была внешне приятным ребенком — из тех, кто всегда вызывает желание погладить по голове или потрепать по пухлой щечке. Худая, почти тощая, бледная в синеву, с острым носиком, бесцветными глазками, тощими волосиками, дрожащими губками, испуганным и тревожным взглядом. Но сердце Софьи Михайловны сжималось от жалости к этому недолюбленному ребенку. Сжималось от жалости и, наверное, от любви — к этой непонятной молчаливой девочке она успела прикипеть всей душой. Когда у Флоры закручивался очередной бурный роман, Наденька была ей явной помехой, и она даже этого не скрывала, зло дергая девочку за руку:

— И эту еще некуда девать!

Софья Михайловна предложила ей как-то забрать Наденьку на ночь к себе.

— А можно? — растерялась Флора.

Софья Михайловна горячо ее заверила, что очень даже можно и что ее это никак не затруднит, а даже наоборот — внесет радость и разнообразие в их тихий дом.

— Да и потом, какие с ней хлопоты? — убеждала Флору Софья Михайловна.

Флора тяжело вздохнула, с укором посмотрела на ни в чем не повинную дочь — сколько, дескать, из-за тебя хлопот — и, конечно же, согласилась. Так Наденька впервые попала в дом к Софье Михайловне. Александр Николаевич сначала удивился этому порыву жены, а потом, увидев, что девочка не доставляет никаких неудобств, с этим смирился, понимая, как тоскует от нерастраченной материнской любви его Соня. Девочка стала бывать в доме часто — теперь еще и в выходные. Софья Михайловна стелила ей в гостиной на диване, теперь в их доме были Наденькины чашка и полотенце, в углу, на бельевой тумбочке, стопкой лежали ее детские книги и настольные игры, купленные Софьей Михайловной. Перед сном она читала девочке книжки, после ужина играла с ней в лото или в города. В субботу они ходили с Наденькой на детскую площадку, а в воскресенье — на утренний сеанс в «Баррикады» смотреть мультики. Ела Наденька плохо — Софья Михайловна без конца пекла ей любимые блинчики или оладьи. Иногда, когда у Флоры был период затишья между романами, она Наденьку не отдавала и выговаривала Софье Михайловне:

— Забаловали вы ее совсем! Кашу она, видите ли, не будет! Тетя Соня ей блинчики по утрам печет! Вам все игрушки, а мне потом как справляться?

Софья Михайловна начинала оправдываться.

Первого сентября в школу Наденьку провожали Флора и Софья Михайловна. Флора, как всегда, недовольно и критично оглядывала свою невзрачную дочь, а Софья Михайловна умилялась — какая же Наденька славная! И самая хрупкая из всех — девочки эти, ей-богу, как стадо маленьких слоников: крупные, шумные, гогочут в голос, а размер ног! Наденька тихо стояла в сторонке. Училась она неважно — так, с троечки на четверочку, особенно застревала на точных науках. В субботу она приходила к Софье Михайловне, и Александр Николаевич занимался с ней математикой и физикой.

— Слабенько соображает, слабенько, — комментировал он Наденькины возможности.

Жили они с Софьей Михайловной по-прежнему душа в душу, тихо, без ссор и споров, во всем соглашаясь друг с другом. Софья Михайловна была очень озабочена Наденькиной судьбой — Флору это, похоже, не очень интересовало. А Софья Михайловна вела с Наденькой бесконечные разговоры, пытаясь понять, к чему у девочки наклонности. Наденька молчала и вяло поводила плечиком:

— Не знаю я, тетя Соня.

— Тебе, что же, все равно, чем ты будешь в жизни заниматься? — начинала раздражаться Софья Михайловна.

Наденька опять молчала, опять пожимала плечом и отводила взгляд.

«Господи, какая инертность!» — закипала про себя Софья Михайловна. Но потом раздражение все-таки вытесняла жалость. Бедное дитя, бедное, никому, в сущности, не нужное.

И Софья Михайловна, человек дела, решила взять инициативу в свои руки. «Институт культуры!» — осенило ее. Тихий, девичий библиотечный факультет. Работа будет спокойная, размеренная, как раз по Наденькиному темпераменту. Засядет потом где-нибудь в районной детской библиотеке — сухо, чисто и тепло. Правда, вот с женихами там полный швах, но технический вуз, предполагающий обильное наличие кавалеров, полностью исключался — несмотря на упорные занятия по физике и математике с Александром Николаевичем, Наденька по-прежнему «плавала». Отводила набухшие слезами от смущения и ощущения собственной бестолковости глаза к окну, теребила в руке карандаш и шмыгала носом. Софья Михайловна поделилась своими соображениями по поводу устройства Наденькиной судьбы с Флорой — та только отмахнулась:

— Делайте что хотите, только меня оставьте в покое.

Флора в очередной раз собиралась замуж — сейчас соискатель был почти «тепленький», и она до смерти боялась его спугнуть. Вечерами после работы Софья Михайловна занималась с Наденькой русским языком — писали бесконечные диктанты, сочинения, изложения. Наденька очень старалась — сидела напряженная, собранная, писала медленно, аккуратным, круглым, детским почерком, высунув кончик языка. По воскресеньям с утра Софья Михайловна уходила на рынок — тогда Александр Николаевич занимался с Наденькой историей. Софья Михайловна приходила уставшая, с тяжелыми сумками, муж заботливо помогал ей снять пальто, расстегивал сапоги, подносил тапочки, нес сумки на кухню.

— Иди, иди к Наденьке, не теряйте время, — спроваживала его Софья Михайловна.

Посидев десять-пятнадцать минут, она принималась готовить обед. Варила первое — Наденька любила грибной суп. Крутила котлеты, жарила картошку. «Надо бы еще пирожок к чаю, — вздыхала она. — Хоть самый простенький, шарлотку, например — все-таки воскресный обед».

К трем часам обед был готов. Она заходила в комнату и видела две склоненные над учебником головы. Софья Михайловна умилялась — самые близкие, самые родные люди. Потом все дружно садились обедать. Софья Михайловна доставала бутылку вишневой наливки.

— А, Наденька? Может, для аппетита?

Наденька мотала головой:

— Нет, нет, спасибо. А то у меня после нее голова кружится и хочется спать.

«Слабенькая, слабенькая какая», — думала Софья Михайловна с нежностью и умилением.

К выпускным Наденька и вовсе расклеилась — ее стало подташнивать, головокружение и слабость усилились. Софья Михайловна мерила ей давление — низкое, гипотония, отсюда и все симптомы. Она заваривала ей в термосе шиповник с женьшенем и элеутерококком, настаивала на аскорбинке. Звонила Флоре и беспокойно убеждала ее, что Наденьке нужны гранаты и парная печенка. Флора отмахивалась:

— Да будет вам, Софья Михайловна, обычная история, сдаст школьные экзамены, отоспится и придет в себя.

— А институт? — вскидывалась Софья Михайловна. — Где же взять силы на вступительные?

Но силы на вступительные изыскивать не пришлось — к августу Флора обнаружила, что ее тишайшая дочь на пятом месяце беременности. Обнаружила только тогда, когда у Наденьки вполне четко обрисовался животик. Флора была вне себя — от кого-кого, но от Наденьки это-

142

го точно никто не ожидал. Флора прибежала вечером к Софье Михайловне — умоляла устроить искусственные роды. Потрясенная всем случившимся, Софья Михайловна, конечно же, отказалась.

— Господи, Флора, как ты можешь? — ужасалась она.

Флора кричала, рыдала в голос:

— Господи, гадина, сволочь, от таких тихушниц только такой подлости и жди. Я этого папашу найду, не сомневайтесь. Сядет у меня по статье — это уж я ему устрою.

Наденька молчала, как партизан.

— Кто-то из одноклассников? — допытывалась Флора.

Наденька опять молчала, уставившись в одну точку — перед собой. В общем, как Флора ни билась, какие истерики ни устраивала, как ни трясла дочь — все безрезультатно. Наконец она обессилела и угомонилась, правда, сразу как-то сникла, поблекла и постарела. А в сентябре ее любовник вдруг сделал ей предложение, и Флора встряхнулась, ожила, снова заблестели глаза и — упорхнула «в замуж». У мужа ее была комната в Медведках — Флора собралась в два дня и улетела с двумя чемоданами, настольной лампой и стиральной машинкой «Эврика». Софья Михайловна Флору осуждала — бросить дочь почти на сносях! Какой эгоизм! Но вскоре, добрая душа, нашла и ей оправдание — в конце концов, Флоре было под пятьдесят — бабий век к концу, вскочила в последний вагон, всю жизнь этого ждала, к этому стремилась. Чего уж ее осуждать! Словом, укатила счастливая «молодая», а бедная Наденька осталась одна. Об институте и думать забыли — какой уж тут институт! Флора изредка появлялась у дочери, привозила продукты.

— Ну? — с презрением и брезгливостью интересовалась она. — Как жить-то думаешь? Дай адрес папаши придурочного, я уж из него алименты вытяну.

Наденька отводила глаза — и ни слова.

— Дура недоделанная, наказание господне, — возмущалась Флора и громко хлопала дверью.

Рожать Наденьку Софья Михайловна определила в свой старый роддом. В конце декабря она родила крупного и здорового мальчика. Флора с мужем забирали ее из роддома. Дома Наденьку ждали кроватка и коляска, купленные расщедрившимся Флориным мужем. Приданое — распашонки, пеленки, чепчики, кружевные конверты — купила Софья Михайловна. Она же осмотрела мальчика и осталась довольна — не педиатр, конечно, но, слава богу, в младенцах кое-что понимала.

Неожиданно для всех Наденька оказалась вполне жизнеспособной мамашей. А куда деваться? Нет, конечно же, были и слезы, и даже истерики, и растерянность, и отчаяние. И ночные звонки Софье Михайловне — то у мальчика поднялась температура, то он срыгивал, то кричал от желудочных колик, то вдруг начинался понос — словом, обычные истории, без которых не растет ни один ребенок. Софья Михайловна старалась забегать к Наденьке ежедневно — девочку она считала своей названой дочерью, а малыша, естественно, внуком. Уже годам к пяти мальчик, которому, кстати, дали нежное имя Илюша, стал определенно красавцем — крупный, хорошо сложенный, сероглазый и большеглазый, с густыми, волнистыми темно-русыми волосами. На свою мать он не был похож вовсе. Флора продолжала приезжать раз в неделю — на внука смотрела слегка критично, но со временем к нему даже прикипела — тискала, таскала на руках, чмокала в пухлые щеки, привозила игрушки. И правда, к этому замечательному, разумному и смышленому ребенку трудно было остаться равнодушным.

Когда Илюше исполнилось два года, Наденька устроилась на работу в ясли-сад — вместе с сыном, разумеется. Деньги небольшие, работа, конечно, не из легких, но зато сыты, ребенок на глазах и в режиме — прогулки, дневной сон. Потом из ясельной группы они перебрались в младшую, дальше в среднюю, а затем и в старшую. Иногда в воскресенье Софья Михайловна брала Илюшу к себе — пусть Наденька отдохнет, дух переведет, а от ребенка одна сплошная радость и положительные эмоции. Софья Михайловна ходила с мальчиком в зоопарк, в Уголок Дурова, в цирк или в театр. Александр Николаевич был совсем не против, понимая, что жена его таким образом компенсирует неудавшееся материнство. Да и парень настолько славный, спокойный и разумный — никакого раздражения.

Иногда Софья Михайловна замечала, что муж смотрит на мальчика внимательно, украдкой вздыхая, и в который раз защемило сердце. Она почувствовала свою вину — ах, если бы я смогла родить, ах, если бы! Хотя что страдать? Отношения в семье были по-прежнему самые дружеские и родственные, замешенные на уважении и абсолютном взаимопонимании, таком, что почти без слов. С полувзгляда.

В школе Илюша успевал прекрасно — особенно легко ему давались точные науки. Наденька продолжала работать в саду. После школы Илюша приходил к ней на работу — она его кормила обедом. Заведующая, милая тетка, на это закрывала глаза — от детей не убудет, тарелка супа и лишняя котлета найдутся всегда, зато воспитательницы спокойны — их собственные дети на глазах, поедят, погуляют, уроки сделают.

Вечером Наденька вместе с сыном шла домой. Ребенок под присмотром — по дворам не шляется. Когда Илюша был в шестом классе, Флора овдовела. Смерть мужа перенесла очень тяжело — и, увы, стала попивать. Сначала слегка, а через год уже крепко. Опустилась она быстро, совсем утратив интерес к жизни вообще. Наденька ездила к ней, пыталась прибраться в уже запущенной комнате, неловко варила обед — хозяйка она была неважная. Внук Илюша родную бабку стал чураться — злая, дерганая, неприбранная. Флора доставляла много хлопот: то заливала соседей снизу, то чуть не устроила пожар — заснула с сигаретой. Пила она теперь не одна — появились дружки из местных алкашей. Софья Михайловна пробовала ее лечить — месяц пролежала Флора в ЛТП, но когда вышла, все закрутилось по новой. В общем, когда через пару лет она умерла от инфаркта, уже никто и не скорбел — не было сил. Все, увы, с облегчением вздохнули. Наденька свою жизнь так и не устроила: женихов взять негде, красоты с годами не прибавлялось — задерганная жизнью, слабая немолодая женщина. Легко ли несколько лет ходить за тяжело больной матерью, работать в две смены, одной поднимать сына.

А потом еще беда — заболел Александр Николаевич. Диагноз из неутешительных. К тому же последняя стадия. Софья Михайловна тянула его, как могла. Когда отступились врачи, она, сама врач, бросилась к травницам и знахаркам, умом понимая, что надежд совсем нет, но все же а вдруг, вдруг?! Нашла какого-то корейца с Урала, нищего и без жилья. Тот ставил иголки, варил травы. Она пустила его к себе на постой, отдавала почти всю зарплату. Он продлил жизнь мужу еще на семь месяцев.

Как-то ночью, когда она подошла к Александру Николаевичу поправить одеяло, он попросил ее слабым голосом:

— Соня, не надо больше, не мучайся и не мучай меня. Я устал. Отпусти меня с миром.

Она просидела на кровати, не выпуская его руки до утра. А утром отказала корейцу. Решила, что последние дни они должны быть в квартире одни. Через двадцать дней Александр Николаевич скончался. Теперь у нее было только два человека на всем белом свете — Наденька и Илюша. Горе свое она несла достойно — ни слез, ни стенаний. Сказала Господу спасибо за долгие отпущенные годы абсолютного счастья, доверия и любви. Да, перед смертью Александр Николаевич попросил вызвать Наденьку и Илюшу, чтобы попрощаться. Те зашли в комнату к больному, испуганные и притихшие. Софья Михайловна стояла у окна на кухне. Наденька вышла заплаканная, они с Софьей Михайловной обнялись.

— Просил вас не оставлять, — всхлипнула Наденька.

Софья Михайловна кивала, гладя ее по волосам. После смерти мужа Софья Михайловна стала прибаливать, особенно мучили ноги — ходить она стала медленно и тяжело. С работы ушла, стало тяжело подниматься по утрам — засыпала она только часам к пяти, да и ездить стало непросто. В общем, вела она теперь скучную и размеренную жизнь пенсионерки. Вставала утром поздно, часам к одиннадцати, пила чай, слушала новости, варила суп, вытирала пыль, шла в магазин. Иногда болтала с бывшими коллегами по телефону. Отдыхала днем. Вечером — телевизор, книги, чай с вареньем. Вспоминала свою жизнь, работу, горячо любимого мужа Шуру.

Из родни — никого, только Наденька и Илюша. Да и за них болело старое изношенное сердце. У Наденьки женская судьба — врагу не пожелаешь. У Илюши — возраст, ужасный возраст, дикое время, столько соблазнов, столько опасностей. Как трудно не сбиться с пути. Мальчик, конечно, неплохой. Но как может повернуться — одному богу известно. Ох, не приведи господи, плохая компания, выпивка, наркотики. По телевизору с утра до ночи об этом говорят. А тут еще без мужской руки. У Наденьки характера никакого — ни крикнуть, ни кулаком по столу. Словом, одни тревоги и страхи.

Илюша, конечно, к ней уже не ездил — только раз в год на день рождения, да так, отбывал повинность. Жадно поест — и к телефону. Понятно, ждут свои дела, что ему со старухой сидеть? Наденька, замученная, посидит еще с полчаса и тоже начинает смотреть на часы:

— Поеду я, тетя Соня, хочется лечь, устала.

— Да, да, конечно, деточка, я все понимаю, — взволнованно бормочет Софья Михайловна и, провожая ее в коридоре, неловко сует деньги и смущенно протягивает пакет с гостинцами. Наденька вздыхает, дежурно чмокает ее в сморщенную щеку и торопится уйти.

Ночью Софье Михайловне стало неважно — она померила давление и испугалась высоких цифр. Поняв, что дело плохо, вызвала «Скорую». Наденьке позвонить не решилась — на дворе стояла глубокая ночь.

«Скорая» увезла ее в больницу. На следующий день она попросила медсестру позвонить Наденьке, и та пришла тем же вечером очень обеспокоенная. Она поговорила с дежурным врачом, и тот объяснил, что больной нужен покой — стенокардия, давление, в общем, дело не фонтан. Наденька уселась на стуле у кровати Софьи Михайловны и принялась с растерянным видом чистить апельсин.

Наконец, наморщив брови, она выдавила, что ей нужно с Софьей Михайловной серьезно поговорить. Та тяжело приподнялась на подушках — сильно жало сердце за грудиной, не хватало воздуха, гулко стучало в голове.

При взгляде на Наденьку тревога заполнила ее сердце — она почувствовала: что-то не так. Наденька была бледна, кусала губы. «Неприятности с Илюшей», — испугалась Софья Михайловна и попросила приоткрыть окно. Наденька, встав на стул, с трудом открыла тяжелую фрамугу, потом снова села у кровати, опустив глаза, принялась теребить подол юбки.

— Что, Наденька, что, детка? — заволновалась Софья Михайловна.

Наденька жалась еще несколько минут и наконец начала тихо говорить. Смысл ее слов Софья Михайловна поняла не сразу, но переспросить не решилась, и наконец до нее дошло одно — Наденька просит ее написать завещание на квартиру.

— В пользу Илюши, — тихо пролепетала она.

Софья Михайловна приподнялась на подушках и хотела что-то сказать, но не успела, потому что Наденька произнесла странные и невозможные слова. Софья Михайловна опять испугалась, что понимает она ее с трудом, но Наденька тихо и внятно произнесла:

— Ну, тетя Соня, вы же понимаете, никого ближе, чем мы с Илюшей, у вас нет.

Софья Михайловна поспешила с ней согласиться и кивнула, а Наденька добавила странную фразу:

— Илюша имеет полное право на вашу квартиру, понимаете?

Софья Михайловна опять кивнула и услышала нечто совсем непонятное:

— Он же сын Александра Николаевича, дяди Шуры. В общем, мы вам самые близкие люди, да? Я думаю, — добавила Наденька, — вы с этим согласитесь.

Софья Михайловна, закрыв глаза, почувствовала резкую, острую и горячую, как кипяток, боль в сердце. У нее хватает сил махнуть в сторону Наденьки рукой. Та, не поняв этот жест, торопливо, роняя с колен сумочку, вышла из палаты.

Софья Михайловна подумала, что надо позвать врача. Она несколько минут смотрела на тревожную кнопку вызова у изголовья кровати и потянулась было к ней, но потом бессильно уронила руку на одеяло. В голове стучала одна-единственная мысль — вызывать врача она не будет, это не имеет смысла. Уже ничего не имеет смысла. Она прикрыла глаза и снова почувствовала острую и яркую, как вспышка, боль и сильное жжение — словно тонкая струйка кипятка заполнила грудную клетку. Гулко гудела голова и почти совсем не было мыслей. Почему-то она начала считать черные и красные кривые и острые цифры — они выплясывали какой-то безумный, хаотичный танец у нее в голове. Потом эти цифры потеряли яркость и стали похожи на угасающий бенгальский огонь. А потом пропало и это. Последнее, что она увидела, — это бескрайнее белое поле, белое от тонкого слоя снега, даже не снега, а блестящей и ломкой, как стекло, наледи. И еще она поняла, что это поле ей надо пройти, и ее это очень пугает. Она боялась, но твердо осознавала, что надо, просто необходимо пройти по этому опасному, угрожающему, непрочному пути. Выхода нет. Она слегка успокоилась, когда стало окончательно ясно, что это последняя нелегкая дорога в ее жизни. Надо собраться с силами. «Еще чуть-чуть», — уговаривала она себя. Совсем немного. А потом наступит покой, и наконец отдохнет ее измученное сердце, улягутся тревоги, и успокоится душа. Она шумно вздохнула, и на лице ее появилась слабая улыбка надежды. Вдруг Софья Михайловна увидела очень далеко, так далеко, что почти неразличимо, почти на горизонте этого необъятного и страшного ледяного царства, темный силуэт, знакомую высокую мужскую фигуру. Она испугалась и одновременно обрадовалась, когда узнала в этом почти черном, тонком абрисе своего мужа, и еле слышно, но четко произнесла сначала с удивлением, а потом устало, с отчаянием и укоризной:

— Шура, Шура...

И все же она заторопилась, заспешила к нему — лед ломался и звенел под ее ногами, она ускорила шаг.

Через двое суток Наденьке выдали ключи от квартиры, паспорт, халат, тапочки, кружку с ложкой, рулон туалетной бумаги, габардиновый плащ и туфли на старческой микропорке — весь тот больничный хлам, который совсем уже ни к чему: в последний путь полагается совсем другой набор вещей. Пожилая и строгая

153

сестра-хозяйка долго допытывала Наденьку, кем она приходится покойной.

— Племянница, — сказала та и, всхлипнув, шмыгнула носом.

— А ближе никого, что ли, нет? — сверкнув глазами, недобро спросила старуха.

— Нет, — мотнула головой Наденька. — Только я и мой сын — самые близкие люди.

В больничном морге ей указали на список вещей, необходимых покойнице в последний путь. Она все старательно записала на маленьком листке, вырванном из записной книжки. Потом поехала по знакомому адресу, долго не могла открыть входную дверь — замок, как всегда, барахлил.

Она зашла в прихожую, включила свет, разделась, мельком, по привычке, задержалась у зеркала и пошла в комнату собирать вещи. Открыв платяной шкаф, вынула несколько платьев, повертела вешалки в руках, выбирая, и остановилась на темно-синем, крепдешиновом, в маленьких, нежно-голубых цветах. Затем она нашла пару капроновых чулок, свернутых в плотный шарик, длинное трикотажное трико небесно-голубого цвета и белую нейлоновую комбинацию с жестким кружевом по подолу. Затем она открыла с трудом поддающийся, рассохшийся ящик, где лежали атласные бюстгальтеры, сшитые Софьей Михайловной на заказ в спецмастерских.

На дне ящика лежала коричневая жесткая папка с белыми тряпичными тесемками. Она открыла ее и увидела бежевый плотный лист с надписью «Завещание». Наденька села на старый, шаткий венский стул и стала читать — от волнения у нее дрожали руки.

Все свое имущество, включая квартиру, Софья Михайловна завещала Наденьке. А как могло быть иначе? Близкие люди — ближе никого нет. Завещание было написано шесть лет назад.

Легко на сердце

Встречались, как всегда, у станции метро «Университет». Таня пришла первой — от дома до метро было всего-то полторы-две минуты. Редкое счастье. Минут через пять появилась Галка — сгорбленная, маленькая, ставшая к старости совсем старушонкой. Хотя какая старость — всего-то шестьдесят лет, но она и в молодости была тощей, сутулой, сгорбленной какой-то. А сейчас и вовсе шаркала по земле, почти не отрывая ног. Таня тяжело вздохнула. Галка вышла из метро и сразу закурила. Таня видела, что, когда та прикурила, у нее крупно дрожали руки. Галка увидела ее и прибавила шагу.

— И чего — опять эту прынцессу ждем? — без «привет» и «здрасти» зло бросила она.

— Ты же знаешь, — вяло отмахнулась Таня.

— Нет, ты мне скажи, ну не сволочь? — Галка подняла голову и кивнула на небо, с которого щедро сыпалась серая, колкая снежная крупа вперемешку с дождем.

Таня не отвечала.

— И ведь видит же, сволочь, какая погода! Ну почему ее должны все и всегда ждать? А? Ну понятно, нас за людей она вообще не держит. — Разнервничавшись, Галина зашлась в хриплом натужном кашле. Таня спокойно сказала:

— Ну ты же знаешь, не заводись, береги нервы.

— Ага, — подхватилась Галка. — Береги. Что там беречь-то? Эти гады третьим беременны. — Это она про сына и невестку. — Нет, ну ты мне скажи, это люди?

Таня пожала плечом, хотела что-то сказать, но Галка яростно продолжала:

— Две комнаты смежные, кухня с херову душку, мал мала двое — из соплей не вылезают, их бы на ноги поставить. А она опять пузом сверкает.

— Ну, Галь, это же их дело, ты же не можешь им запретить, — робко вставила Таня.

— Что запретить? Сношаться? — Галка никогда не была изысканна в выражениях. — У этого мудака зарплата — копейки, дети гречку с картошкой жрут. А она мне — дети, Галина Васильевна, это счастье, жаль, что вы этого не понимаете. — От возмущения Галка задохнулась, и на глазах у нее выступили злые слезы обиды.

— Ну, Галь, ну успокойся, куда деваться, такая судьба. — Таня погладила ее по сухой морщинистой руке с короткими неухоженными ногтями.

— Покоя хочется, понимаешь?

Таня кивнула.

— Тишины, книжку почитать, поваляться. Просто одной побыть. Ты же знаешь мою жизнь. Шестьдесят лет терплю. Не живу, а терплю. Понимаешь? Этот алкаш издох — думала, вот, сейчас поживу. А тут сыночек привел, не запоздал. И начали рожать раз в два года. Нет сил. Совсем нет сил.

Таня кивала и гладила Галку по руке. «Бедная, бедная, — думала Таня. — А ведь и вправду жизнь у нее — не приведи господи. Сначала муж — алкаш, потом сын — дурачок, теперь невестка — бесперебойная родильная машина. Квартирка жуткая, нищета всю жизнь. Что она видела хорошего в жизни, Галка? А детство? Сирота, хорошо еще, что тетка взяла, пожалела, а так — детский дом. Хотя, если про эту тетку, неизвестно, что лучше. Нет, это я, конечно, утрирую».

— Идет, — злобно бросила Галка.

Таня обернулась. По грязным лужам, в которых отражалось недоброе небо, по сизому снегу не шла — плыла Жанночка. Принцесса. Белая шубка, белая шапочка, белые сапоги — снегурочка просто. Из-под шапочки — локоны. Издали — девочка двадцати пяти лет. Она подплыла к ним с радостной улыбкой.

— Ой, девочки, привет! Давно ждете?

— Ты что дурочку включаешь? На часы посмотри, — набросилась на нее Галка.

Жанночка послушно заковырялась в отвороте пушистой перчатки, отыскивая часы.

— Ой, правда, на двадцать минут! — очень удивилась она. — Ну вы же меня, девчонки, знаете! Завозилась с утра — то то, то се!

Галка останавливаться не собиралась:

— Дрыхла небось, потом марафетилась, а люди ждать должны по этой погоде!

Таня примирительно проговорила:

— Ну, все, все. Где машина, Жанночка? Пойдем, пойдем скорее, мы и вправду околели.

Гуськом двинулись к машине. Галка продолжала ворчать. В машине было, слава богу, тепло и пахло земляничной отдушкой. Двинулись наконец.

— На кладбище, наверное, посуше, — волновалась Жанночка. — Там небось вовсю еще снег. Боюсь, промокнут ноги.

— Промокнут — высохнут, — злобно обнадежила Галка.

— Ой, что ты! Я тут так отболела — две недели такой бронхит! И насморк — так намучилась!

— Да ладно скулить! — Галка приоткрыла окно и опять закурила.

Жанночка поежилась:

— Галь, дует!

— Не сдует — ты ремнями пристегнута, — отозвалась Галка.

Таня улыбнулась. Скандал, похоже, сходил на нет.

У кладбища купили три одинаковые корзины — еловые ветки с шишками — и двинулись внутрь. Первой лежала тетя Оля, Ольга Андреевна, Жанночкина мать. На главной, престижной аллее — Жанночка уже тогда была в очередной раз удачно замужем. Ее муж, известный архитектор, без труда пристроил тетю Олю на хорошее место — он лично знал директора кладбища. Главную аллею всегда чистили и убирали, люди на ней лежали непростые, известные. Тетя Оля оказалась в неплохой компании. Тот же архитектор придумал тете Оле и памятник — он этим слегка занимался («Так, побочный заработок», — оправдывалась Жанночка). Памятник получился четкий, не громоздкий, не пошлый, весьма оригинальный и — выдержанный. Не будь его, архитектора, вкус и воля, Жанночка наверняка насочиняла бы каких-нибудь гирлянд, вазонов и виньеток. На могиле была идеальная чистота — конечно же, за ней смотрели. Жанночка всхлипнула, сняла перчатку и провела по портрету матери маленькой, совсем детской рукой. Галка и Таня деликатно стояли в стороне.

— Мамочка моя, — шептала Жанночка. — Ну вот, я пришла, как всегда, да? У меня все хорошо, — докладывала она.

Галка криво усмехнулась.

— Боба здоров, Илья Евгеньевич тоже. В доме сделали камин, дымит, правда. — Жанночка всегда любила подробности.

160

Галка возвела очи к небу. Таня качнула головой — осудила Галкину нетерпимость. Галка притопывала ногами. «Холодно ей, — догадалась Таня. — Сапоги эти на рыбьем меху, да и пальтишко тощее. Бедная, бедная Галка, и голодная к тому же, наверное!» Жанночка еще что-то бормотала минут десять, пока Галка не бросила ей:

— Пойдем уже, господи! Бедная тетя Оля в твоих каминах и диванах запуталась.

Жанночка судорожно вздохнула, поправила корзинку с ветками и покорно кивнула.

— Ой, девочки, а может, я вас в машине подожду? Зябко как-то, я ведь отлечилась только-только.

Галка дернулась и резко пошла вперед. Таня укоризненно попеняла Жанночке:

— Ну что ж мы тебя тогда ждали, а, Жанн? Странная ты, ей-богу! — И быстрым шагом бросилась догонять Галку. До Жанночки вроде бы дошло, что подруги обиделись, и, не очень понимая, в чем дело, она кинулась вслед. Конфликт для нее все-таки был страшнее, чем повторный бронхит. Галка шла резко, курила на ходу.

Вторая остановка была у последнего пристанища Таниной матери — Веры Григорьевны. Это была боковая аллея, слава богу, неглубоко — у самой дороги, с краю. Камень стоял обычный — серый мрамор, из недорогих. С овального керамического медальона смотре-

161

ла с улыбкой молодая Вера Григорьевна. Таня почему-то упрямо хотела, чтобы на памятнике было обязательно фото молодой матери, хотя ушла Вера Григорьевна в самом почтенном возрасте — в восемьдесят два года. Молодая Вера Григорьевна улыбалась, кокетливо повернув голову чуть набок. И были прекрасны ее молодые глаза, и гладок блестящий пробор, и у шеи кружевной воротничок держала любимая наследная камея: тонкий профиль, завиток, еще завиток, чуть опущенный подбородок, прямая линия носа, узкая длинная шея — в общем, что-то от Веры Григорьевны, несомненно, есть. Таня достала тряпку из пакета, протерла камень, убрала засохшие цветы, зажгла поминальную свечку и повела свой разговор — как всегда, про себя, естественно. Минут через десять она закрыла калитку ограды и подошла к подругам. Галка осенила крестом фотографию Веры Григорьевны, а Жанночка, шмыгая носом, пожелала Вере Григорьевне спокойного сна. Таня и Галка переглянулись и вздохнули — теперь уже обе. До могилы тети Шуры идти было минут двадцать, самая глубь кладбища, где становился слышнее гул машин на Окружной.

— Нет, хорошо еще, что все-таки на одной стороне лежат, да, Тань? — бормотала Жанночка. — А то если бы на новом? А? Это же вообще был бы тихий ужас! — представив это, Жанночка даже остановилась и покачала головой.

Наконец дошли, добрели, усталые, заморенные, замученные. На могиле тети Шуры стоял простой металлический крест, увитый когда-то ядовитого цвета пластмассовыми цветами, со временем потерявшими уже свою яркость и синтетический блеск. На местами уже ржавом кресте, в сердцевине его, был прикручен металлический же прямоугольник с выбитыми фамилией, инициалами и цифрами — годами жизни и смерти. Галка пристроила к изголовью принесенную корзинку, бросила в пакет отрезанную по пояс пластиковую бутылку, служившую вазой, с уже стухшей, темной, подмерзшей водой. Перекрестила теткин крест и сказала, как всегда, свою обычную фразу:

— Ну, спи, с Богом. Он тебе и судья.

Это заняло три-четыре минуты, и все двинулись в обратный путь, предвкушая сначала тепло и комфорт машины, а потом тепло и уют Таниного дома. В общем, все было исполнено четко, как всегда. И на сердце, как ни странно, от этого стало легче. В машине уже говорили обо всем, перебивая друг друга. Все повеселели, представляя, как сейчас, ну, минут через двадцать, разденутся, наденут теплые тапки, вымоют руки, сядут на кухне за стол, уже наверняка, как всегда, накрытый Таней. Таня бросится разогревать борщ и пирожки, Галка достанет из морозилки бутылку водки, и все отдохнут, вытянут ноги, согреют руки, выпьют первую стопку — и расслабятся, расслабятся наконец. И уже помягчеет окосевшая Галка и будет приставать к Жанночке с выпивкой:

— Да брось ты свою тачку, вызови такси, расслабься, будь человеком, а, Жанн?

Жанночка будет сопротивляться минут двадцать — на большее ее не хватит, такой характер. И она тоже махнет рюмку, и они с Галкой почти полюбят друг друга или хотя бы на время друг друга простят. А Таня станет наливать малиновый борщ, достанет из духовки подогретые пироги, потом потопчется, устало присядет, и после первой рюмки ей станет тепло, свободно и хорошо, и они начнут с почти ускользающими подробностями вспоминать свое далекое детство. И будут друг друга перебивать, перекрикивать даже и спорить, что было не так, а иначе, и называть друг друга идиотками и дурами. И обязательно всплакнут по очереди, а затем и вместе над какими-то подробностями, незначительными для других и кажущимися невероятно важными для них. Потом они проговорят о детях, мужьях, бывших и нынешних, невестках, зятьях, сватах, свекровях, дачах, болезнях, тряпках, книгах и фильмах. Потом опять будут перебирать свою жизнь, вспомнят, если не забудут, бывших возлюбленных — тех, из общей юности. Опять заспорят и, конечно, непременно поругаются, примерно раз в пятый за этот день.

* * *

Таня садовыми ножницами с хрустом резала курицу и поглядывала на подруг. Галка уже отогрелась, даже порозовела как-то, брови, сдвинутые к переносью от вечного напряжения, наконец встали на место. И Галка не прекращала жевать, хватая маленькой, сморщенной рукой то пирожок, то куриную ножку. «Господи, какая она голодная вечно», — с болью подумала Таня. Жанночка откинулась на стуле — яркая косметика ее растеклась, лицо покраснело, и теперь уже отчетливо виделись ее немалые года — в общем, все как оно есть. Пили, как всегда, водку, хотя Жанночка робко попросила коньяк.

— Перебьешься, — бросила ей Галка.

Потом Таня сварила кофе, все немного пришли в себя, но спустя минут сорок Галка опять потребовала выпить, и Таня пошла в комнату и из нижнего ящика стенки, где обычно у нее стояли початые бутылки спиртного, оставшиеся после Нового года и дня рождения, достала полбутылки забытого коньяка «Белый аист» и почти полную бутылку болгарского красного вина, дешевого и кислого, взятого, кажется, на глинтвейн. Таня, кряхтя, поднялась с колен. «Возраст, возраст», — подумала она. При виде бутылок пошло оживление — Жанночка выпила большую рюмку конь-

165

яка, а Галка с удовольствием, жадными глотками пила вино.

— Плохо не будет, а, девчонки? — забеспокоилась Таня.

— Нам теперь будет только хорошо, — уверила ее слегка заплетающимся языком Жанночка.

Потом опять Таня варила кофе, и снова были бесконечные разговоры, разговоры. Они внезапно и явственно почувствовали себя близкими и родными людьми, почти сестрами — ведь позади, за плечами, была долгая и непростая, с колдобинами и ямами, жизнь, долгая и временами непростая их дружба. Нищее детство, далекая общая юность и, как всегда, восхитительное взросление, постепенное возмужание, закалка, борьба, сопротивление и многое другое, из чего состоит, собственно, любая человеческая судьба. Обсудив детей, внуков, болезни — то, что наполняло их нынешнюю жизнь, — как всегда, начали вспоминать покойниц, собственно, невольных виновниц сегодняшнего события.

— Нет, все-таки святые они люди были, святые, — сказала размягченная и утихомиренная Галка. — Такое время выпало на их долю, не приведи господи. А ведь сумели сохранить в себе и силу духа, и вкус к жизни.

— И радоваться умели, — вставила Таня. — Не то, что мы, — ноем, скулим по любому поводу, а ведь у всех квартиры, пенсии, слава богу.

Холодильники не пустые, дети здоровы — тьфу-тьфу.

— Да, народ нынче не тот, — согласилась Галка.

— Измельчал, — кивнула Жанночка. — Вот мама моя вдовой осталась в двадцать три года, через год после начала войны, в 42-м. Похоронка пришла на отца через три месяца, как его забрали. Мне — четыре года. Мама только институт окончила и сразу сутками в больнице. Я с няней сидела, а она пьющая была. Помнишь Глашу? — спросила Жанночка у Тани. — Хорошая была тетка, только пьющая, — повторила Жанночка. — Как выпьет, пугала меня ведьмаками. Господи, как я боялась тогда ее! — Жанночка вздохнула и громко икнула.

— Ты хоть с Глашей сидела и в квартире с батареей и теплой водой, а я? — возмутилась Галка. — А я в бараке с крысами и остывшей печкой. Тетка уходила на сутки в контору, а я одна, одна. Забьюсь в угол, ноги в валенках подожму, руками коленки обхвачу — и плачу, плачу, без передыху. Думала, все слезы свои тогда оставила, ан нет, на всю мою жизнь говеную их хватило. Сил уже нет, а этой воды — пожалуйста. Не убывает!

Эх! — крякнула Галка и выпила рюмку коньяка. — Тетка злющая с работы придет, голодная, замученная. Картошку холодную ест, а мне, как собаке кость, в миску то, что останется, бросит. Потом, правда, отходила, чай вместе пили, она мне сахару на хлеб насыпала. Добрела. Иногда я думаю, чего она меня взяла после маминой гибели, чего взяла? Ведь не любила меня. Ни чуточки не любила. А я тихая была, забитая, боялась ее до смерти. Она все попрекала меня, что забрала, в детский дом не отдала. А я тогда думала — лучше бы в детдом.

— Нет, Галка, не лучше, — сказала Таня. — Я работала в интернате в шестидесятых, вроде и время не военное, не голодное, а все равно все как волчата, выживали сильнейшие, а слабые... И еду у них забирали, и били, и измывались. Здесь все-таки тетка — родной человек. Хотя, верно, тетя Шура была не сахар, но ведь не отдала тебя, не бросила, а жизнь у нее и вправду была собачья — ни мужа, ни детей, ни родни, ни специальности. Шутка ли, баба всю жизнь на дорожных работах — что может быть тяжелее?

— А человек она все-таки была хороший, честный. Да, честный. Правду-матку всю жизнь в глаза резала, что надо и что не надо. Кому от ее правды легче было? И меня всю жизнь куском попрекала, — отозвалась Галка. — Вот я в пятнадцать лет и работать пошла, чтобы на ее харчах не сидеть. И за Вовку в семнадцать выскочила, только чтобы от нее, от родимой, сбежать. А попала из огня да в полымя. — Она усмехнулась. — Из одного болота в другое. Ни года ведь передыха в моей жизни не было. Да что там года — ни месяца. А дней — по пальцам

168

пересчитать. Море видела один раз в жизни. Пальто один раз в ателье пошила. Маникюр в парикмахерской один раз в жизни сделала — перед своим пятидесятилетием, девчонки с работы заставили. Все по одному разу в моей жизни. В ресторане один раз была — у тебя, Жанка, на дне рождения. За шестьдесят лет. Разве это много? Всего хорошего по одному разу. И это за всю мою долбаную жизнь.

Таня и Жанночка молчали. Конечно, Галка была самой несчастной из них — никто не спорил. У Тани был неплохой муж, инженер, заботливый, тихий, непьющий. В жизни дурного слова не сказал, голоса не повысил. Так бы и жили не тужили, до старости проколупались бы, внуков от дочки Иришки растили, цветочки и укроп на своих шести сотках в Полушкине сажали. А не вышло. Не «склалось», как говорит Иришка. Ни внуки, ни шесть соток, ни тридцать прожитых неплохо лет его не остановили.

В шестьдесят вышел на пенсию и на банкете в честь этого события в кафе «Фиалка» за щедро накрытым столом, выпив пару рюмок водки для храбрости — был слабоват духом, встал и при всех объявил, что уходит от законной жены Титовой Татьяны Андреевны. Уходит с чистой совестью и с чувством до краев выполненного долга — дочь выучил, замуж отдал, свадьбу справил, участок дачный получил, садовый домик шесть на восемь поставил, в квартире ремонт сделал — обои, плитка, кухня новая, в розовый цветочек. А теперь, друзья и коллеги дорогие, он, Титов Юрий Павлович, хочет пожить своей жизнью, то есть для себя. А эта своя жизнь у него, представьте, имеется. Без малого пятнадцать лет. В лице гражданской жены Нины Ивановны тридцати пяти лет (бывшей сотрудницы НИИ Легпищемаш) и шестилетнего сына Николаши, наследника фамилии, между прочим. Таня тогда зашлась в страшном удушливом кашле, зашаталась, и ей показалось, что высокий, украшенный цветными воздушными шариками потолок сейчас обрушится на нее. За столом все удрученно молчали.

— Дурак, — сказал кто-то.

Таню вывели в коридор и усадили на банкетку. Гости по-тихому, как мыши, стали расползаться. Не у всех хватило мужества подойти к Тане и сказать какие-то слова. Кто-то, правда, подошел, попытался ободрить ее, но помнила она все плохо. Перед глазами стояла мутная, плотная пелена. Потом она отключилась и немного пришла в себя только дома, куда ее отвезли Ириша с зятем Валерой.

— Жизнь продолжается, мама, — твердила дочь.

Потом, когда прошло немного времени и Таня была уже в силах что-то осознавать и понимать, она думала, что, в сущности, жизнь с мужем она провела скучную, тягучую, блеклую, без всплесков и страстей, как все считали, благополучную. Любила ли она его? «Нет», — ответила она себе. Конечно же, нет. Так, привыкла, благодарность была какая-то, непонятно за что. Разве такую жизнь она себе намечтала когда-то? Но гнала, всю жизнь гнала от себя эти бередящие душу мысли. Теперь особенно было жаль безвозвратно ушедших дней, однообразных, серых, бесконечно скучных. Господи, лучшие годы! Ей было не жаль *этой* семейной жизни, но было горько и противно от такого вероломного предательства, последней выходки своего бывшего. Он, как ей казалось, в принципе был на такое не способен. А получилось вон оно как! Тридцать лет прожить с человеком и не знать, даже не подозревать, чего от него ждать. Месяца два Таня провалялась на больничном, благо участковая врачиха оказалась из понимающих — сама брошенка. А потом она встала, вымыла окна, перемыла в нашатыре все подвески из чешской хрустальной люстры, выстирала тюль после зимы и стала жить дальше. Со временем она с удивлением обнаружила, что без хлопот и забот ей живется легче, свободнее и даже дышится в квартире как-то легче. Потом Ириша родила подряд двух внуков — в общем, скучать стало некогда. В пятьдесят пять, день в день, ушла на пенсию. Все лето сидела с внуками на даче: огород, цветы — дел хватало.

— Да что говорить, — подала голос Жанночка. — У всех, конечно, проблем достаточно.

На это уже почти утихомирившаяся Галка ехидно хмыкнула.

— Да, у всех, — повысила голос Жанночка. — Ты думаешь, проблемы только у тебя?

Галка хотела открыть рот, но ее остановил суровый Танин взгляд — тихо, Галка, тихо, не надо.

Жанночкина жизнь по сравнению с Галкиной выглядела тихим гладким озером, голубым с перламутром, окруженным ярким зеленым лесом и поляной с ромашками. Но кое-где все-таки уголки этого рая были затянуты плотной чешуйчатой ряской. Внешне вполне благополучная, сытая и спокойная, как любая жизнь, она, безусловно, выдавала порциями жесткие испытания. Никого не пропустила. Хотя, конечно, если сравнивать испытания, выпавшие на долю того или иного человека, то не все по справедливости, не все. Но каждому по судьбе, по силам. И как тут мериться, как определять чашу весов?

Первый раз Жанночка вышла замуж рано — в девятнадцать лет. Не вышла — выскочила. Правда, жених был завидный: молодой скрипач симфонического оркестра, умница и красавец, из обеспеченной и интеллигентной семьи — блестящая партия. В молодости Жанночка была хороша — глаз не оторвать: точеная фигурка, темные живые глаза, роскошные вьющиеся каштановые локоны. Обшивала ее известная в Москве портниха — мамины старые связи, — и одета была Жанночка, как куколка: пышные юбки, широкие пояса, кофточки с «басками», лаковые лодочки. Жанночка первая выпорхнула из коммуналки — молодые стали жить в квартире свекров, роскошной сталинке на Фрунзенской. Жили они с мужем замечательно — сытно, беззаботно и весело. Работать Жанночке не пришлось — в этом не было необходимости. Курорты, роскошная дача с удобствами в Ильинке, собственная «Волга». Но счастье продолжалось недолго. Красавец-скрипач скоропостижно скончался через четыре года. В тридцать пять лет. Инфаркт. Жанночка горевала безутешно. Возвращаться к маме в четырнадцатиметровую комнату в коммуналке не пришлось. Несчастные родители мужа умолили ее остаться у них. Жанночку они полюбили всем сердцем — это было последнее, что осталось у них от сына. Жанночка похудела, подурнела, почернела лицом. Убивалась по мужу сильно. Но через восемь месяцев сошлась с его двоюродным братом, тоже музыкантом, пианистом, — аккомпаниатором известного скрипача. Родители мужа приняли это известие с радостью, как ни странно. Жанночка, ставшая им практически дочерью, оставалась в семье. Пианист, который давно развелся и оставил квартиру детям и бывшей жене, пришел в дом к родителям своего рано ушедшего брата. Его приняли. Родители Жанночкиного первого мужа были действительно дивными людьми — тихими, образованными, интеллигентными. Жизнь для них снова наполнилась смыслом.

— Чудные люди! — восклицали знакомые.

Впрочем, находились и такие, кто их не понимал и даже осуждал. Не без этого. Прожила Жанночка с пианистом лет семь. Спокойно, уравновешенно. Человек он был немногословный и ее обожал. Правда, это не помешало ему во время гастролей в Америке попросить там убежища — случай это был громкий, такое в те годы случалось нечасто. Жанночка и родители его покойного мужа были, мягко говоря, обескуражены. Никто не ожидал от этого тихого, уравновешенного человека подобной выходки. Жанночку это, правда, не коснулось напрямую — брак у них был гражданский. Поплакала она, поплакала и вышла опять замуж. И опять чрезвычайно удачно. Летом в Коктебеле познакомилась с архитектором, старым холостяком, завидным для многих женихом. Но окрутить его все как-то не удавалось ни одной из умелых и опытных особ, роем вьющихся вокруг него. А Жанночке удалось. Скажем прямо — без особых усилий.

Умница-архитектор увидел в ней чеховскую Душечку — мягкую, спокойную, небольшого ума, но красавицу, хозяйку и чистюлю, да и вообще, верного человека. Конечно же, он был вполне обеспечен. Жили они теперь на Кутузовском, в роскошной трехкомнатной квартире: спальня из карельской березы, подсвечники, бронзовые люстры, шелковые драпировки, домработница, личный водитель. Жили, надо сказать, душа в душу. Только вот детей Бог Жанночке не дал. Поначалу это их очень огорчало, но потом они смирились, прекратили походы по врачам — хватит, достаточно душу рвать, решили жить друг для друга. Архитектор был «при власти» — оттуда и все бонусы и даже поездки за рубеж, столь редкие в те времена. Жанночка одевалась только в «Березке» — шубы, дубленки, итальянская обувь. Сытая, размеренная, благополучная жизнь. Да нет, так не бывает. В сорок три года у Жанночки обнаружили опухоль груди. Правда, сделали вовремя операцию, нашли лучших врачей, устроили в кремлевскую больницу. Но это ее все же здорово подкосило — видела, что постарела, подурнела. Муж, правда, был сама нежность и внимание. Но с тех пор Жанночка, обладавшая прекрасным вкусом и чувством меры, начала неумело молодиться. Слишком много косметики, слишком светлые наряды, высокие каблуки, легкомысленная стрижка. Муж, эстет по природе, слегка морщился и осторожно делал ей замечания. Но Жанночка, обычно ловившая каждое его слово, здесь была словно глухая. И все набирало обороты — чувствовала она, что улетают, уплывают годочки, теряет она свою женскую прелесть и миловидность. А тут еще эта проклятая болезнь... В общем, компенсировала она это как могла, как умела и как ей казалось правильно. Архитектор тем временем не на шутку увлекся одной молодой особой, киношной актрисулькой — бело-розовой, пышненькой, как сдобная булочка.

Увлекся всерьез, но мысли бросить Жанночку у него, слава богу, не возникало. Просто разъехались по разным спальням. Предлог был очевиден — Жанночке нужно рано ложиться и больше отдыхать. А он типичная сова, до двух ночи колобродит — радиоприемник, журналы, поздний чай. Жанночка что-то чуяла — женская интуиция, но в подробности предпочитала не вдаваться. Кому будет от этого хорошо? А смысл? Она очень дорожила своей жизнью и своими привычками. В конце концов, все ее вполне устраивало.

Галка считала, что все Жанночкины проблемы — чушь, пыль, ерунда. Вся жизнь при мужьях, да каких! О куске хлеба никогда не думала. А что детей нет, так это только плюс. Какие от детей радости — одна суета да морока. И это в лучшем случае. Галка это знала наверняка. Жанночку она не уважала, не жалела уж и подавно, делала вид, что не любит ее и презирает за паразитическую жизнь. Но в душе все же была к ней привязана — еще бы! Все детство, вся юность бок о бок. Куда от этого денешься? А в общем, жизнь никому не сделала поблажки, никого не пропустила. Таня Жанночку жалела — одинокий и нездоровый человек.

Здесь хоть дочка — родная душа. Внуки, зять — хороший человек.

Подруги притихли. Задумались — кто о чем, каждая о своем. Первой голос подала Таня:

— Ой, девчонки, хватит кукситься. Давайте выпьем за наших матерей и за твою, Галка, тетку. Святые были люди, что ни говори! — Таня подняла рюмку с остатками коньяка. — Жизнь у них была ой не сахар. Мы вот себя жалеем, а они? Война, дети крошечные на руках, вдовство это раннее. Да что они хорошего видели в жизни? Дом, на работе пахота, вечное безденежье, коммуналки эти проклятые, быт нищенский. Стирка в тазу, баки с постельным бельем неподъемные. Никуда не ездили, ничегошеньки не видели. Вот уж несчастное поколение! — Таня вздохнула, откинула голову и махом выпила коньяк.

Галка налила себе стакан вина и плеснула Жанночке.

— А ведь они себя несчастными не чувствовали, а, Тань? — сказала Галка. — Скатерти крахмалили, пироги пекли, соседей угощали. Юбки свои и платья в сотый раз перелицовывали. «Химию» бегали в парикмахерскую делать. — Она помолчала и продолжила: — И не ныли ведь, не скулили. Считали, что так им повезло — сами выжили. Детей сберегли. Были тогда судьбы и пострашнее. Их хоть лагеря минули, слава богу.

— А песни какие пели! — вставила Жанночка. — Помните, девчонки, собирались они — тетя Шура кулебяку пекла, мама моя форшмак делала, печеночку с луком жарила, а Вера Григорьевна твоя, Танюш, гуся запекала с яблоками, а, Танюш?

— Да ну, Жанна, это было-то всего один раз. Гуся тогда мамина родня из деревни прислала.

— А я запомнила, — грустно сказала Жанночка. — Роскошный такой гусь — глянцевый, румяный и яблоки по бокам. — Жанночка всхлипнула.

— Ну, гусь, может быть, и один раз, не помню, — отозвалась Галка, — а вот торт тетя Вера пекла отличный, с шоколадной глазурью и орешками. Точно помню. На каждый Новый год, да, Тань?

Таня кивнула:

— «Мишка». Торт «Мишка» назывался.

Они опять замолчали.

— А песни какие они пели! — оживилась Жанночка. — Помните, девочки? Дружно так! Начинала тетя Шура, у нее хороший голос был, а потом подхватывали все: «Легко на сердце от песни веселой!»

— Она скучать не дает никогда! — подхватила Таня.

— Было, — угрюмо согласилась Галка. — Было, помню. «Легко на сердце от песни веселой». Пели, стройно так пели. — Галка опять закурила.

178

Таня встала и открыла форточку, опять села к столу и продолжила:

— Да. Тяжело жили, а на душе было легко, просторно, потому что верили в хорошее. Казалось, что все самое тяжелое и страшное уже позади, уже пережито. Что могло быть страшнее войны? Дай-ка, Галка, сигарету, — попросила некурящая Таня.

Все опять замолчали.

— Легко на сердце, говоришь? — недобро усмехнулась Галка. — Легко, значит. Вряд ли это. Не думаю я, что у тетки было благостно на душе. — Она опять замолчала, а потом с усмешкой оглядела притихших подруг. — Вот вы говорите, тетка была святая: честная, копейки чужой не возьмет. Все на себе тащила — меня от приюта спасла, выходила доходягу, кормила, обувала, хоть и попрекала куском, но по-честному, душой не кривила. Такой просто была человек: что думала, то и несла.

— Ну и что ты этим хочешь сказать? — удивилась Таня. — Тетю Шуру мы все хорошо знали.

— И помним, — добавила Жанночка.

— А то, — отрезала Галка. — Грех был на тете Шуре страшный. И жила она с этим грехом всю жизнь. Мучилась, оттого и злобилась, и на мне срывалась. На невинном ребенке-сироте.

— Господи, Галка, что ты несешь, какой еще смертный грех у простой и прямой, как палка, тети Шуры? Неспособна была эта правдолюбка на тайные грехи и страсти, не в ее натуре просто, — удивилась Таня.

— Страсти тут и ни при чем, — отрезала Галка. — Не до страстей ей было. А грех вот какой. В деревне еще в семнадцать лет сошлась она со своим дядькой родным, братом матери, ему тогда лет тридцать было — дети, жена, все, как положено. Близкая родня, ближе нет. А вот скрутились, спелись. Тетка, она ведь смолоду некрасивая была — тощая, как жердь, смуглая, нос на двоих рос — у нас все бабы в роду такие, — но молодая, телом крепкая. Вот он, дядька этот, ее на сенокосе за скирдой и завалил. Жена ему, квашня, всю дорогу беременная, наверное, надоела. Жили в одной избе, а по ночам на сеновал украдкой бегали — любились. А потом Шура залетела. Куда деваться? Такой позор! В деревне-то! У всех на виду, да в своей семье. Бегала она к бабке в соседнее село — та каких-то трав дала, но ничего не помогло. Видно, в здоровом теле ребеночек первый крепко засел. Она и парилась, и с ведрами полными бегала, и с крыши прыгала — все выкинуть хотела. Ан нет. Когда пузо наверх полезло и мать заметила, батя ее крепко избил — по всей деревне гонял. Она и родила девочку раньше срока и все родне рассказала да еще приврала, что дядька ее принудил к этому делу, изнасиловал, а не по доброй воле она на сеновал к нему бегала. В общем, шухер там был грандиозный — батя Шурин деверя избил до полусмерти, из дома выгнал со всей семьей в придачу. Избы у них не было, говорят, горя они хорошо помыкали. Сначала побирались по селам, потом вроде осели где-то. Но не о них речь. Девочку Шура родила убогую — то ли ручка культей была, то ли ножка, уже не помню. Через год стало ясно, что ребенок еще и неполноценный, отсталый — слюни текли, глазки пустые, не ходит, не стоит, не сидит — дебилка, одним словом. Отец Шурин суровый был мужик — сибиряк. Он ее из избы выгнал, мать ее то ли в сарай, то ли в курятник пристроила, еду ей носила — отец за стол не пускал. А потом она и вовсе сбежала — одна, без дочки, естественно, и больше за всю свою жизнь ни разу в родную деревню не приехала. Пыталась пару раз деньги какие-то с родней передать — ей эти деньги обратно возвращались. Отец их не принимал, он ее проклял.

По слухам, вроде девочка прожила лет пятнадцать-шестнадцать, мучились с ней страшно. А как на самом деле было — не знаю. Эту «веселенькую» историю мне родня рассказала уже году в 57-м, кто-то тогда из Вятки приехал, сестра матери двоюродная, что ли. Шура об этом всю жизнь молчала. Видно, и меня она взяла после смерти мамы, чтобы грех с себя смыть. А полюбить ей меня не удалось. А может, она и не очень старалась. Может, больно ей было на меня, здоровую, смотреть. Мужиков у нее больше не было. Точно не было. Я бы заметила, поняла. Она потом всю жизнь от них шарахалась — боялась до смерти и до смерти ненавидела. Так и осталась с семью классами — не до учебы, понятно. В эвакуацию не поехала — боялась свою комнату в бараке потерять. Всю жизнь с кайлом в руке. Меня взяла в 44-м. — Галка замолчала и со вздохом крепко затянулась, сигарета почти догорела и обожгла ей пальцы. — Черт, — ругнулась Галка, раздавила бычок и вытерла глаза.

Все молчали, она оглядела стол: бутылка из-под коньяка была пуста. Разлив всем остатки вина, Галка первой нарушила тишину:

— Ну что, девочки, дернем еще по одной? — И, усмехнувшись, добавила: — А вы говорите, песни радостные пели.

— Ой, девочки, — всхлипнула Жанночка, размазывая по лицу тушь вперемешку со слезами. — Ой, девочки, — повторила она.

— Ну чего реветь, дело-то прошлое! Вот и тети Шуры уже двенадцать лет в живых нет. Может, ей там, наверху, все давно отпустили за всю ее собачью жизнь. Так что не бери в голову, Жанка, сколько лет прошло! — попыталась успокоить ее Галка.

— Да нет, я не об этом, — замотала головой Жанночка. — Я не про тетю Шуру, нет, я про свою маму вспомнила. Хотя нет, не вспомнила. Я это никогда не забывала, просто гнала от себя, гнала всю жизнь, чтобы только не думать, забыть хоть на какое-то время. — Она замолчала и потянулась за сигаретой. — А забыть не получается. Так и живу с этим всю жизнь — со светлой памятью о маме и с брезгливостью и презрением к ней.

— Господи, да о чем ты, Жанна? — раздраженно спросила Таня. — Что все причитаешь? Какая брезгливость, какое презрение? Это ты о тете Оле? Что ж там такое могло быть, чтобы после всей вашей дружбы с ней и любви ты ее презирала? А, Жанк? Да еще и ненавидела?

— Хочешь знать? — зло спросила Жанночка. — Не пожалеешь, что на одну «веселенькую» историю в твоей жизни больше будет? А может, хватит, а?

— Господи, Жанна, ну куда тебя несет? Я тебя такую и не видела никогда, — проговорила Таня и подумала: «Перебрала, наверное. Точно перебрала. Галка в этом вопросе стойкая, а Жанночка нет. Ее всегда с бокала шампанского развозило. Вот чего-то и сочиняет. Страшилками пугает».

— Ну чего? Говорить или замолчать? — продолжала зло упорствовать Жанночка.

— Да говори уже, твою мать, не тяни кота за яйца, — бросила Галка.

— Угу, начинаю в таком случае, — недобро усмехнулась Жанночка. — Когда маме пришла похоронка на отца, она же совсем девочка была, да еще со мной на руках. Институт, правда, окончила, умница, ей тогда бабушка здорово помогла. После войны мать в медсанчасти при заводе работала. Она врач, и фельдшер был при ней, здоровый такой лысый дядька, сильно пьющий. Он у матери всегда спирт таскал, а остатки водой разбавлял. Она это замечала, но его не выдавала, понимала, как врач, что это болезнь. А красивая она была! Помните, девочки?

Галка с Таней усиленно закивали.

— Она и в старости красоткой оставалась, — вставила Таня. — Волосы какие, губы, глаза, стать!

— Она и умирала в семьдесят пятом не старухой, а женщиной. Хоть и мучилась после трех инсультов страшно. А тогда, в пятьдесят третьем, у нее роман случился с инженером заводским — медсанчасть ведь при заводе Хруничева была. Я его прекрасно помню, он часто приходил к нам, этот Георгий Иванович. Красивый мужик — седовласый, высокий. Мать его любила безумно. Замуж за него хотела. Нажимала на него. А он ей сразу объяснил, что с женой никогда не разведется. Жена его тоже на заводе работала, в отделе кадров. Я ее помню даже — худенькая такая, мелкая, личико узкое. Куда там ей до матери, до ее жгучей красоты!

Я слышала, как мать плакала, умоляла его уйти. А он твердо — нет, Оля, никогда. Она меня с фронта ждала, с двумя детьми маялась, и потом, здоровье у нее никакое. В общем, судя по всему, приличный мужик он был, этот Георгий Иванович. А в шестьдесят втором у его жены сильные боли в желудке начались, к матери в медсанчасть пришла — она ведь ни сном ни духом. В медсанчасти стационар был на три койки, по-моему. Мать ее положила, как могла обследовала и сразу поняла — рак. Потом анализы сделали — да, все подтвердилось. Ее бы сразу в больницу хорошую, операцию срочно — может, пожила бы еще. А мать тогда Георгию сказала, что у нее язва, что боли от нее. И никуда ее не определила — та так и умерла месяца через полтора. Нет, от болей, конечно же, ее кололи, облегчали как могли — промидол, омнопон. Она почти все время спала. Мук страшных не было.

Мать мне это перед смертью рассказала, после третьего инсульта. Понимала, что уже вряд ли выкарабкается. Говорила мне, что хотела ее от мук избавить — операция, швы, боли. Все равно, говорила, она бы не выжила, только измучили бы ее. А я вот не знаю. Может быть, если б в больницу, операцию — могли бы успеть, пожила бы еще пару лет. Не знаю. По тому, как мать говорила мне про все это, и по тому, как каялась, — не знаю, не уверена я в ее правоте. Имею право сомневаться. Слишком мучило ее это всю жизнь, если не побоялась мне перед смертью открыться. А мне кажется, что ускорила она ее смерть, чтобы Георгия Ивановича заполучить. А ведь он на ней так и не женился, даже после смерти жены. Наоборот, потихоньку визиты его сошли на нет. Видимо, тяжело ему было мать видеть — здоровую, красивую и очень настойчивую. Наверное, жену свою он все-таки любил, а с матерью были африканские страсти, скорее всего, то, что сейчас сексом называется. Когда он ходить к ней перестал, она даже пить пробовала. Но не вышло, женщины в нашей семье алкоголь не переносят. Спустя три года она ушла из медсанчасти, устроилась в поликлинику у дома, на участок, и там всю оставшуюся жизнь проработала. Ну, это вы и без меня знаете. — Жанночка замолчала и неумело закурила Галкину сигарету.

— Брось, Жаннуль, — попросила Таня. — Тебе курить никак нельзя.

— Да какая разница, — вяло ответила Жанночка.

— Ну что, девочки, чай? — попыталась разрядить обстановку Таня.

— Кофе давай, — угрюмо проговорила Галка. — А так по тете Оле не скажешь — ведь ухоженная, помада, серьги, при полном марафете. А на душе, как видно, погано было.

Жанночка заплакала.

— Галь, хватит тебе, — взмолилась Таня.

Жанночка посмотрела на часы:

— Ой, господи, время сколько. Да ладно, все равно такси вызывать. Надралась, как свинья.

— Оставайся у меня, — предложила Таня.

— Нет, нет, что ты, я привыкла к своей постели, уж извини. Попозже поеду. В себя только приду чуть-чуть.

Таня встала к плите варить кофе — сердце так бабахало, все равно не уснуть. Такой день. Такой вот тяжелый день. Она задумалась о своем, и густая пенка выплеснулась из турки на плиту и зашипела — Таня ойкнула. Она выключила газ и посмотрела на притихших подруг. Галка молча курила, уставившись в одну точку, а Жанночка, тихо поскуливая, продолжала размазывать ладонью свои черные от остатков туши щеки. Таня стояла у плиты, обняв плечи руками.

— Ладно, девочки, теперь, видно, настал мой черед, — тихо сказала она. — Не думала я, правда, что когда-нибудь озвучу вам эту историю. Но как-то нечестно получается. Хотя это мамина тайна, а не моя. Но сегодня, видимо, день такой. Начали, как всегда, за здравие, а кончили...

Галка удивленно вскинула на нее глаза:

— И что, под вашей крышей тоже свои мыши?

— Ну не без этого, — горько усмехнулась Таня и начала рассказывать: — Ну, значит, так: отец пришел с фронта с ранением в позвоночник в 43-м. Мы с мамой были в эвакуации в Омске. Там она работала по шестнадцать часов в сутки, я сидела дома одна. Страшно было. Мама мне на обед оставляла картошку под подушкой, в кастрюльке, закутанной в газеты, — чтоб не остыла. А я ее уже утром съедала. Помню, к вечеру есть уже опять безумно хотелось, а мама удивлялась — ты же обедала, Татка! Приходила она замученная, продрогшая, ноги грела бутылкой с горячей водой. Даже есть не могла — так уставала, только чай пила, морковный или свекольный. Отец нас не дождался — умер через полгода от ран, они так и не увиделись. Успел только четыре письма написать, мама их все время перечитывала. Вернулись мы в нашу комнату на Петровке, а там все газетами прикрыто — отец от пыли все укрыл. Под кроватью нашли мешок фасоли, мешок лука и банку настоящего чая. Это он нам успел оставить. И еще вещи его — аккуратно, стопочкой, на стуле.

Могилы у него не было — похоронили в общей, хоронить-то его было некому, его никто и не забрал. А эту общую могилу мы с матерью так и не нашли. Только предположительно, примерно нам объяснили, где он может лежать. Но ничего, как-то обвыклись, успокоились. Мать долго не могла на работу устроиться — профессии-то не было. Это потом она бухгалтерские курсы окончила, года через три, а сначала взялась крючком салфетки кружевные вязать — нитки нашла в комоде, еще бабушкины. Разводила марганцовку, зеленку, чай — салфетки получались розовые, малиновые, зеленые, бежевые. Только шли они все равно плохо — так, по знакомым, по своим. Один раз она на рынок с ними пошла, но стеснялась продавать с рук жутко. Так еще на рынке встретила старую знакомую, а та заохала, запричитала: «Ах, Верочка, как же так вы тут торгуете?!» Дура. Мать расплакалась и больше на рынок не ходила. В общем, бедствовали мы страшно. Продали все, что можно. Только с часами отцовскими она расстаться не могла. Я до ноября ходила в парусиновых туфлях на картонной подошве. Помню, суп варили из воблы с пшеном. Тот еще супчик, прямо скажем! Ну, это я так, к слову. — Таня вздохнула и замолчала, потом усмехнулась: — Ну а теперь — к делу. Сосед у нас был, старичок такой, сухонький, мелкий. Как войну пережил — не знаю. Шуршал тихо, как мышонок, у себя — не слышно, не видно. На кухне только кисель варил из концентрата — брикеты такие бурые, помните? Меня угощал. Помню этот тягучий сладкий кисель и круглое овсяное печенье сверху. Это был праздник. Я половинила печенье — маме вечером, к чаю. А потом ходила кругами вокруг него и — не выдерживала, съедала. Стыдно было, но ничего с собой поделать не могла. Ребенок ведь, господи, полуголодный! Так вот, у этого дедули, Михал Абрамыча, дочь сидела — попала в последнюю волну, в пятьдесят втором, по делу врачей. Но уже в пятьдесят третьем Сталин сдох, и Абрамыч понимал, что его дочку Женечку скоро выпустят. А он был уже очень плох, почти не вставал. Как-то позвал он маму и сказал ей: «Верочка, у меня дело к тебе крайне важное. Знаю, что все выполнишь, как я скажу. Не обманешь». И дал маме кольцо — старинное, наследное — желтоватый бриллиант, огромный, с вишню, наверное, в четырех лапах. Я это кольцо как сейчас помню, представляете? Короче говоря, попросил он это кольцо дочке передать, когда она вернется. Чувствовал, что не дождется, умрет. Говорил, что это от прабабки еще, у них в Вильно до революции ювелирный магазин был, кольцо — единственное, что у него осталось. Женечка будет носить или продаст — ее воля. Но будет это ей подмога — безусловно. Мать дала слово, а через две недели Абрамыч умер. Мать его похоронила и долго потом на могилу в Малаховку ездила. — Таня помолчала и проговорила: — Всю жизнь. Прощения просила.

Она опять замолчала. Ей вдруг стало зябко, и она накинула на плечи платок, висевший на спинке стула. Повисла пауза.

— За что, Танечка, прощение? — тихо спросила Жанночка.

Галка молчала — видно, все поняла.

— А за то, Жанночка, что кольцо она этой несчастной зэчке Жене не отдала. Не исполнила волю покойного. Правда, два года она кольцо держала, прятала. Мешочек полотняный сшила и за батарею повесила. Женя все не появлялась. А потом мама кольцо продала. Хорошо продала, дорого. Какой-то генеральше через знакомых. Мы тогда отъелись, мебель купили, холодильник «Север», пузатый такой.

Маме пальто сшили, синее, из тонкого трофейного сукна, с каракулем на воротнике и рукавах. Мне шубу мама купила беличью, серенькую. Лезла, правда, она страшно. Везде эта белка свои следы оставляла. Еще мы летом в Ригу съездили к маминой подруге Эльзе. Я тогда впервые море увидела и янтарь на берегу собирала. Тогда его много еще было.

А в пятьдесят девятом вернулась в Москву Женя. Евгения Михайловна. Освободили ее в пятьдесят четвертом, но она вышла замуж там еще, тоже за сидельца, и они поехали в Душанбе к его родне. Она откуда-то узнала, что Абрамыч умер, и поэтому в Москву не торопилась. А когда приехала — так, проездом, они в Душанбе уже осели, — мама ей открыла комнату Абрамыча. Женя пробыла там два дня, собирала какие-то книги, письма. Нашла два стакана серебряных, с чернью, очень старых, видно. Один маме отдала. «Это вам за папу, спасибо за все, спасибо, Верочка, что смотрели за ним, хоронили».

Мама стояла и плакала. И Женя плакала. Мама стакан брать не хотела, а Женя все равно его оставила — на кухне в шкафчик наш убрала за крупу, подальше. Мама его спустя месяц нашла. Держала в руках и ревела, ревела белугой. И все причитала: «Женя такой благородной оказалась, а я — тварь, последняя тварь».

Я думаю, если бы она Жене про кольцо сказала, та поняла бы, не осудила, но мама в себе сил не нашла. Не смогла признаться. А Женя эта, Евгения Михайловна, долго маме письма писала. Да что там письма — посылки присылала: гранаты, огромные, с бурой кожей, белые и сладкие внутри. А потом нас сломали и дали квартиру на «Молодежной». Но это уже Хрущев. Когда что-то случалось — ну, болела мама или я, или другие несчастья, мама все говорила: «Ну поделом мне, по справедливости». А перед смертью она все же Жене в Душанбе написала, все рассказала. Но письмо пришло обратно. Адресат выбыл. Женя умерла.

Таня замолчала и сбросила платок — ей внезапно стало жарко.

— Окно открою, а, девочки? — И, не дожидаясь ответа, она широко распахнула створку.

В окно влетело несколько крупных снежинок и осело на подоконнике. Пахнуло бензином, свежим морозцем и ночным городом.

Жанночка жалобно сказала:

— Танюш, можно я у тебя останусь, совсем нет сил домой ехать.

— Господи, да конечно, Жаннуль, я тебе постелю на диване.

— Да не стели, дай просто подушку и плед, — жестко сказала Галка. — Стелить еще! Все так измучены, дальше некуда.

Таня отвела Жанночку на диван, та, всхлипывая, улеглась, и Таня укутала ее, как ребенка, как когда-то укутывала маленькую дочку — подогнув все края пледа плотно под Жанночкино тело. Галка забралась в кресло с ногами и укрылась Таниным пуховым платком.

— Ты, как ребенок, Галка, целиком в кресле уместилась, — улыбнулась Таня. — Ну, отдыхайте, девочки, а я пойду — посуду домою и тоже лягу.

Жанночка что-то забормотала в ответ, но было видно, что она уже засыпает. Галка тоже закрыла глаза и что-то хрюкнула.

Таня вымыла посуду, убрала остатки еды в холодильник, протерла стол и плиту и подошла к окну. На улице не на шутку разыгралась метель. Градусник показывал минус пятнадцать. «Ого, — подумала она, — вот это перепады с почти нуля. Завтра точно давление подскочит. И сердечко зашалит. Впрочем, от погоды ли? Какой тяжелый день, какой тяжелый! Ведь завтра все мы об этом пожалеем. Точно пожалеем. Это же не наши тайны. А значит, они должны быть неприкосновенны. Думали, все быльем поросло. А нет. Просто выпили, старые дуры. И понеслось. Галка, как всегда, первая. Провокатор по жизни. Поп Гапон. Все это не должно было всплывать, не должно обсуждаться! — Таня вздохнула: — Ну ладно, что сделано, то сделано.

А все равно они были святыми. Столько вынесли на своих плечах. Непосильные ноши. Не для человеческой, не для женской доли. Слишком много досталось. Страшные судьбы. Страшная страна».

Таня долго умывалась холодной водой — лицо и шея горели. Уже лежа в постели и почти засыпая, она вспомнила слова — веселые и звонкие, как полагалось: «Легко на сердце от песни веселой!» И вспомнила, как они, их матери и тетка, дружно, стройными голосами выводили эти бодрящие слова: «Легко на сердце от песни веселой! Она скучать не дает никогда!»

«Легко, — подумала Таня. — Просто легче не бывает. И только бы уснуть, уснуть, ну пожалуйста, Боженька, так надо уснуть! А завтрашний день мы как-нибудь переживем. Не впервой». Но думать о завтрашнем дне было жутковато. Дай бог ей выспаться и прожить завтрашний день. Он обещал быть не легче предыдущего.

Негромкие люди

Они были из тех дальних, незначительных и нелюбимых родственников, которых встречаешь только на юбилеях и похоронах. Вообще-то их недолюбливали. За что? Ведь с виду они были абсолютные, классические божьи одуванчики. Чистенькие, ровненькие, похожие друг на друга, как брат с сестрой. Даже отчества у них были одинаковые — Ольга Евгеньевна и Леонид Евгеньевич. Были они бездетны, жили где-то в районе Измайлова в однокомнатной кооперативной квартире, купленной в советские времена. Жили тихой и размеренной жизнью — завтрак, прогулка по пути в магазин, в авоську двести граммов сыра, двести — колбаски, пакет кефира, свежий батон. Потом Ольга Евгеньевна готовила обед — постный суп, тефтельки, рыба на пару. Все только полезное. Надо заботиться о здоровье. И друг о друге. Кто у них еще есть? Надо друг друга беречь. Старость боится одиночества, а одиночество — болезней. После обеда ложились подремать — Леонид Евгеньевич с газетой, Ольга Евгеньевна под тихое журчание очередного дневного ток-шоу по старенькому телевизору. Оба похрапывали, но друг другу не мешали. Они вообще уже давно превратились в единую субстанцию, неделимую, неразрывную, зависимую друг от друга, как часто бывает в спокойном длительном браке. Даже какие-то обыденные действия или незначительные движения были неподъемны и невозможны, если речь шла о кратковременном вынужденном расставании или возможности произвести эти действия порознь. Например, Леониду Евгеньевичу сходить на почту или в сберкассу одному по причине недомогания Ольги Евгеньевны. Или же, наоборот, ей отправиться в аптеку одной, без него, так как в тот день у него сильно разболелась нога. Если дела были несрочные, то их уж точно откладывали, а если отложить было невозможно, то они вообще выпадали на короткое время расставания из этой жизни. Так, Леонид Евгеньевич долго, словно пытаясь задержаться, собирался в прихожей в аптеку, Ольга Евгеньевна стояла рядом, сложив маленькие ручки на груди, с испуганным взглядом маленьких круглых глаз и полуоткрытым от волнения ртом. Периодически она вскрикивала, спрашивала, не забыл ли он кошелек или рецепт. Он в который раз открывал кошелек и проверял то рецепт, то деньги. Потом она дрожащими руками поправляла ему кашне, застегивала верхнюю пуговицу пальто, а уже у лифта всплескивала руками и требовала проверить, взят ли с собой старый пластмассовый очечник, перетянутый для надежности белой бельевой резинкой. Потом она плотно прилипала к окну. Он выходил из подъезда, и она смотрела ему вслед, пока он не скрывался за углом дома. Так она стояла и час, и два, не реагируя даже на редкие телефонные звонки. Вздыхала она облегченно только тогда, когда знакомая фигура в старом габардиновом пальто появлялась из-за угла. Она словно оживала, приходила в себя и, неожиданно почувствовав прилив сил, бодро выходила, почти выбегала, встречать его к лифту. Он слегка смущался, видя ее радость, и корил ее за напрасное беспокойство:

— Ну что ты, Оля, в самом деле! Дел-то всего на сорок минут — аптека и булочная!

— Да? — удивлялась она. — А мне показалось, что тебя не было два часа.

Потом они разбирали сумку, садились друг против друга, Ольга Евгеньевна надевала очки, и вскрывались коробочки с таблетками. Доставалась аннотация и долго, внимательно и подробно читалась вслух. Иногда, впрочем, возникали дискуссии и даже споры. А вечером, уже вполне тихо и мирно, они смотрели телевизор, что же еще? Взгляды на прочитанное и увиденное практически всегда совпадали. Правда, Ольгу Евгеньевну слегка раздражало то, что Леонид Евгеньевич смотрит новости слишком часто — и по Первому, и по Второму, и по НТВ. И звук слишком громкий (он был глуховат, а у нее сохранился прекрасный слух). Да и что там хорошего можно услышать? С раздражением уходила на кухню и прикрывала дверь. Но это, пожалуй, единственное, что раздражало ее в нем. А в остальном — и вкусы, и привычки их совпали однажды и навсегда. Что это? Неземная любовь, выпадающая столь немногим, счастливое совпадение характеров, притертых к тому же годами нелегкой жизни, банальная привычка, страх одиночества, старческий эгоизм, точное понимание, что поодиночке не выжить? Кто разберет? Да и к чему все это? Просто жизнь, данность, реальность. И хватит на эту тему.

За что же их так явно недолюбливала немногочисленная родня? Считалось, что они непомерно жадны и эгоистичны. Наверное, правда и в том, и в другом. Все с удовольствием и естественным осуждением обсуждали их подарки и подношения. Если в гости, то вафельный тортик и открытка, если на юбилей, то что-нибудь из «запасников», как говорила злоязычная племянница Полина. И это было действительно так. Даже на значительный юбилей, справлявшийся в дорогом ресторане зажиточной родней, торжественно (именно торжественно, что усугубляло ситуацию) преподносилась старая вазочка или пепельница в обветшалой, обтрепанной коробке, часто не соответствующей по размеру самому подарку.

Или ацетатный платочек ивановской мануфактуры непотребной расцветки, заломленный и выцветший на углах. Или капроновые чулки — нет, конечно, новые, в упаковке, из тех, что не успела сносить молодая Ольга Евгеньевна. Конечно, принимавшие дары испытывали неловкость. Все их знали столько лет, никто ничего и не ждал другого, и все-таки было неловко. Обсуждать это тоже не уставали. Разве привыкнешь к такому? Тем более что дарители с годами были все изощреннее.

Умные люди пытались относиться к этому с юмором. Жадность — не недостаток, а черта характера. Ну не может человек ничего с собой поделать. Возможно, хочет, даже старается, а вот не может. Разве можно справиться со своей обидчивостью или гневливостью? Жадность из той же серии. Правда, Полина, та самая троюродная племянница, не могла успокоиться.

— Жмоты, жлобы, ради чего живут? Небо коптят, — возбухала она, сидя на Жениной кухне и попыхивая сигаретой.

— Остынь, — говорила Женина мать. — Ну, что они тебе плохого сделали? Живут тихо, никому зла не делают. Помощи ни у кого не просят.

— Вот-вот, — не успокаивалась Полина. — Как мыши, возятся в своей коробушке — ни зла, ни добра никому. А деньжищ у них — море!

— Да откуда тебе знать? — удивлялись Женя с матерью.

Полина вращала глазами и развивала любимую тему. Женя знала причину Полининого возмущения и обиды: пару лет назад она попросила у двоюродной тетки в долг денег на машину — та отказала. В этом-то и было дело.

— Леня наследство получил еще в 65-м году по линии Инюрколлегии — от какого-то несметно богатого дядюшки в ЮАР. Они тогда это от всех скрывали, но слухи все равно просочились. Конечно, сумму точно никто не знал, но даже при том, что любимое государство оттяпало себе огромный процент, им все равно перепало — будь здоров! А они только эту сраную однушку на окраине купили. Их тогда уговаривали и квартиру в центре взять большую, и машину на валюту можно было купить, даже «Волгу», и дачу по Казанке купить — тогда как раз кто-то из знакомых продавал. Ни в какую! Все под жопу, под жопу! Платья приличного, костюма себе не сшили. В 77-м Аллочка с Борей в Америку уезжали. Аллочка свои цацки за полцены отдавала, шубу норковую. Приставала к Ольге: «Возьми, деньги же есть».

А та даже смотреть не захотела: «Мне ничего не надо, у меня все есть».

«Не надо!» Сережки с жемчугом за сорок три рубля. И к ним колечко. Да и потом, она всю жизнь музыку частно преподавала, а он доцентом был — тоже деньги немалые. При их-то экономии. Они ведь даже на курорты не ездили: «Солнце нам противопоказано!»

«А Подмосковье, что, тоже? Деньги им тратить противопоказано, вот что», — гневалась Полина.

— Да нам-то какое дело! — отмахивались Женя с матерью. — Последнее дело — чужие деньги считать. Бог с ними.

— А может, они на что-то благое деньги пустили, на церковь, например, или на детский дом? — предположила Женя.

— Как же, наивная ты моя, — саркастически засмеялась Полина. — Эти пустят! Удавятся скорее. — И проговорилась: — Я у них в 90-х на квартиру попросила, в долг, разумеется, помнишь, тогда цены рухнули? Ну и, конечно, отказ.

— И правильно сделали, — ответила ей Женина мать. — Ты бы ее очередному мужу оставила.

— Да нет, лучше государству, что говорить, — парировала Полина, шумно прихлебывая остывший кофе. Последнее слово всегда оставалась за ней.

Но это все так, кухонные разговоры. Потом переключились на что-то еще, Полина учила Женю жизни, называя ее наивной идиоткой (имелись в виду Женины отношения с мужем — он сидел год без работы, Женя его безропотно кормила). Потом Полина, сбагрившая двух своих детей от разных браков матери, доказывала терпеливой Жене, что она не так воспитывает дочку Аленку.

— Да и вообще, у тебя поразительная способность всех сажать себе на голову, — заключила она.

Женя вяло отбивалась.

В общем, из серии — встретились, посидели.

Женя ехала от матери домой в своих горьких мыслях и думах. Где-то, конечно, эта прохиндейка Полина права, особенно что касается мужа, Андрея. Сначала — да, удар, депрессия, человек потерял работу. Женя как могла утешала, жалела, крутилась юлой вокруг него. Это его, судя по всему, и расслабило. Полина тогда говорила:

— Главное, не жалей. От этого они раскисают.

Надо признать — была права. Он как-то очень быстро сроднился с диваном, телевизором. Нет, вначале, конечно, покупал ворох газет типа «Работа и зарплата». А потом и вовсе перестал выходить из дома. Женя сама покупала эти издания, тактично молча подкладывала на журнальный стол. Потом увидела — он их даже не открывает. Злилась, недоумевала. Неужели не понимает, как ей тяжело? Вроде не гад, не сволочь, приличный человек. Потом посоветовалась с Раей, соседкой. Та работала в поликлинике. Рая твердо определила — депрессия. Сам не встанет с дивана, надо лечить. Женя пыталась на эту тему разговаривать. Бесполезно. Он Жене нахамил, сказал, что в

202

психиатре нуждается она сама. Рая посоветовала подсыпать в еду антидепрессанты. Случилось ужасное — он, ставший подозрительным, застукал ее за этим делом. Был страшный скандал, оскорбления, даже замахнулся на нее, правда, не ударил. Говорил ужасные слова, страшные. Женя долго плакала, убеждая себя, что человек серьезно болен. Теперь она видела, да, сама видела — Полина права. Конечно, это болезнь. Разве этот человек — ее милый и родной Андрей? Решила простить и терпеть. А вот он не простил. Теперь он практически с ней не общался, жили, как плохие соседи, — ни «как дела», ни «привет», ни «пока». Есть из ее рук перестал. Варил себе пельмени, сосиски и жарил яичницу. Общение с дочкой ограничивал требованием показать дневник. Цеплялся к девятилетнему ребенку: морали, нравоучения, придирки. Аленка замкнулась, озлобилась, плакала, смотрела на него с недоумением и ненавистью. Словом, в семье полный разлад и разруха. Женя не знала, как быть, как все это склеить, собрать воедино. Вообще, как жить? А тут пришла страшная беда. Необъятное, бездонное горе. И начался ад.

Заболела Аленка. Диагноз — страшнее не бывает. Лейкоз. Сначала отчаянная паника, потом растерянность. Абсолютная потеря сил, координации. Не могла удержать чашку в руке, лбом сшибала все дверные косяки. Ревела Женя с утра до ночи, закрывшись в комнате, —

пряталась от Аленки. Из спальни не выходила: не могла подняться с кровати. А Аленка, конечно, все понимала и однажды так отчаянно, по-взрослому закричала Жене:

— Если не ты, кто мне поможет?!

И Женя поднялась. Пришла в себя, если это словосочетание было к ней сейчас применимо. Начались действия. Конечно, подключились все — друзья, родные, знакомые, знакомые знакомых. Женя собирала всю информацию, знала почти все частные случаи, моталась по врачам, списывалась с такими же несчастными матерями. Постепенно страшная картина ее теперешней жизни и, главное, действий обретала четкие рамки, стали понятны условия, возможности. Но все, как всегда, уперлось в деньги. Да что там деньги — деньжищи, огромные, колоссальные, непомерные.

К тому же пришлось уйти с работы. Кто в условиях рынка будет терпеть такого работника? Да, жалели, сочувствовали, собрали какие-то деньги, дали выходное пособие. Но это все капля в море. Сказали, что, если она вернется, примут назад. Спасибо на добром слове! Но это были очень далекие перспективы. Когда, Господи? Как еще повернет эта жизнь, обошедшаяся с ними так безжалостно и жестоко.

— За что, Господи? — шептала Женя. — За что? Да, я не ангел, но при чем тут невинный ребенок, не совершивший в этой жизни ничего плохого?

Но это по ночам — слезы, мысли, молитвы. А утром собирала себя в кулак. Мама сдала свою однушку и уехала жить на дачу. А дача — смех один — летний дощатый домик, сортир на улице, холодная вода. На дворе октябрь, в поселке — никого, парочка алкашей и бродячие собаки. Мама говорила:

— До декабря продержусь, слава богу, печка есть, а в декабре вернусь в город и буду жить у двоюродной сестры в Кузьминках — до апреля. А в апреле снова на дачу.

Сестра эта была не сахар — старая дева со своими примочками, но ехать к Жене мама не хотела. Конечно, из-за Андрея, хотя он и начал понемногу приходить в себя. Видимо, что-то дошло. Взял у брата старые «дачные» «Жигули» и вечерами «бомбил». Когда Женя узнала точную сумму, нужную на операцию, был собран семейный совет. Приехала из Судака Женина свекровь, привезла деньги, собранные за сезон с отдыхающих. Собственно, то, с чего они и жили весь год. Предложила продать дом — не дом, развалюха, по-южному с кучей ветхих, почти картонных, пристроек-комнатух, рассчитанных на небогатых отдыхающих. Много не выручишь, положения не исправишь. Да и где жить на старости лет свекрови со свекром, перенесшим инфаркт? На что жить? Они терпели буйную, нетрезвую молодежь из регионов (а кто еще согласится арендовать этот «шанхай»). Собирали копейки, чтобы выжить зиму.

Куда их теперь? К дочке в Краснодар? А у той трое детей, пьющий муж и двухкомнатная хрущоба на окраине. Нет, Женя отказалась. Это не выход. Выход был один — продать мамину однушку. Полина дала свою риелторшу — ушлую тетку, которая сразу не понравилась Жене. Но дело было не в тетке. Рынок московского жилья сходил с ума и наконец сорвался с цепи. Цены росли каждую неделю. Брались авансы, отдавались обратно, сделки рушились как карточные домики. Покупатели настаивали на первой заявленной и условленной цене, продавцы терялись и психовали, видя, как цены на их квартиры нещадно прут вверх. Ушлые, умелые дельцы, как всегда в таких ситуациях, наживались, а обычный люд нервничал и, как всегда, оставался в проигрыше. Потом цены взвились до заоблачных, нереальных, выброс квартир на рынок стал огромен, но покупатель выжидал. Не поддавалась здравому смыслу эта искусственно раздутая ситуация. Аналитики обещали, что рынок рухнет, обвалится. Все выжидали. Риелторы нервничали. Женя сходила с ума. Решили отдавать квартиру дешевле рыночной стоимости. А что было делать? Имелась уже договоренность с израильской клиникой Хадасса, ориентировочная стоимость лечения — 150 тысяч долларов. Нужно было оформлять бронь на палату, визы, билеты. Аленке становилось все хуже. На глазах она теряла силы и надежду, просила Женю:

— Мама, ну, быстрее, быстрее. А вдруг мы не успеем?

Сердце рвалось на куски. Женя сама превратилась в ходячий скелет, серую мумию — есть ничего не могла. Только пила сладкий чай с хлебом, чтобы как-то держаться на ногах.

В семь утра в субботу ее разбудил звонок мобильного. Она сразу не узнала мамин голос — совершенно, как ей показалось, изменивший свой тембр и окрас. Мама почему-то плакала и смеялась — громко, с надрывом, и кричала Жене, кричала, чтобы та срочно заказывала билеты и звонила в клинику.

— Все в порядке, Женя, — кричала мать.

— Мам, ты бредишь? Что с тобой? — раздраженно недоумевала Женя.

В голове пролетела мысль — значит, есть реальный покупатель на квартиру, слава богу, но все равно ведь не хватит! С матерью, видимо, просто истерика, она не может с собой справиться. Связь прервалась, и уже сама Женя, немного придя в себя от тяжелого, после снотворного, сна, набрала материн номер. Из сказанного, хотя нет, выкрикнутого, она наконец поняла, что квартира тут ни при чем.

— Как ни при чем? Мам, ты что, бредишь? — снова не поняла она.

— Да нет же, нет. Деньги дают Ольга Евгеньевна и Леонид Евгеньевич — они только сейчас обо всем узнали, только сейчас, ты же знаешь, они живут обособленно, ни с кем не перезваниваются. А тут узнали. Она мне сама позвонила десять минут назад, спросила, какая нужна сумма, и сказала, что завтра мы можем ее забрать. Она обрадовалась и сказала, что, слава богу, такие деньги у нее есть. Понимаешь, дочка?! В общем, связывайся с ней, звони и действуй, Женя, действуй без промедления.

— Господи, какие тут промедления! — крикнула Женя. И задала совершенно дурацкий вопрос: — А когда им удобно звонить, мам? Сейчас не рано?

— Женя, соберись, я же только что с ней говорила. Она ждет твоего звонка!

Женя вскочила с кровати, побежала в ванную и встала под ледяной душ. Тряслись руки и подгибались ноги. Надо было срочно успокоиться. Через два часа она стояла на Восьмой Парковой перед кирпичной пятиэтажкой с нужным номером. Почему-то пришла в голову мысль, что она идет к ним в дом впервые и с пустыми руками, и купила у сидящей неподалеку бабульки лиловые и белые гладиолусы. Торопясь, она поднялась на третий этаж, остановилась перед дверью перевести дух и нажала на кнопку звонка.

Дверь ей открыл Леонид Евгеньевич — в домашних брюках и пижамной полосатой кофте. Подобные Женя видела на старых фотографиях 50-х годов. За его спиной стояла маленькая Ольга Евгеньевна, в домашнем платье и вязаных носках. Было холодно — в домах еще не топили.

— Женя, милая! — Ольга Евгеньевна ее обняла и крикнула мужу: — Леня, ставь чайник!

Женя шагнула из малюсенькой прихожей в комнату. Квартира была крошечная, но бросалась в глаза абсолютная, идеальная чистота и немного мещанский, своеобразный уют. Телевизор, прикрытый кипенно-белой кружевной салфеткой, кружевные накидки на многочисленных подушках, вышивки на стене в простых деревянных рамках — видимо, увлечение хозяйки. И многочисленные композиции из искусственных цветов в вазах — на комоде, подоконнике и столе. Женя слегка поморщилась — искусственные цветы она не выносила. Свои неприятные ассоциации. Но в целом все было по-стариковски мило.

Женя неловко присела на стул. Почему-то было тяжело начать разговор. Помогла Ольга Евгеньевна.

— Сиди, отдыхай, — приветливо сказала она. — Я пойду на кухню, помогу Лене.

Женя огляделась. На столике у кровати стояли фотографии, было неловко подойти и рассмотреть, но надо было себя как-то занять и отвлечь. Фотографий было три. На одной — молодые Ольга Евгеньевна и Леонид Евгеньевич: она в крепдешиновом платье, на каблуках, тоненькая, маленькая, слегка вьющиеся волосы закручены в тугую «баранку». Он в костюме с накладными плечами, галстук в горох, волосы зачесаны гладко назад — с нежностью смотрит на свою спутницу. Ольга Евгеньевна кокетливо улыбается, взгляд куда-то вдаль. В руке — букетик ландышей.

«Какие молодые, — вздохнула Женя. — Господи, какой же это год?»

Она перевела взгляд и увидела фотографию очень смуглого мужчины с нездешней яркой улыбкой, белоснежными зубами, в шляпе с большими полями и странным подобием галстука на шее — металлический, возможно золотой, обод, сквозь который пропущена пестрая косынка, выходящая из этого, видимо, зажима, двумя неширокими, свободно лежащими лентами. Фотография была старая, черно-белая, вернее, коричнево-белая, но явно не из советского фотоателье.

С третьей фотографии ясными глазами смотрела на Женю девочка лет восьми-десяти — большеглазая, курносая, темнобровая. Хорошенькая, только взгляд очень взрослый, даже слегка сердитый, что ли, или просто недовольный. Взгляд ребенка не в настроении.

— Ниночка, — услышала Женя, вздрогнула и обернулась.

За ее спиной стояла Ольга Евгеньевна.

— Ниночка наша, — тихо повторила она дрогнувшими губами.

Женя молчала, не зная, как реагировать.

— Она с 54-го года, — сказала Ольга Евгеньевна. И, помолчав, добавила: — А заболела в 61-м. Зрение стало падать, температура, боли, хромота, нарушение координации, потом — паралич. — Она замолчала, а потом произнесла по складам длинное и такое известное ей слово: — Нейробластома.

Она опять замолчала, и ее руки стали теребить поясок платья.

— Оля! — раздался тяжелый, с надрывом вскрик.

В проеме двери стоял Леонид Евгеньевич, с тревогой и болью смотревший на жену.

— Оставь, Оля, прошу тебя, — почти взмолился он.

— Нормально, Леня, нормально, — остановила его Ольга Евгеньевна. — Я уже могу говорить.

Он тяжело вздохнул, в сердцах махнул рукой и вышел из комнаты.

— Вот, Женя, столько лет прошло, а боль ни на минуту, ни на минуту...

Она замолчала и взяла в руки фотографию Ниночки. Долго, словно в который раз изучая, она всматривалась в лицо дочери, а потом тихо продолжила:

— Сама понимаешь, какие это были годы, какая медицина, какая аппаратура. Да никакой, в сущности. Диагноз, правда, поставили быстро — все было слишком очевидно. Операция нужна была неотложно. А тут стечение обстоятельств. Роковых обстоятельств. Был тогда такой профессор Лернер. Лучший специалист в этой страшной области. Все в один голос твердили, что нужно попасть именно к нему и только к нему. Мы, конечно, на него вышли, но неудача — он только что уехал в отпуск. Да куда! В тайгу — охотиться и сплавляться по реке. Страстный был охотник, хотя и немолодой человек. А ведь тогда мобильных не было, да и вообще, какая была связь! Жена его примерно, очень примерно, попыталась объяснить, куда он полетел, откуда должен был двигаться. Но все — приблизительно. Леня взял билет, вылетел туда, это где-то в Усть-Илимске. Но уже сразу следы Лернера затерялись. Леня нанял местных охотников, почти экспедицию, искали по тайге его компанию дней десять — тщетно. Не нашли. Леня вернулся ни с чем. А время поджимало. В общем, оперировал Ниночку другой хирург — ученик Лернера. Но вышло все неудачно, хотя до этого нас обнадежили, что эта самая нейробластома наиболее чувствительна к лучевой терапии, но до нее Ниночка не дожила.

Что это — судьба? Или стечение обстоятельств? Если бы не лето, не пора отпусков, не тайга эта дурацкая... — Она замолчала и поставила фотографию дочки на стол. — А потом надо было жить. А я не знала — как. Но как-то жили, видишь, и до таких лет дожили. — Она слабо улыбнулась. — А о чем я тогда Бога молила, можешь догадаться.

Женя молчала. Свое горе, такое непомерное и необъятное, затопило ее сердце до самых краев, и еще мелькнула мысль, показавшаяся ей сейчас почти крамольной, — я счастливая, у меня же есть шанс!

Слов не было, сил хватило только на то, чтобы обнять Ольгу Евгеньевну за плечи.

Ольга Евгеньевна взяла фотографию мужчины в странном галстуке с ленточками и уже окрепшим голосом сказала Жене:

— А это Жорж, мой родной брат. Разница у нас с ним огромная — шестнадцать лет, мы от разных отцов. Он еще в 20-е годы эмигрировал. Сначала в Америку, а потом оказался в Южной Африке. У него был большой бизнес, какие-то кожаные фабрики. Личная жизнь не сложилась — жена умерла молодой, детей не оставила. Единственной наследницей оказалась я, его сестра. В 63-м он меня нашел через Инюрколлегию, была тогда такая служба. Ему даже позволили приехать: во-первых, оттепель, а во-вторых, органы были в курсе, естественно, что он одинок, и понимали, что Родине тоже кое-чего перепадет. Жить ему у нас не разрешили, да и где жить-то? У нас тогда была комната в коммуналке на Земляном Валу — тринадцать метров. Жил он в «Метрополе», а мы каждый день к нему приезжали. Завтракали там, обедали, гуляли по Москве. А за нами двое в штатском. И смех и грех.

А через два года он умер. Так что, повидаться, слава богу, мы успели. И даже стать родными людьми. Человек он был легкий, веселый, хотя нахлебался тоже — не дай бог! А кого жизнь щадит?

Через полтора года я стала богатой наследницей. Выбрались из коммуналки — тогда появились первые кооперативы. Вот такая история, — улыбнулась Ольга Евгеньевна и пригласила: — Ну пойдем, Женя, чаю выпьем!

Женя кивнула, и они пошли на кухню. На столе стояли три чашки с блюдцами, пластмассовая сухарница с сушками и вазочка с карамелью «Бенедиктин». Леонид Евгеньевич, с тревогой глядя на жену, разливал чай.

— Вкусные какие, кисленькие, — рассасывая леденец, сказала Женя. — Сто лет не ела карамель.

— Да, — обрадовались старики.

— Наши любимые, — с гордостью произнес Леонид Евгеньевич.

Потом были разговоры на тему общих родственников, так, легкие, чуть-чуть похожие на сплетни. Ни слова о Женином страшном горе, ни слова. Потом Женя посмотрела на часы и поднялась:

— Извините, мне пора.

— Да-да, — в два голоса закивали старики.

Женя вышла в прихожую, и Леонид Евгеньевич подал ей плащ.

Ольга Евгеньевна крикнула из комнаты:

— Минуту, я сейчас!

Она вышла в прихожую и протянула Жене плотный и довольно тяжелый сверток из крафтовой бумаги.

Женю обдало жаром с головы до ног, она дернулась, пытаясь что-то сказать, но горло сдавил сильнейший спазм. Она взяла сверток и непроизвольно, не отдавая себе отчета, поцеловала руку Ольге Евгеньевне.

Та страшно смутилась, отпрянула и залепетала:

— Что ты, Женя, что ты, не надо, ничего не надо.

Леонид Евгеньевич издал какой-то гортанный звук и крепко обнял Женю за плечи.

Она схватила косынку с вешалки и торопливо попыталась открыть дверь. Чужой замок не поддавался. Ей помог Леонид Евгеньевич.

Ольга Евгеньевна перекрестила Женю вслед и тихо сказала:

— Помоги вам Бог.

Женя сбежала по лестнице и почти бегом прошла пару кварталов, потом она словно пришла в себя, остановилась, пытаясь отдышаться, и ужаснулась, что желтый сверток у нее по-прежнему в руках. Она оглянулась, села на лавочку, открыла свою бездонную сумку и положила конверт на самое дно, придавив сверху косметичкой, блокнотом и кошельком. Немного придя в себя, она подумала, что ехать в метро опасно, и решила поймать такси. Голосовала она минут пятнадцать и, сев в машину и крепко прижав к себе сумку, стала смотреть в окно, за которым уже отгорела прощальная красота бабьего лета, и хотя деревья еще не облетели, но уже явно, осязаемо чувствовалось приближение зимы. Потом Женя почувствовала, как сильно она устала, и прикрыла глаза, не давая себе задремать. Думала она про стечение обстоятельств. Про это странное и такое знакомое словосочетание, от которого порой зависит человеческая судьба и даже жизнь. И еще про прилагательное, которое часто предваряет это самое словосочетание — счастливое стечение обстоятельств или трагическое, как сказала Ольга Евгеньевна.

Она думала про профессора Лернера, ушедшего в тайгу и нечаянно, в силу обстоятельств, не спасшего жизнь маленькой Ниночки, про фабриканта Жоржа, оказавшегося неженатым и бездетным. Про своих дальних родственников — Ольгу Евгеньевну и Леонида Евгеньевича, которых она никогда не считала родными и близкими людьми и которые сделали для нее то, что не имеет определения и цены. И еще ей показалось, что все у них будет хорошо, точно хорошо. Потому что у нее есть надежда, и, значит, можно продолжать жить. Бороться, страдать и все равно жить. И еще что ничего на свете не бывает просто так.

В сумке у Жени затрещал мобильный, и она услышала голос мужа. Он доложил, что заказал три билета в Тель-Авив.

— Три? — не поняла Женя. — А ты что, летишь с нами?

Он удивился ее вопросу и слегка обиженно сказал:

— А ты что, предполагала другое развитие ситуации? — И потом добавил: — Ты когда будешь дома? Мы с Аленкой жутко голодные.

Женя рассмеялась, посмотрела в окно и сказала командным голосом:

— Ставьте греть суп. Да, и еще — почистите-ка картошку! А то все я да я! Обнаглели, ей-богу!

Она сердито захлопнула крышку мобильного, глубоко вздохнула, почему-то улыбнулась и, остановив машину, расплатилась и вышла. Затянув потуже пояс плаща, она надела перчатки, опять вздохнула и посмотрела на небо. Оно было чистым и ярко-синим. Удивительно синим. Под ногами шуршали чуть подмерзшие, побуревшие, потерявшие свою яркость кленовые листья.

«Пройдусь пешком, это полезно», — сказала себе Женя и опять вздохнула глубоко-глубоко и чему-то улыбнулась.

Поселок художников

Он узнал ее сразу. Со спины. Не слыша ее голос. Просто увидел и узнал. Эту по-прежнему тонкую спину с острыми и беспомощными, как у ребенка, лопатками. Эту узкую, почти детскую, длинную шею с двумя выдающимися бугорками третьего и четвертого позвонков. Все тот же рыжеватый хвост на затылке. Теперь, правда, в нем было больше серебра, чем золота с медовым отливом. Длинные руки с узкими запястьями. И ноги — длинные, по-прежнему стройные и сильные, с гладкими, ровными, смуглыми икрами, как будто доставшиеся ей случайно от другого тела — тела спортсменки. Хотя она была совсем не спортивной, а даже неловкой, чуть нескладной, как бывают неловки и нескладны подростки.

Он обошел ее сбоку и увидел чуть вздернутый кончик носа, пухлую нижнюю губу, родинку на щеке и гладкий, высокий, чистый лоб. И конечно, очки. Теперь — узкие и тонкие, в легкой металлической оправе. Она откинула рукой легкую челку и вытерла ладонью лоб. Он оглядел ее всю — с головы до ног. Белая широкая майка с подмокшими кругами подмышек. Синие шорты по колено. Полотняная сумка через плечо. Узкие ремешки открытых шлепок. И круглые, розовые, почти детские пятки. Он помнил эти пятки. Всю жизнь помнил. Они были гладкие, почти шелковые. Пятки младенца. Как это ей удавалось? Непостижимо. Никаких педикюров — это понятно. Вечно возилась в саду — пионы, флоксы, георгины. А вот на тебе — такие пятки. Не пятки, а пяточки.

Было жарко. Нестерпимо жарко, около тридцати в тени. Климат, как всегда, давал прикурить. Еще неделю назад москвичей изводили нудные затяжные дожди, и вот — на тебе, тридцать в тени уже третий день.

Она стояла у молочного прилавка и говорила о чем-то с бойкой девахой с наглыми глазами в белом переднике, продававшей творог. Деваха давала ей на пробу белые слоистые кусочки на вощеной бумаге. Она аккуратно и послушно слизывала предложенное, пару секунд перекатывала творог во рту, потом стояла замерев и качала головой. Деваха раздраженно пожимала плечами. Он подошел к ней сзади, осторожно взял за локоть и прошептал:

— Не у той берете, девушка. Не у той. Эта — точно аферистка. Вон, бабуля тихая, справа, третья в ряду. Та точно не обманет.

Она испуганно застыла, и он видел, как побледнела ее щека. Через долю секунды она обернулась и увидела его. Их лица оказались близко друг от друга — и у него тяжело и гулко забухало сердце.

— Ой, — почти пискнула она, — это ты? Господи, а я так испугалась. — Она поправила очки на переносице, снова отерла ладонью вспотевший лоб и пробормотала: — Господи, Андрюшка, ты! Сколько лет, сколько...

— ...зим, — добавил он почти весело. Это ему удалось.

— Как ты, что ты, где ты? — говорила она быстро.

— Ну как так — на ходу, — остановил он ее и засмеялся: — Так дела не делаются.

— Ну, да, да, — сказала она смущенно. — Это верно, верно, как вот так, на ходу, неправильно это. Ты прав.

— Так пойдем поскорей отсюда, где-нибудь сядем наконец, что-нибудь выпьем, а, Тань? — Он взял ее под локоть и повел к выходу.

— Постой, а творог? Андрюш, я же не купила, а? — встревоженно проговорила она. — У меня же муж в больнице, как же я без творога?

— Танечка, — сказал он твердо и уверенно, — творог в такую жару на рынке покупать опасно для жизни. И потом, детка, творог надо делать самой. Самой, слышишь? Три литра молока и литр кефира, а, Тань? Это и чище и полезнее. Согласна? Ну пойдем, пойдем, Танечка. Все равно до больницы не довезешь, скиснет. Точно скиснет.

— Что же делать? — совсем растерялась она.

Они вышли на улицу. Их обдал жаром воздух раскаленного города.

— Ну, двинули, а, Тань? — спросил он и повел ее к автостоянке. — Ничего, сейчас кондей включим, придем в себя, да, Танечка?

Она остановилась, сняла очки и удивленно сказала ему:

— Ты что, Андрюша, со мной, как с ребенком, разговариваешь?! Или как с дурочкой?!

Теперь смутился он:

— Ну что ты, Тань! Что ты! Тебе показалось. Просто от жары мозги плавятся.

И подумал: «А норов-то остался. Никуда не делся норов!» И он увидел ее — прежнюю — мягкую, тихую, податливую, но если дело доходило до споров-разговоров, тут уж извините. Тверже скалы не было.

Они подошли к его машине, он звякнул брелком — двери открылись.

— Прошу вас, мадам! — Он шутовски наклонил голову и открыл ей дверь.

— Ничего себе, — покачала она головой, оглядывая его «Кайен». — Ничего себе, — повторила она. Нет, не восторженно, нет. Никакого восторга не было. Было удивление.

— Садись, садись, Танька, — сказал он, и они наконец уселись в машину.

Внутри был, естественно, Ташкент. Казалось, что черный «Кайен» вобрал в себя все это немыслимое солнце. Он включил кондиционер, и постепенно в салон вползла спасительная прохлада.

— Ну, куда, Тань? — спросил он, выворачивая руль.

Она пожала плечом.

— Тогда на мое усмотрение, да?

Она кивнула. Они выехали на Ленинградку.

— Знаю я тут одно неплохое местечко, — объяснил он ей. — Там точно прохладно, холодное пиво и хороший кофе.

Она опять кивнула. Всю недолгую дорогу оба молчали.

* * *

Они учились в одном классе двадцать лет назад. В старой, красного кирпича, школе. Самой школы уже нет. Нет, то есть, конечно, здание стоит. И часть густого вишневого сада осталась. Но в здании их школы, теперь отремонтированном, с белыми глазницами нелепых пластиковых окон, с новым мраморным крыльцом и охранником, находится издательство новомодного журнала, популярного у людей бизнеса.

Он пришел в эту школу в конце девятого класса. Его семья тогда получила две большие комнаты в коммуналке. Родителям и им, детям, ему и сестре, эти смежные комнаты показались раем. Еще бы! После барака в Люберцах!

Она сидела за последней партой у раскрытого окна. По всему классу, как снег, кружился, летел тополиный пух. Она без улыбки, изучающе посмотрела на него, и он пропал — сразу и, как оказалось, на всю жизнь. После уроков он вызвался проводить ее. Она жила в поселке художников в старом наследном доме. В семье все были художники: дед, бабка, отец, мать. Но корифеем был, безусловно, дед.

Они дошли до ее калитки, и он увидел маленький бревенчатый дом в глубине пышного сада со съехавшим чуть влево крыльцом и огромными кустами сирени у низкой калитки. Колокольчики, белые и темно-сиреневые, почти фиолетовые, росли справа и слева от узкой дорожки из серой тротуарной плитки. Они стояли у калитки, и он, торопясь и сбиваясь, рассказывал ей о себе — о том, как завод дал им эти комнаты в кирпичном доме почти у метро, как здорово, что внизу «Детский мир», хотя он, конечно, вырос из этих прелестей, но сестра — младшая сестра — счастлива до небес. И матери радость — в соседнем доме «Диета» и гастроном, прозванный в народе «генеральским», потому что находится в ведомственном, от Минобороны, доме. И публика там проживает действительно солидная — военные в чинах и дамы в мехах.

Она молчала, изредка кивая, и смотрела на него с каким-то удивлением. В тот, первый, день она не пригласила его зайти. Он не обиделся, потому что был абсолютно счастлив. Теперь он не мог дождаться утра и бежал в школу — там была она. Мать удивлялась и радовалась — и за уроками парень сидит, и в школу как на праздник. Вечером, за ужином, она перехватила его блуждающий взгляд:

— Ох, сынок, а ты не влюбился, часом?

Он покраснел и мотнул головой:

— Ну что ты, мам!

Громко рассмеялась младшая сестра.

Каждый день после уроков они гуляли по два-три часа. Она всегда проходила мимо своего дома, бросала портфель через забор и кричала бабке, сидящей в плетеном кресле:

— Я гулять, ба! Не волнуйся!

Бабка молча и величественно кивала. Они ходили по тихим улочкам поселка, названным в честь русских художников, и Таня рассказывала ему о них, долго, подробно, терпеливо объясняя что-то незнакомое и неведомое ему до сих пор. А однажды пригласила его домой.

— Не волнуйся, дома только бабуля, родители в отъезде, — успокоила она его.

Они зашли в дом с низким, потемневшим от времени потолком, сели на кухне за стол, накрытый ярко вышитой восточной скатертью, и Таня налила в высокие и тонкие чашки холодный вишневый компот.

Он провел рукой по скатерти.

— Сюзане, — объяснила Таня. — Это так называется. Дед привез ее из Ташкента — они там были в эвакуации.

Он осторожно взял в обе ладони тонкую чашку, рассматривая на ней странный, полустертый рисунок. Какой-то герб.

— Это совсем древняя, — объяснила Таня. — Еще родителей деда. Они были богачи, купцы первой гильдии. Но деда — старшего сына — прокляли и наследства лишили за то, что он стал художником. А должен был стать наследником дела. Одумались наконец, опомнились только перед смертью, в глубокой старости. Дед уже тогда был знаменит. Просили прощения. Он, конечно, простил. Но от наследства уже ничего не осталось — по всем уже прошла копытами и железным плугом революция.

Он удивился ее последним словам. В его семье пели песни о красном командире Щорсе и надевали красные атласные банты на лацкан в день Первомая.

Потом они пошли в ее комнату — она была совсем крошечной, — и он увидел низкий диван с потертыми бархатными подушками, старый, темный от времени. Письменный стол с зеленым сукном, на котором лежали ее учебники и тетради. И узкое, длинное зеркало в резной потрескавшейся раме — точно старинное. И конечно, везде картины, дедовы картины — ему показалось, что их невероятно много, но Таня сказала, что это всего лишь жалкие остатки, то, что уберегла и не отдала бабушка. А все основное — по музеям по всей стране. Или в частных коллекциях.

Таня рассказала ему, что своего великого деда она почти не помнит. Он умер, когда ей было четыре года. Помнит только его руки, крупные, сильные, и пальцы, темные от лака — рамы для своих картин он любил делать сам.

Особенно Андрею тогда понравился один женский портрет — худая, темноволосая девушка с печальными глазами сидит в глубоком кресле, нога за ногу, кутаясь в шаль.

— Бабушка, — кивнула Таня.

Он удивился, но смолчал. Эта тоненькая изящная девушка — ее бабка? Та самая, которая сидит в кресле на крыльце, полная, тяжелая, с опухшими ногами-тумбами?

В большой комнате — гостиной, как говорила Таня, — стояли этажерки с книгами и над круглым обеденным столом висел огромный розовый абажур с длинными шелковыми кистями. Вечерами они часто сидели в этой самой гостиной вдвоем на черном кожаном диване с высокой спинкой, и он все никак не решался ее поцеловать — хотя опыт, конечно же, был. Еще бы, такой красавец!

Невинность он потерял еще в четырнадцать лет в деревне, у материной родни. Первой его женщиной была соседка Нинка — крупная, крепкая, румяная деваха лет семнадцати. Все лето в сарае на сеновале бойкая Нинка вводила его в курс нового дела.

Но с Таней все было другое. Только месяца через три — в самом конце лета — он осмелился ее поцеловать. Теперь они только и делали что целовались — часами, до одури. У нее вспухали губы, а он, словно пьяный, шатаясь, медленно шел домой, в бессилии падал на кровать и мгновенно проваливался в тяжелый и вязкий сон.

В десятом классе им обоим было не до учебы. Мать психовала, что его загребут в армию.

— А что ей, твоей фифе, ей в казарму не идти, — злилась мать. А однажды, увидев его с Таней на улице, сказала ему печально как-то: — Не нашего поля эта ягода, сын. Не твоего. Зря силы тратишь. По себе надо искать. Ровню. — И с тяжелым вздохом провела по волосам, словно жалея.

Осенью Таня стала какой-то раздраженной, что ли. Быстро уставала и говорила ему:

— Иди, иди уже.

Гнала. А он обижался и не мог от нее оторваться. Новый год она встречала с родителями, строго сказав, что у них так заведено. А он так надеялся, что она придет к нему. Квартира была свободна — родители всегда уезжали встречать праздник к отцовой сестре во Владимир. Она пришла вечером второго. Они выпили шампанского, и она быстро захмелела и легла на диван, задремала, а он присел рядом и начал целовать ей руки — тонкие, с длинны-

227

ми пальцами, в цыпках от холодной воды. Она, не открывая глаз, обняла его за шею и подалась вперед.

Тогда у них все и случилось. Продолжение было всего еще несколько раз. Однажды у него на Первомай, тогда родители уехали к родне в деревню, и пару раз у нее, на зеленом бархатном диване. Она всегда сначала говорила «нет», а потом сама обвивала его шею руками и притягивала к себе. Он сходил с ума от любви. Любил весь мир и всех на свете. Таким счастливым, как в тот год, он больше никогда в жизни не был — ни когда родилась дочь, ни когда он построил дом — мечту всей жизни, ни когда купил себе первый джип, ни когда увидел в первый раз Париж. К весне Таня сказала, что видеться они теперь будут раз в неделю — иначе она завалит вступительные в институт. Куда он будет поступать и вообще его дальнейшая судьба ее интересовали мало. Она стала ходить на подготовительные курсы в Строгановку, а он вечерами околачивался возле училища и часами ждал ее. Она выходила возбужденная, с радостным, раскрасневшимся лицом, но, натыкаясь на него взглядом, почему-то мрачнела и замолкала. Он болтался по улицам, часами простаивал под ее окнами, чем безмерно ее раздражал. И конечно, ничего не делал. В августе он, естественно, завалил вступительные в МАИ, хотя поступить туда в ту пору было не так сложно. А Таня поступила в Строгановку, где был, как всегда, бешеный конкурс. Мать его жалела, а отец зло буркнул:

— Работать иди. На завод, чтоб жизнь малиной не казалась.

Восемнадцать ему исполнялось в апреле, а в мае его должны были забрать в армию. Он не боялся, а даже, наоборот, ждал этого, как ждут укрытия и спасения. В тот год, на первом курсе, у Тани образовалась своя компания — по интересам. Они часто собирались у нее, конечно же у нее, ведь она жила рядом с училищем. Он пару раз приходил к ней после работы и заставал их — веселых, шумных острословов у нее в «девичьей» — так называла бабка Танину комнату. Он садился в углу — мрачный, угрюмый, ревновал ее страшно и ко всем подряд. А она, веселая, раскрасневшаяся, бегала по дому, приносила из кухни чай на подносе, пекла бесконечные блины — эта хивра была вечно голодной. На него она не обращала никакого внимания. Тогда он заметил одного очкарика — невысокого, тощего, с острыми коленками, в клетчатой ковбойке, индийских джинсах и сандалиях. Он особенно активно вился возле Тани. Однажды Андрей услышал, как тот спрашивает у нее:

— Кто этот тип, ну, что приходит и молчит?

— Так, воздыхатель, — кокетливо хихикнула она.

На этого «воздыхателя» он обиделся тогда смертельно. Услышал ту небрежность, с которой она это произнесла. А однажды увидел, как этот очкарик обнимает Таню в темном коридорчике, ведущем из кухни в комнату. Он тогда напился и пришел к ней. В дом она его не пустила. Стояли на крыльце.

— С этим скрутилась, с очкастым, — зло твердил он. — Он же через три года плешивым будет! Убить его, что ли?

Она посмотрела на него и бросила:

— Тише, все спят. Уйди, Андрей, сколько можно. Сил уже на тебя никаких нет.

Он тогда схватил ее за плечи и затряс.

— Ты что, ты что, Танька, все забыла? Забыла? Как ты могла так быстро все забыть, а, Тань? — шептал он, размазывая по щекам злые горючие слезы.

— Уйди, пожалуйста, — уже жалобно просила она. — Ну уйди, Андрюша.

Он притянул ее к себе. Она вырвалась. Он развернулся и пошел к калитке. Жалобно звякнул колокольчик.

Назавтра он пошел в военкомат и попросил, чтобы его забрали прямо сейчас. Пожилой военком покачал головой и сказал ему грустно:

— Сиди, парень, до мая. Не имею я таких прав. Понимаешь? — А потом добавил: — От себя убежать хочешь? Это правильно. Армия для этого самое милое дело. Это я по себе знаю.

Забрили его в мае. Тогда он ждал этого мая как своего единственного спасения. На проводах мать сказала ему:

230

— Все пройдет, сынок, все пройдет.

— Ага, — ответил он. — Как с белых яблонь дым.

За два года она не прислала ему ни одного письма. Мать как-то написала: «Видела эту твою Таньку. Страшная, тощая, бледная. И что ты в ней, сынок, нашел?»

Он вернулся крепким, накачанным и, как ему казалось, совершенно выздоровевшим.

Но в Москве все опять нахлынуло, завертело. Разболелось. Он просто физически чувствовал эту болячку на сердце. Она саднила, саднила. Не меньше прежнего. В институт он поступать не стал — было лень. Хотя тогда, после армии, все двери были для него открыты. Пошел к отцу на завод. Там, на заводе, подружился с веселым парнем Гошей. Тот его позвал в свою компашку.

— Такие девочки будут, закачаешься, — весело пообещал он.

Собирались у Гошиной девушки Лели. Та жила одна в крошечной однушке на «Парке культуры». Вечером пошли в парк пить пиво. Было и вправду весело. Там он и познакомился с Зинкой, Лелиной подругой. Зинку все звали Софи Лорен. Она и вправду была похожа на итальянскую звезду — тонкая талия, роскошные бюст и бедра. Гоша сказал, что эта Зинка — баба будь здоров. Жила с каким-то богатым грузином два года, тот упаковал ее под завязочку, по полной программе. Даже тачку ей купил, «копейку». Но она и сама, эта Зинка, баба будь-те-нате, с головой. В универмаге «Москва» старший продавец. В отделе мехов. Бабки делает — будь любезен.

В первый же вечер они поехали к Зинке домой. Жила она с сестрой у трех вокзалов в маленькой восьмиметровке в коммуналке.

— Я выберусь отсюда, обязательно выберусь, — сказала она ему тогда со злой уверенностью. — Еще буду на Кутузовском жить, вот увидишь.

У нее были амбиции провинциалки. Он тогда усмехнулся:

— Ну, ты сказала. На Кутузовском Брежнев живет.

Она улыбнулась и ответила ему:

— Вот увидишь.

С Зинкой все было просто — никаких страданий. Она ему достала тогда болгарскую дубленку и ондатровую шапку, и он почувствовал себя королем. Конечно, Зинка спекулировала. Но была она широкой и щедрой. Матери его то кофту ангорскую притащит, то сапоги. Та на нее не могла нарадоваться:

— Ах, какая вы пара, сынок, какие бы детки у вас красивые были!

Месяцев через восемь Зинка сказала ему, что беременна. Без истерик, спокойно так — просто констатировала факт.

— Что делать будем, а, Андрюш?

— Жениться, — ответил он ей.

Понимал, что лучше Зинки жену ему не найти — и умница, и чистюля, и хозяйка. И все спокойно — без страстей африканских. Хотя нет, в койке она давала жару! Будь здоров! Свадьбу сыграли в «Космосе» на ВДНХ. Конечно, Зинкины связи. В те времена простому смертному туда был путь заказан. Зинка была хороша — глаз не оторвать. В кремовом шелковом платье — цвет подвядшей розы называлось. С натуральной розой в волосах, смуглая, гибкая, яркая, не женщина — вылитая Кармен. Или Софи Лорен. Как угодно.

В тот год с Сокола уехали родители — отцу на заводе дали трешку в хрущобе в Черемушках. Мать все плакала и гладила стены руками: «Дожила я до своей квартиры наконец». Зинка тогда им достала румынскую полированную стенку и цветной телевизор.

Сами они выбрались из коммуналки через два года — тогда у них уже была Кристинка. Купили однушку кооперативную в Кунцеве на первом этаже. Выбирать тогда не приходилось — брали, что давали. И были счастливы.

— Видишь, уже ближе к Кутузовскому, — смеялась Зинка.

Тогда же и устроила она его в посольство, в гараж, автослесарем. С зарплатой, о которой он и мечтать не смел. Таню он тогда почти не вспоминал. Почти. В общем, жизнь налаживалась.

Однажды, правда, сорвался — напился. Это после встречи с Ленкой Костиной, бывшей одноклассницей. Встретились случайно на улице у старого цирка — он тогда билеты дочке покупал. Ленка без устали молотила языком — все про всех. Он слушал и кивал. Про всех спрашивал. Про всех, но не про Таню. Ленка сама тогда сказала:

— А больше тебя никто не интересует?

Он смутился и пожал плечами.

— Танька твоя замуж вышла, мальчика родила. Но что-то у нее не сложилось, с мужем разошлась вроде. Хотя точно я не знаю. Мы тут на пятилетие окончания школы собираемся. Придешь?

Он сказал:

— Не знаю.

Хотя знал точно, что не придет.

В лихие 90-е Зинка стала ездить в Грецию, возить шубы. Сначала держала прилавок в «Луже». Потом открыла один магазин, дальше — второй. Третий был уже на Тишинке — круче места не найдешь. Сплошной пафос. И цены! Зинка стала суше, жестче — бизнес диктовал свои условия. Стала очень за собой следить. Видела, что расползается, теряет свою красоту и свежесть. Бесконечные фитнесы, косметологи, пластика, массажи. Без конца и края диеты, инструкторы, пилатес, шейпинг. Накачивала губы, впрыскивала ботокс. Сделала себе грудь — он увидел и засмеялся:

— Купили в магазине резиновую Зину.

Она тогда обиделась — для него ведь старалась.

А он не поправился ни на грамм, только возмужал, окреп. Вошел в самый благодатный возраст для мужика. Волос не растерял, веса не набрал. Словом, не мужик, а сплошное переживание: девки молодые, совсем сикушки, с ним кокетничали без устали — продавщицы, официантки, массажистки. Зинка это видела, и сердце обрывалось — уведут мужика. Вон сколько их подросло — чуть старше дочки, а все туда же. Он и вправду стал погуливать, правда, ума хватало — все делал тихо, шито-крыто. Зачем семью травмировать? Один раз, правда, увлекся не на шутку. Закрутил романец со своим зубным врачом. Закрутил сильно, лихо. Вроде как влюбился. Даже в какую-то минуту слабости предложил ей совместное проживание. Она была тоже замужем, и очень неплохо. Рассмеялась ему в ответ:

— Что ты, Андрюш, зачем? Ведь все одно и то же будет. Ты уж мне поверь.

Умная была девка. Хваткая. Чем-то на Зинку похожа. Не внешне, нет. Беленькая такая, глазки голубые, ножки — все как надо. С виду — девочка-ромашка. А внутри — металл, железо. Вот этим на Зинку и была похожа. Через полгода они расстались. Ушел он. Перегорел. Потом были еще девочки — одна краше другой. Продавщицы, парикмахерши, модельки. Была даже одна актрисулька. Сейчас вовсю в сериалах мелькает. Но чтобы кто-то зацепил — нет. Что вы, о чем? Так, цветы — кольцо, кабак — койка. Все по схеме. Грамотно. С женой отношения были спокойные, ровные. Лучшие друзья. Кстати, тогда, в 90-е, он открыл свой первый автосервис. Купил первый джип. Радовался как ребенок. В конце 90-х они с Зинкой купили квартиру на Кутузовском с видом на Москву-реку. Зинка развернулась там вовсю. Выписывали мебель из Италии, мраморные полы, колонны. В доме всегда обед, чистота, глаженые рубашки. Захочешь придраться — не к чему. Дочка растет спокойная, вежливая. Правда, тряпки без меры любит.

— Они сейчас все такие — успокаивала его жена. — А лучше, как мы в детстве? Ни шиша не видели.

Да, балованная. Но это же их прямой родительский долг. Здоровье в порядке, деньги есть. Родители живы. Жена — верный друг и соратник. Нет, не ошибся он в ней тогда. О чем еще мечтать?

* * *

Они сидели в маленьком уютном кафе. Он пил кофе, а Таня — пиво, маленькими, частыми глотками, вкусно облизывая губы. Тихо гудел кондиционер. Она раскраснелась, расслабилась — и стала хорошенькой и юной. «Впрочем, она навсегда останется девочкой, не обабится, — подумал он. — Такая природа». Она рассказывала ему о себе: первый брак оказался неудачным — оно и понятно — студенческий. Родила сына, тяжело родила — у мальчика было много проблем. Еле вытянули с бабкой и матерью. Муж не выдержал трудностей и сбежал. Похоронили бабушку, отца. Стала слепнуть мать. Надо было работать — оставаться свободным художником оказалось непозволительной роскошью. Стала преподавать в училище — там тогда платили неплохие деньги. Потом пришлось оттуда уйти — слишком большая загруженность. Перешла в школу. Там уже деньги были смешные. Опять вышла замуж. Вроде бы удачно, но у мужа слабое здоровье — астма, язва. Часто в больницах. Вот и сейчас тоже. Надо держать строгую диету, она и возит туда каждый день супы, каши. Устает, конечно. Еще и мама. Совсем слепая. Но дай бог, чтобы жила. Да, сынок радует — говорят, будущий компьютерный гений. Сейчас в Америке гостит, у отца, телетайпно излагала она. В общем, как в каждой судьбе. И печали, и радости. Поровну.

Он молча кивал. Потом она говорила о том, что им не дают спокойно жить — поселок совсем потерял свое лицо, а это горько. Со всех сторон напирают коттеджи — прежние жильцы землю попродавали. Все противно, конечно, вся эта публика. Вечный запах жареного мяса. Нувориши. К ней без конца подкатывают —

продай землю. Дают, правда, огромные деньги, миллионы, на все бы хватило. Она даже один раз почти дрогнула — подумала, что купит домик в Прибалтике, сына отправит учиться за кордон, вылечит за границей мужа. Но потом стало стыдно.

— Ведь родовое гнездо, понимаешь? — сказала она.

Он пожал плечом.

— А содержать этот дом? Ведь поди уже совсем развалюха.

Она обиделась.

— Главное — не стены, а душа. И чтобы там было всем хорошо. Да и как маму можно оттуда увезти? Она этого просто не переживет. Ведь дом строил дед. Только эти людишки достали. Даже угрожать пытались.

— Тань, — сказал он ей, — запиши мой сотовый. У меня есть ребята — быстро их на место поставят. Не подойдут больше. Это я тебе обещаю.

— Правда? — обрадовалась она. — Спасибо, Андрюш. А то мы с ними разговаривать совсем не умеем.

Он кивнул.

— Ну а у тебя что? Как? Какая я нахалка — только о себе и трындычу, — смутилась она.

— Что говорить? Дом, жена, дочь, бизнес. Все путем, Тань. У меня все путем.

— Да уж, — рассмеялась она. — По тебе видно, что все в порядке. Крупными буквами написано.

Он усмехнулся и кивнул.

Она посмотрела на часы:

— Ой, мне же пора маму кормить. Она совсем беспомощная, как ребенок.

Он снова кивнул:

— Я тебя отвезу.

На улице стояла все такая же отчаянная жара. Даже к ночи город не успевал остыть. Они молча доехали до ее дома. Он выключил мотор. Торопиться ему было некуда.

— Чаем напоишь? — спросил он.

Она кивнула. Та же калитка, тот же колокольчик. То же крыльцо. «Ничего не изменилось, — подумал он. — Ничего. Жизнь повернула на триста шестьдесят. Даже этот тихий поселок уже не тот. А здесь все то же. Никаких перемен. Или нет?» Они прошли в дом.

— Иди в гостиную, — велела Таня. — А я — к маме.

В гостиной был тот же розовый абажур, только слегка выгоревший и поблекший. Тот же черный кожаный диван. Так же грустно улыбалась с портрета молодая Танина бабка. Таня чем-то гремела на кухне, потом пошла к матери, и он услышал надтреснутый, старческий требовательный голос и Танино «сейчас, мамочка», и какие-то уговоры, и снова капризы. Через полчаса она к нему вышла.

— Ну что, чай?

Он кивнул. Она опять ушла на кухню и вернулась с подносом. На подносе стояли цветные икеевские керамические чашки, совсем не вписывающиеся в общую картину дома.

— А где же дедовская, с гербом? — спросил он.

— Что ты, она давно приказала долго жить. Сын ее грохнул лет десять назад, — рассмеялась она.

Потом они долго пили чай, он оглядывал знакомые стены и задал, как ему казалось, абсолютно правильный вопрос:

— А картины, Тань? Их же столько! Можно же и продать.

Она поперхнулась, покраснела и ответила ему резко:

— Продать? Что, бабулин портрет продать? Или портрет маленькой мамы? Или эти пионы? Он же их в саду, здесь, писал. И они уже цветут лет шестьдесят. — Она обиженно замолчала.

— Ладно, не заводись. Я, наверное, не прав, — попытался оправдаться он.

— Ты точно не прав, Андрюша, — тихо сказала она. — Я в этом абсолютно уверена.

Потом ему захотелось курить, и они вышли на крыльцо. Он докурил сигарету, раздавил бычок в жестяной консервной банке, приспособленной под пепельницу, и одной рукой притянул ее к себе.

— Не надо, — сказала она.

Она всегда говорила «не надо».

— Надо, — жестко сказал он. И поцеловал ее.

У нее были такие же губы, как тогда. Он навсегда запомнил их вкус. Она стояла, как натянутая тетива, и он почувствовал, как она дрожит.

— Иди ко мне, — тихо сказал он.

А потом была душная томительная ночь. На супружеской кровати, в бывшей ее «девичьей». Ни ветерка, ни дуновения. Они лежали, мокрые и липкие, раскинувшись на простыне.

Она плакала и бормотала, что это все неправильно, что муж в больнице, а она — дрянь, последняя дрянь. Он гладил ее по тонкой спине и чувствовал ладонью ее проступающие на шее позвонки. Она то смеялась, то плакала и целовала его лицо и шею, гладила руки. Потом замирала, положив голову ему на грудь, и ему было тяжело и жарко от ее влажных волос. Он утешал ее и говорил банальные слова:

— Все нормально, Тань. Мы же взрослые люди. Такое иногда случается. — А потом пошутил, как ему казалось, очень смешно: — Ну, бойцы вспоминают ушедшие дни, или мушкетеры двадцать лет спустя.

Она шутку не приняла и долго молча смотрела на него. Потом опять плакала и читала ему стихи, он уже почти ничего не слышал, проваливаясь в тяжелый, душный сон. Она разбудила его и попросила:

— Не спи, ну, пожалуйста, не спи. Такая ночь!

— Какая? — не понял он. — Обычная ночь, Танюш. Только очень душная.

— Я знаю. Ты специально, — снова обиделась она.

«Поспать мне сегодня не судьба», — подумал он, сел в кровати и стряхнул остатки неудавшегося сна.

— Я покурю? — спросил он.

Она кивнула И печально проговорила:

— Жаль, а жизнь прошла.

— Прошла? — удивился он.

Вот здесь он был с ней категорически не согласен.

— Что ты, Танечка, жизнь прекрасна, — уверил он ее. — И столько всего еще будет!

Она медленно покачала головой.

— Может, поспим, а, Танюш?

Она посмотрела на него долгим взглядом и сказала:

— Поспи, конечно, Андрюш, поспи.

Он заснул мгновенно, а она еще долго сидела на краю кровати в позе лотоса, слегка раскачиваясь, и смотрела на него, и вытирала ладонью слезы.

За окном светало и тревожно пела какая-то птица. Он проснулся от звука звякающей посуды. Старуха опять что-то требовательно выговаривала Тане. Разговор шел на повышенных тонах.

Он быстро встал с кровати, натянул джинсы и майку и тихо, стараясь не скрипеть рассохшимися половицами в коридоре, вышел на улицу. На крыльце он глубоко вздохнул, потянулся и быстро пошел к калитке. Вдоль дорожки стеной стояли растрепанные пионы. Он сел в машину, включил кондиционер, на минуту откинулся на подголовник и завел движок. Машина плавно взяла с места. Он ехал по почти пустой Ленинградке и слушал радио. Джо Дассен пел о несчастной любви. Он щелкнул пультом на другую радиостанцию. «Хватит приветов из прошлого», — подумал он. И еще он подумал о том, что сейчас приедет в свою квартиру, где, слава богу, никого нет и не будет еще две недели — жена с дочкой отдыхали в Испании. Вот сейчас приедет и пойдет в душ. Хотя нет, пожалуй, залезет в джакузи. Потом сварит себе в кофемашине настоящий двойной эспрессо. И в квартире будет тихо и прохладно, и чуть слышно будет гудеть кондиционер. И он задернет в спальне плотные шторы и крепко уснет на прохладной шелковой простыне. А вечером, придя в себя и выспавшись, позвонит Марьяне — чудная девочка, прелесть просто. Двадцать пять лет. Балерина из Большого. Свежая, как раннее утро, и наивная, как цветок. Хотя нет, конечно, прикидывается. Где они сейчас, эти наивные? Ну да какая раз-

243

ница. Все равно ему будет с ней легко и приятно. Они зайдут в какой-нибудь кабачок, съедят холодный и острый гаспачо, а потом... Ну ясное дело, что будет потом.

У метро «Динамо» он притормозил у «Евросети». Они только что открылись. Зашел и купил новую симку, открыл заднюю панель телефона, вынув старую, легко сломал ее и выбросил в окно. Два крошечных легких кусочка пластика желтыми лепестками улетели в никуда. Он вставил новую карту, завел мотор и, напевая что-то из «Аббы», продолжил свой путь. На душе у него было легко и спокойно. «Довольно рефлексий», — подумал он. И Бог ему судья.

Всему свое время. В каждой судьбе, как говорила она, и печали, и радости — поровну. Почти.

Дорогая Валерия

Все его письма начинались именно так: «Дорогая Валерия!» Ну и далее по тексту. В основном все одно и то же. Жив, здоров, пришел из рейса. Очень интересно!

Мама называла его — эпистолярный маньяк. Очень точно. Доставая очередное послание из почтового ящика, Лера тяжело вздыхала и бросала письмо в сумочку, конечно, забывая прочесть. Спустя несколько дней, скорее всего, в метро, раскрыв сумочку, она видела белый уголок изрядно потрепанного конверта. И от скуки — а что еще делать в метро? — начинала читать. Небрежно просмотрев письмо, она опять тяжело вздыхала и бросала его обратно в сумку, но почему-то не выкидывала. Сама удивлялась — странно. Очередное письмо опускалось в нижний — самый глубокий — ящик письменного стола. На конверте ровным, гладким, почти каллиграфическим почерком был старательно и четко выписан обратный адрес — надежда на ответ. Да уж, конечно! Дождетесь, пожалуй! Делать просто больше нечего. Но иногда, редко, примерно раз в три-четыре месяца, она отвечала. Конечно же, это была скорее отписка, чем ответ. Коротко, не более одной странички тетрадного, в клетку или в линейку, листа. И что самое смешное — тянулась эта нелепая история уже не первый год.

Сдав экзамены за девятый класс, в первых числах июля, она, как всегда, уехала на дачу. Дачу она обожала: во-первых, полная и абсолютная свобода — бабуля не ограничивала ее ни в чем. Во-вторых, большая и обожаемая дачная компания: общее детство, общая юность, первые влюбленности и романы, робкие поцелуи, песни под гитару вечером на лавочке у мутной, узкой, медленной речки.

Все близкие и родные люди. Чужаков не принимали. А он, надо же, прибился. Да нет, понятно, почему — низким и хрипловатым голосом под гитару он пел такие любимые и знакомые им песни: Визбора, Галича, Высоцкого, Окуджаву, а потому обозначили его своим. Так он и остался.

Дима Анциферов, ее многолетняя, с самого детства, первая любовь, в то лето не приехал. Родители увезли его в Крым, в Рыбачье. Так, от нечего делать и слегка тоскуя по Диме, она в то лето благосклонно позволила этому пришельцу ухаживания.

Он жил на соседней улице у деда — странного, угрюмого старика с длинной белой бородой и корявой, из какой-то коряги, тростью в руке, которой он грозил местным хулиганам, пытающимся сорвать яблоки с его деревьев, склонивших тяжелые ветки за забор на улицу. Деда этого они в детстве боялись.

Был он не совсем дачник — жил в поселке круглый год, один, не общаясь ни с кем из соседей. В августе, в самом конце, с тоской глядел, как они спешно заколачивают окна, запирают свои дома, обирают последние ягоды с кустов, трясут уже почти пустые яблони и срезают уже подвядшие, умирающие цветы.

Но, несмотря на его отрешенность и нелюдимость, даже бабуля, далекая от сплетен и слухов, знала, что где-то на Сахалине, в маленьком городке, у этого деда живут сын и внук. Вот этот самый внук в то лето и нарисовался. Впервые.

Увлечена Лера особенно не была. Так, между прочим. Хотя целоваться ей с ним нравилось — что говорить. Пролетело такое любимое и долгожданное лето — и в конце августа он уезжал. Год предстоял нелегкий — последний класс, поступление в институт. Лера тогда уже выбрала — Ленинский педагогический, русский язык и литература. В точных науках она была, мягко говоря, слабовата.

Он рассказывал ей, что будет поступать во Владивостоке в мореходку. Владивосток он называл «Владик». Говорил, что ходить в море — мечта всей жизни. Прощались они долго — он все никак не отпускал ее. Спросил — проводишь? Она не обещала, но почему-то в последний момент все-таки поехала в Домодедово. Впрочем, как всегда, опоздала. Они не встретились. Первое письмо от него она получила через две недели. «Дорогая Валерия» — естественно. И пошло-поехало.

В институт она поступила легко. И дальше закрутила, забурлила веселая, беззаботная жизнь. Театры, кино, музеи, кафешки. Компании — разные, случайные и свои. Своих было три — медицинская (ребята с лечфака, того, что находился рядом с их педом, на «Спортивной»), своя — институтская (их так и звали — медики и педики) и, конечно, родная, дачная. Жизнь завертела — каждый день какие-то события, встречи, даты. Она тогда была хорошенькой — глаз не оторвать. Глаза, волосы, талия — сказочная девочка. Умница-красавица. Плотной чередой, плавно переходя из одного в другой, почти без остановки и передышки — романы.

А он все писал — скучно, однообразно, глупо: казарма, распорядок, увольнения; увольнения, распорядок, казарма. Танцы в доме культуры и индийские фильмы в увольнении. У нее — просмотры в Доме кино: Висконти, Антониони, Бертолуччи. Он — во Владике, она — в Москве. Пути их никак не пересекались. И не могли пересечься, казалось бы. Но нет, не так.

Через год он возник на пороге их квартиры. Ее дома не было. Дверь открыла мама. На лестничной клетке стоял он — черный костюм, белая рубашка, галстук. На улице — январь, минус десять. А у него только рыжая лисья шапка на голове, а в руке букет белых роз. Мама испугалась:

— Где ваше пальто, молодой человек?

Он махнул рукой — ерунда, в такси.

— Такси ждет внизу, — пояснил он.

— Ее нет, — сказала мама.

— А когда будет? — спросил он.

— Кто ж ее знает, — вздохнула мама и предложила: — Отпустите такси и проходите, выпейте чаю. — Все-таки мать была интеллигентным человеком.

Он долго пил чай на кухне и, вздыхая, смотрел на часы. Рассказывал ее матери про свой любимый Владик, про учебу, жизненные планы и перспективы.

— А что вы здесь — по делам или просто прогуляться? — поинтересовалась мама.

— Я жениться приехал, — серьезно сказал он и глотнул уже остывший чай.

— Да? И невеста уже есть? — оживилась мама.

Он кивнул:

— Конечно. — И добавил через минуту: — Ваша дочь, Лера.

Мать рассмеялась и махнула рукой — эка хватили, молодой человек:

— Лера, по-моему, замуж не собирается. И вообще, она в курсе?

Он ответил на полном серьезе:

— Пока нет.

Мать опять рассмеялась. Через час он откланялся — злоупотреблять гостеприимством было уже неловко. Он взял букет — мать проводила его удивленным взглядом, он поймал этот взгляд и объяснил:

— Без цветов делать предложение неудобно. Я подожду ее в подъезде.

Мать вздохнула и махнула рукой:

— С богом! — Почему-то ей вдруг стало жаль этого смешного чудака.

Он простоял в подъезде часа три и наконец увидел ее. Она почти проскочила мимо — вся в своих мечтах и мыслях. Он окликнул. Она обернулась:

— Ну ты даешь! Без звонка! Что-то случилось?

Он кивнул. Она стянула с головы шарф.

— Выходи за меня замуж, — волнуясь, произнес он.

— Куда? — переспросила она. И добавила: — Ты что, спятил?

— Почему? — искренне удивился он. — Я тебя люблю.

— А, ну это многое меняет, — усмехнулась она.

— Я тебя люблю. И буду любить всю жизнь, — пообещал он. — Я в этом уверен. Я буду тебе хорошим мужем. Вот увидишь.

— Не-а, не увижу, — рассмеялась она и уже раздраженно проговорила: — Бред какой-то.

Чистой воды бред. Какой замуж, о чем ты говоришь? Какая любовь? Встретились, время провели неплохо. Мне восемнадцать лет, понимаешь? — горячилась она. — И я выйду замуж? За тебя? И уеду в твой долбаный Владик! Как там у вас? Сопки, океан. Дом культуры, да? И я, офицерская жена. Кримплен, пергидроль. Клуб по интересам, кружок вязания и макраме. Первое, второе, компот. Дети, пеленки, распашонки. Встреча мужа на пристани, или как там у вас это называется? Порт, причал, может, гавань? — Она зло прищурила глаза.

— А что в этом плохого? — удивился он.

— Да нет, все отлично, — откликнулась она. — Отлично. Только для тебя и для этих девочек из дома культуры, с которыми вы танцуете там. А у меня другая жизнь, понимаешь? Другая. И они, эти две жизни, твоя и моя, никак не пересекаются. И никогда не пересекутся, понимаешь? — Развернувшись, она нажала кнопку лифта.

Он положил цветы на батарею и вышел в темную холодную ночь.

И все-таки, как ни смешно, он написал ей через месяц. Снова. Ну и все то же. Та же нудьга.

Она оканчивала институт. Письма от него теперь приходили реже. Он уходил в плавание. На последнем курсе, случилась, как ей казалось тогда, самая главная встреча в ее жизни. Он был старше ее на десять лет и, естественно, женат. Кормил ее обещаниями — вот сын окончит начальную школу, дочь пойдет в первый класс. Жена устроится на работу. Закончу строить дачу. Получу квартиру. А потом, потом... Он не был вруном и сам верил в то, что обещал.

Но если мужчина не уходит на первом году, вряд ли он решится на это потом. Она понимала это и даже почти с этим смирилась.

«Какая разница, — говорила она себе. — Какая разница, если есть любовь».

Все остальное в ответ не входило. Подруги, ее ровесницы, уже давно вышли замуж и успели нарожать детей. А она — она все искала ключи на вечер, на час, на два, стелила чужие простыни, прибирала чужие брошенные дачи, чтобы было уютно и хоть на вечер, на ночь появилось ощущение общего дома. На работе билась за путевки в пансионат на выходные. Он иногда мог приехать, а иногда — нет: то болели дети, то скандалила что-то подозревающая жена. Она плакала, обижалась, злилась. Но ничего не менялось. Из семьи он не уходил. Она сделала три аборта. «Дура, идиотка», — говорили подруги. «Рожай, — умоляла мать. — Вырастим!» Ну уж нет! Она-то отлично знала, что такое расти без отца. Не приведи господи! Вечная зависть тем, кто из полных семей. Вечные комплексы. Неизбывная мечта сказать кому-то — отец. Тот, кто защитит, прикроет от обид и проблем. Когда ей было тридцать три, они расстались. Измотанные, обессиленные, опустошенные.

Она долго болела тогда. Совсем не было сил. Никто не мог поставить диагноз. Лечили всем и от всего — а она все не вставала. Потом, вконец отчаявшись, через десятые руки, мать нашла врача, древнего старичка, доисторического, каких уже не бывает. Он уже не консультировал, но мать плакала, умоляла. Привезла его на такси. Он сказал:

— Оставьте ее в покое, пусть лежит. Через месяц встанет. Нервный срыв.

А письма все приходили. «Дорогая Валерия!» Господи! Теперь, лежа в кровати, от безделия она перечитывала их. Наверное, было важно знать, что тебя кто-то любит на этом свете. Конечно, все еще любит. А зачем бы было ему их писать столько лет! Или мама права — эпистолярный маньяк, графоман, несостоявшийся писатель.

Он по-прежнему обстоятельно, со всеми подробностями, докладывал — где был, какие страны и города видел. Что понравилось, а что — нет. Короче, нравы и обычаи неизвестных народов. Да, кстати, в одном из писем он сообщил, что женился. Родилась дочь. Потом, правда, через два года развелся. Жена оказалась стервой — изменила ему с его же другом. С дочерью видеться не давала. «Препятствовала», — писал он.

Потом она поднялась, коротко остригла длинные волосы. Покрасилась в рыжий цвет, стала ходить в бассейн. Здорово похудела.

Закрутила глупый роман с молодым мальчиком. Но там все было опять в одни ворота. Пыталась забеременеть — не тут-то было, видимо, Господь не простил. А потом, видя, что все ее жалкие попытки ни к чему не приводят, остановилась, махнула на себя рукой, опять отрастила волосы, заколола их в «гульку» на затылке, располнела, почти совсем перестала краситься, надела очки. И успокоилась. Поняла, что устала. Окончательно уверилась в полной жизненной бессмыслице. В общем, работа, дом, походы с мамой в кино по субботам, детективы по вечерам, грядки клубники и укроп летом в отпуске на даче. Иногда санаторий в Подмосковье осенью — так дешевле. А там тоже — кино, книги, одинокие прогулки, манная каша на ужин.

В зеркало смотреть разлюбила. Морщинки в углах глаз, седые волосы, лишние, ох, какие лишние килограммы. Ну и что, что сорок лет? У всех разный объем жизненных сил, оптимизма и вкуса к жизни. У нее получилось так.

Он снова возник в ее жизни зимой, в январе. Рано утром, в те длинные, безумные, бессмысленные и утомительные так называемые новогодние каникулы, от которых сходила с ума основная часть страны, не имеющая возможности уехать в Куршавель или к теплому морю. Он стоял на пороге ее квартиры — возмужавший, поседевший, в красивой синей морской форме. И опять с букетом белых роз.

Она удивленно посмотрела на него, кивнула и пригласила войти. Глянула на букет и не отказала себе в удовольствии:

— Опять жениться приехал?

Он покраснел. Ничего не ответил. Она покормила его завтраком — кофе, яичница, тосты. Говорить было особенно не о чем. Он предложил ей погулять по городу. Она пошла в ванную, накрасила глаза и губы, ловко завертела свою «гульку» на затылке. Накинула каракулевый жакет, перешитый из маминой шубы, и они вышли на улицу. Заснеженная, прибранная и щедро украшенная Москва была прекрасна. Они поехали в центр, на Тверскую.

Она оживилась, раскраснелась и с удовольствием и даже гордостью хозяйки показывала ему город. Намотавшись, они зашли в маленький ресторанчик, оказалось — грузинский. Она почувствовала, что очень голодна. Они заказали целую гору вкусностей — и, естественно, как часто бывает, быстро «сломались». Потом взяли кофе и еще красного вина и болтали обо всем и ни о чем. Он расслабился, раскрылся — впервые не выглядел забитым, стесняющимся провинциалом. Сейчас перед ней сидел взрослый, красивый, повидавший весь мир, состоявшийся мужик.

«А он очень даже ничего, — подумала она. — Жаль, правда, что я уже не та».

Потом они опять гуляли, прошлись по магазинам, искренне удивляясь сумасшедшим ценам. Он неплохо разбирался в этом и посмеивался, что *там* это все стоит в разы дешевле. Потом они опять устали, и он предложил ей пойти к нему в гостиницу, тут совсем неподалеку — посидеть в баре. Она согласилась. В баре они опять пили кофе, на сей раз вкуснейший капучино, и еще она с удовольствием съела какой-то невиданный десерт — клубничный мусс, украшенный свежей малиной и ежевикой. «В январе», — удивлялась она. Он смотрел на нее почему-то грустно.

Она сама предложила ему подняться к нему в номер. Проснулась очень рано, в шесть утра, минут двадцать полежала с открытыми глазами, понимая, что уже не уснет. Осторожно встала с кровати, пошла в ванну и долго рассматривала себя в зеркало — увы, не находя утешений. А что хорошего — припухшие веки, бледная, замученная кожа, тусклые волосы — все следы недосыпа на лице. Она тихо оделась, тихо приоткрыла дверь и быстро пошла по бесконечному, застеленному веселенькой зеленой дорожкой гостиничному коридору.

«Не стоит портить человеку праздник», — усмехнувшись, подумала она.

Вчера, под парами, это еще сошло. А сегодня утром? Что делать сегодня утром? О чем говорить? Пойти пить кофе и думать, как бы скорее расстаться, освободиться друг от друга? Чтобы он увидел ее при дневном свете, ту, какая она есть сейчас на самом деле? А не ту, какую он придумал себе двадцать пять лет назад? Да нет, не придумал, она такая и была. «То ли девочка, а то ли виденье», как пел известный музыкант.

Она доехала до дома, выпила чаю, выключила телефон и легла спать. «Зачеркнуть всю жизнь и сначала начать» — точно не получится. В этом она была абсолютно уверена. Хотя, надо сказать, ночью все было совсем неплохо. Да что там — неплохо. Ночью все было, если быть честной, просто замечательно, но наступило неизбежное утро... Нет, все она сделала правильно. Это же не сериал дешевый с обязательным хеппи-эндом. Это жизнь, господа. Реальная, жесткая и конкретная, как говорят сейчас.

Он проснулся через час после ее ухода и, увидев, что ее нет, удивился и в который раз ничего не понял. Воистину мужчина и женщина — два разных параллельных мира. Вряд ли пересекающихся в реальной жизни. Вряд ли способных понять друг друга и почувствовать одно и то же.

«Странно, — искренне удивился он. — Странно, ей-богу. Ведь, по-моему, ночью все было прекрасно», — нескромно оценил он свои возможности. Впрочем, вряд ли это так важно в их возрасте. В смысле наверняка есть вещи важнее. И все это могло иметь вполне себе продолжение. Ну, если захотеть, конечно. Обоим захотеть. Но она в который раз щелкнула его по носу.

«Не судьба», — подумал он. Потом он долго брился в ванной, заказал завтрак в номер, с удовольствием съел бифштекс с жареной картошкой, выпил крепкого чая с лимоном — два стакана — и поехал в аэропорт. Там он спокойно обменял билет на сегодня, рейс через три часа. Помотался по аэропорту, выпил кофе, съел круассан, почитал дурацкую и смешную «желтую» газету и пошел на регистрацию. Больше в этом городе делать ему было нечего.

И все-таки он написал ей через месяц. Маньяк, графоман.

Он написал ей, что вот смешная штука жизнь — в самолете он встретил женщину, познакомились, поболтали и решили больше не расставаться. И это была чистейшая правда.

А еще через неделю она поняла, что беременна. Это известие огорошило и оглушило ее. Это было счастье, которого она уже давно перестала ждать.

Она бросилась к письменному столу и рванула нижний, самый глубокий ящик. Последнее его письмо лежало сверху — долго искать не пришлось. Она схватила белый конверт и дрожащей рукой надела очки. Но на конверте не было обратного адреса. Впервые. Сколько можно надеяться получить ответ?

Любовь к жизни

Плотная, коричневато-бежевая, чуть размытая временем фотография: Томочка в Крыму, в Коктебеле. У пенящейся кромки воды, на крупных, сглаженных временем камнях. Стройные ножки чуть согнуты в коленях, носки вытянуты, плечи развернуты, изящно выгнулась, оперлась на ладони, голова в белой панамке кокетливо откинута назад. Панамка надвинута низко — видимо, по моде тех лет. Чуть прикрытые глаза, славный вздернутый носик и пухлые губы — это уж совсем не по моде тех лет, но что есть, то есть.

Внизу вязью надпись — «Крым, Коктебель, 1933 г.». На оборотной стороне размашистым почерком от руки: «Томная Тома». Остроумно. И по делу. И правда томная. К тому же каламбур. Автор неизвестен. Но предполагаем. Тогда, в 33-м, в самом разгаре был роман с Руководителем — так его обозначила сама Томочка. Правда, тогда же, параллельно, но все же боком, присутствовали и Художник, и Дантист. Нет-нет, Дантист был все же позже.

Точно позже. Значительно. В Руководителя она была почти влюблена. Хотя насчет «влюблена» она слегка сомневалась, а вот «физическое притяжение» — ее формулировка — определенно имелось.

Спокойный, внушительный, уравновешенный Руководитель, привыкший, судя по всему, держать себя в рамках повсеместно, в близости был необуздан, напорист, несдержан и почти яростен. Томочка вздрагивала, трепетала, пугалась, терялась, но в конечном счете чувствовала в этом искренность и истинность и вскоре активно включилась в эту игру. Впрочем, это была не игра.

Закованный в пудовые гири по рукам и ногам эпохой, своей властью, высоким положением и четко обозначенной ролью, этот суровый сорокалетний неглупый человек понимал все и вся и оттого боялся всего и вся. «Застегнутый на все пуговицы» на службе, несущий на себе непомерный, нечеловеческий груз ответственности, не расслабляющийся даже дома, в кругу семьи — верной жены и двух дочерей-близняшек, с Томочкой, единственно с ней, на ее узком диванчике с высокой спинкой и полочкой над спинкой, где дружно, гуськом, стояли мраморные слоники (старший с отбитым хоботом, младший — без одного уха), только там, в ее узкой, как пенал, и темноватой комнатке, при плотно зашторенных окнах и слабом, желтоватом свете ночника, он наконец-то становился самим собой.

Она пленяла его спокойным нравом, тихим голосом — мягким и певучим, с утраченным «л», который звучал у нее, как мягкий польский «в», шелковистой, без единой помарки, кожей, полным отсутствием какой-либо растительности на руках и ногах, нежными, словно детскими, пятками, тонкими щиколотками и запястьями, трогательной хрупкой шеей, запахом ландыша в яремной ямке, прелестным нежным лицом, темными, почти без зрачков, глазами, вздернутым самую малость коротким, четким изящным носом — словом, всем-всем, от начала и до конца, сверху донизу, со всеми подробными остановками эта молодая женщина была прелестна, нежна, хрупка, чувственна, открыта и восхитительна. Умна ли? Да какая разница, при всех вышеперечисленных достоинствах? Не болтлива и сдержанна — вполне хватит. А как умилительно и трогательно она сводит тонкие, выщипанные в нитку, по моде, брови! Видимо, это означает работу мысли. Чуть-чуть, слегка она покусывает полные, мягкие губы, чуть вздрагивает круглый, нежный подбородок, вспыхивают и гаснут глаза. Нежные пальцы вращают узкое колечко с синим тусклым камушком и обнимают тонкими руками круглые колени. Ничего не требует и не просит — никогда. Но конечно же, конечно, как всякая истинная женщина, радуется подаркам. Накидывает на хрупкие плечи шаль, гладит нежный маслянистый мех котикового манто: раз, два — по шерсти и против. Вытягивает прелестную ногу, зашнуровывая ботиночек, и поворачивает носок — влево и вправо. И все это так поразительно, невозможно отличает ее от жены! Боже мой! Как с этим жить, как смириться, что она — только один раз в неделю, ну, максимум — два, но это редко. А все остальное время — жизнь без нее, без ее запаха, голоса, нежного, тихого шепота. Без ее узкой, темной комнаты, где единственно счастлив он и где он настоящий, живой.

А дома его ждет жена, молчаливая, с узким сухим лицом, длинным хрящеватым носом, в байковом халате неопределенного цвета и вязаных носках на тощих, сухих ногах. И две девочки-близняшки, лицом в мать: такие же молчаливые и угрюмые, всегда глядящие на него со страхом, тревогой, исподлобья. Этот нелепый союз проигран изначально, но вполне объясним — брак с родной сестрой друга детства, теперь крупного партийного деятеля.

Глупо, по-мальчишески, напившись однажды в их доме, заснул почти в беспамятстве на жесткой кушетке в библиотеке, а утром рядом обнаружилась она — «прекрасная Сильфида». Продрав глаза, он с испугом и даже ужасом увидел на подушке ее лицо и спросонок ничего не понял, решил, что рядом спит какой-то мужик. Конечно, он не подумал о содомском грехе, а мелькнула мысль об еще одном сильно перебравшем соратнике. А когда дошло, что это сестра его шефа, змейкой пробежала мысль — подложили. Ловко обтяпали. Ей, уж конечно, давно пора замуж, а здесь такая оказия. Тут дверь в библиотеку распахнулась, и в комнату зашел, собственно, сам братец, почти прослезился и обнял его по-свойски, по-родственному. Через две недели сыграли свадьбу. А через два месяца он получил пост директора крупнейшего шарикоподшипникового завода. Дальше — больше: квартира в Доме на набережной, служебная дача в Барвихе. Через два года родились дочки. Дядька, будучи бездетным, племянниц обожал. Все. Мышеловка захлопнулась.

А потом он встретил Томочку. Она сидела в кадрах на его заводе. Судьба добавила акварели в его серую, скучную жизнь.

С женой интимная жизнь, прежде и без того редкая, естественно, закончилась. Но он был потрясен и поражен, когда на одном из семейных праздников шурин по-отечески похлопал его по плечу, понимающе подмигнул и по-дружески попросил все же сестру не обижать. «Делай свои дела тихо. Тихохонько. Внял?» Тогда, в 33-м, при всей строжайшей конспирации, они все-таки урвали свои три дня — у него случилась командировка, а она уже отдыхала в Крыму, где они, собственно, и встретились. Там, в душной, маленькой мазанке с грязноватой марлей на окне, на пружинном скрипучем матрасе, они забыли о всякой предосторожности.

А спустя месяц беременная Томочка, не боясь соседей, в голос рыдала в своей комнате, забившись с ногами в угол черного кожаного дивана. Он долго молчал, курил одну папиросу за другой, а она вскакивала и судорожно дергала ручку форточки. Потом у нее начинался нервный приступ: несдерживаемая икота, на лбу и щеках вспыхивали яркие, неровные, красные пятна. Он неловко пристраивался на край скользкого дивана, пытаясь поймать ее руки, погладить по голове, прижать к груди, но она была агрессивна и враждебна. В его адрес летели оскорбления и угрозы, претензии и, наконец, шантаж.

Она сначала кричала, что избавится от этого выродка, потом — что не будет вредить себе и делать подпольный аборт у полуграмотной, неряшливой деревенской бабки-знахарки. Вспоминала какую-то подругу, которая скончалась от кровотечения после подобного визита.

— Я своей жизнью рисковать не собираюсь. Я слишком люблю ее, жизнь, — зловещим шепотом предупреждала она, подойдя к нему почти вплотную, и глаза ее были безумны. Потом она садилась на стул, хватала его папиросу, закуривала, закинув ногу на ногу, начинала хохотать, а через несколько минут у нее открывалась рвота, и она, не двигаясь с места, отпихивала рукой битый эмалированный таз, который он пытался ей подставить. Он судорожно хватал тряпку и собирал исторгавшееся из нее — с пола, стула, стола. Потом пытался напоить ее водой — она с силой отталкивала его руку. Пытался снять с нее загаженный халат — она вырывалась и царапала его. Наконец она теряла силы, и он относил ее на руках на диван, укрывал одеялом, гасил ночник и долго, стоя у окна, курил в приоткрытую форточку. Он понимал — да, это истерика, да, скорее всего, манипуляции, — и все же, когда он вспоминал ее угрозы, становилось холодно на сердце, и по спине текла холодная струйка липкого пота.

Первое свое обещание Томочка выполнила — в деревню к знахарке не поехала. Вскоре, поняв, что истерики ее не возымели действия — а действие ей нужно было только одно — немедленный развод и, естественно, регистрация брака, в ее голове созрел план. Да, ребенка она донашивает и рожает, а после отказывается от него. Этот выход казался ей наименее травматичным. Все восемь месяцев Руководитель по-прежнему приезжал к ней, привозил продукты, пытался образумить, донести до нее наконец, что развод его невозможен, подобные вещи не приветствуются, да и шурин не успокоится — понятно. Он объяснял ей, что квартиру все равно оставит за женой и девочками, что из партии его, будьте уверены, попросят, с поста сместят.

— А нужен ли я тебе такой? — наконец сообразил спросить он.

Томочка внимательно посмотрела на него и вдруг, рассмеявшись, помотала изящной головкой в крупных темных кудрях:

— Нет, не нужен. За такого я могла бы выйти и раньше.

Он с облегчением вздохнул.

Но и второе обещание Томочка тоже сдержала. Родив (легко, кстати, и очень быстро) в роддоме на Арбате крупную, глазастую и вполне здоровую девочку, она отказалась от нее на второй день, не пожелав ни посмотреть на малышку, ни приложить ее к груди.

Не помогли уговоры ни сестер, ни нянечек, ни врачей. Товарки по палате перестали с ней общаться. Пришел даже главный врач — крупный, лысый, громогласный, хромой, с массивной тростью в руке. Он внимательно посмотрел на Томочку, задал ей пару вопросов, а потом, опираясь на трость, вышел из палаты и бросил одно слово: «Бесполезно».

Девочку оформили в Дом младенца. Томочка выписалась через пять дней, уточнив у палатной врачихи, все ли в порядке с ее здоровьем. Да, и еще, как справиться с молоком, чтобы не загубить свою молодую и прекрасную грудь. Пожилая врачиха долго молчала, тяжело вздыхала, потом ответила на все вопросы и попросила освободить кабинет.

А Томочка и не думала задерживаться. Еще чего! Ее беспокоило теперь, что на пластмассовой гребенке остается много волос — Господи, целый пук! — и что от верхнего, правого, белоснежного жемчужного клыка откололся кусочек, она пробовала постоянно языком неровный, острый его край. Еще появился омерзительный синеватый рубец на бедре — это называлось растяжкой. В общем, без потерь не обошлось, расстраивалась она. Но грудь и талия, слава богу, на месте.

Когда ее любовник или, скорее всего, уже бывший любовник вечером заехал к ней, она холодно и спокойно сказала ему про девочку. Он, впрочем, уже был в курсе. Посмотрев на нее долгим и внимательным взглядом, словно пытаясь что-то понять и прочесть на ее хорошеньком, спокойном и бесстрастном лице, он тяжело вздохнул и сказал фразу, которая очень развеселила Томочку:

— Бог тебе судья.

Она рассмеялась и поинтересовалась, давно ли он, член партии с 20-го года, верит в Бога. Он не ответил и, резко развернувшись, вышел из комнаты.

Спустя месяц он оформил бумаги на удочерение и забрал девочку из Дома младенца. Его сухая и молчаливая жена тихо спросила только об одном — она хотела знать правду. Разговор был нелегкий, но он ничего не скрыл. Она слушала его молча, не задавая вопросов. За окном светало. Потом жена сказала:

— Пойдем спать, тебе ведь завтра рано вставать, — и, помолчав, добавила: — Впрочем, уже сегодня. — А потом, уже почти в дверях, обернувшись, сказала: — Да и у меня завтра хлопотный день. Нужно же подготовиться к выписке девочки — одеяльца, пеленки, ой, да, а кроватка?

Она остановилась и с тревогой посмотрела на мужа. Он ничего не ответил, только кивнул и отвернулся к окну. Не хотелось, чтобы она увидела его слезы. Может быть, зря. Под утро — сна, конечно, не было ни минуты — он смотрел на спину жены: худую, костлявую, с острыми лопатками и бледной кожей, на простые, широкие бретельки ее дешевой ночной сорочки. На все это, такое известное и знакомое, вызывающее раньше только раздражение, отторжение и неприязнь, даже какую-то физическую брезгливость, он смотрел сейчас с новым, незнакомым ему прежде чувством. Нет, наверное, все-таки не нежности, но благодарности и даже какого-то умиления.

Бумаги на девочку оформили довольно быстро: люди с положением, прекрасные рекомендации, жилищные условия — все в порядке. Но все же правду скрыть не удалось. Неизвестно, как проскользнула все-таки, проскочила узкой змейкой информация: девочка-то не чужая и взяли ее не просто так, а с умыслом.

Были и партком, и письмо в газету. Короче говоря, семья Руководителя пострадала. Влиятельный родственник, брат жены, прикрыл как смог, хотя зятю теперь руки не подавал. Руководителя понизили в должности с переводом на новый строящийся объект, отобрали дачу в Барвихе, урезали зарплату.

Он пережил это довольно легко, куда страшнее были душевная боль, раскаяние, мука. Но все это меркло и тускнело перед его невероятной любовью к девочке. Она и вправду была прехорошенькая: черные глаза, вздернутый носик, пухлый рот, темные, нежные кудри. Вылитая Томочка, одним словом. Он вскакивал к ней по ночам, когда она начинала тихонько покряхтывать, умилялся, как она морщит носик, обнажает беззубые жемчужные десны. Сердце падало, когда она поджимала ножки и на ее личике появлялась гримаса боли. Жена подавала ему теплую, проглаженную утюгом, пеленку, и он осторожно расправлял ее на животике девочки.

Сестры, его старшие дочери, не отходили от кроватки малышки, трогали ее нежные пальчики и нежно щекотали ее розовые, гладкие пяточки. Поведение жены было безукоризненным. И он, подчас наблюдая за ней исподволь, видел в ее глазах любовь и нежность к малышке. Теперь он торопился со службы домой, и вся семья ждала его к ужину — небывалое дело. Он наконец начал общаться со своими молчаливыми дочерьми и с удивлением узнал, что одна, оказывается, остроумна, а вторая начитанна и рассудительна. Однажды ночью чувство вины и благодарности захлестнуло его, и он попытался обнять жену, но она отодвинулась на край кровати и отвела его руку, а потом повернулась к нему, и он увидел слезы в ее глазах. Она тихо сказала:

— Не надо, не мучай себя.

И он вдруг спросил с надеждой, сам не ожидая этого от себя:

— Но, может быть, когда-нибудь что-то наладится?

— Не знаю, — помолчав, честно ответила жена.

Он тогда понял — не простила. Страдает. Ах, как он ее понимал! Наверное, впервые в жизни.

А Томочка быстро оправилась после родов. Измеряла сантиметром талию — уф, слава богу, все в порядке. Ни миллиметра не прибавилось! Мазала голову репейным маслом — волосы, по счастью, перестали выпадать. Заказала у портнихи новое платье — по бежевому фону мелкие букетики голубых незабудок. Купила замшевые туфельки с перепонкой и кнопочкой. Готовилась к весне. Апрель выдался теплым, и уже в конце месяца она надела обновы.

Тогда, в апреле, она и встретила на Арбате своего старого приятеля — Художника. Он шел, как всегда, немного шаркая, прихрамывая (у него была больная нога), в светлом габарди-новом плаще и черной беретке на голове. Томочка остановилась, дотронулась до его руки и рассмеялась:

— Господи, ну неужели тебе не жарко?

Он грустно улыбнулся:

— Знаешь, недавно болел ангиной да еще и радикулит.

— Нет, нет, — засмеялась Томочка. — Ничего этого слушать не желаю. Весна, солнце, никакого нытья.

Он слегка оживился, глядя на ее прелестное, улыбающееся лицо, любуясь ее милыми гримасками, тонкой талией, стройными ногами.

— Ну, может быть, ты созрела наконец и готова мне позировать? — спросил он с надеждой.

Она рассмеялась:

— Да, а что? Почему бы и нет? Теперь у меня уйма свободного времени!

Они начали встречаться в его квартире, в полуподвале в Колокольном переулке. В одной из двух маленьких смежных комнат стоял его мольберт и были разбросаны кисти, банки с растворителями и тюбики с красками, там же были его кушетка, покрытая узбекским сюзане, и шаткая табуретка с пепельницей и деревенским глиняным кувшином с сухоцветом. Во второй комнате жила его мать — почти слепая и глухая полусумасшедшая старуха, которая, вызывая сына, стучала палкой по стене. Он заходил, выносил горшок и кормил ее с ложки. После этого она надолго затихала.

Он устраивал Томочку на кушетку, просил слегка поджать ноги и положить голову на руку. У нее быстро уставала спина, она вытягивала ноги и потягивалась, как кошка. Он злился и требовал «вернуть композицию». Иногда она засыпала и слышала сквозь сон, как он поправляет ей волосы и складки платья. А иногда она подолгу смотрела на него, и ей очень нравилось его тонкое, бледное, нервное лицо — серые глаза, темные, почти сросшиеся у переносья брови, узкий подвижный рот. Она начинала о чем-то болтать, а он, увлеченный работой, либо отвечал невпопад, либо не отвечал вовсе. Тогда она обижалась, надувала губки, хмурила брови, капризничала, пугала его, что больше не придет. Он тяжело вздыхал, бросал кисти и шел к ней. Она щекотала его за ушами, перебирала густые, волнистые, длинные волосы, что-то шептала, вытягивалась в струнку, сворачивалась в клубок, и он терял от нее голову, говорил ей безумные, страстные слова, а она тихо смеялась и отворачивала лицо. Ей очень нравился получившийся портрет, и она просила отдать ей его. Художник тяжело расставался со своими работами и все тянул, обещая отдать после выставки, только после выставки. Но выставка не состоялась. Началась война. На фронт его не взяли по здоровью. Он попросился в ополчение и вернулся оттуда через месяц с тяжелейшей пневмонией. Томочка тогда его почти не навещала — так, была один или два раза. Старуха била палкой по стене и что-то гортанно кричала, в комнате пахло мочой и безумием. Сосед отоваривал их карточки и приносил им кипяток. Однажды Томочка забежала попрощаться — предлог, честно говоря, ей хотелось забрать портрет. Художник был очень слаб — у него обнаружили туберкулез, открытую форму. Махнул рукой на портрет:

— Забирай.

Она сказала ему, что домоуправление, куда она недавно перешла работать с завода — удобно, прямо во дворе дома, деньги те же, только нет никаких косых взглядов и «кривых рож» — эвакуируют в Татарию. Он тяжело приподнялся на подушках, долго и мучительно кашлял, а потом попросил ее отоварить талоны на муку — целый пуд, на двух человек, на него и старуху мать.

— Совсем нет сил, — объяснил он. — Говорят, надо стоять по шесть часов, соседа попросить не могу — он сутками на работе. Спаси, Томочка! Иначе сгинем, пропадем. Мать все время просит есть! А у меня нет сил вынести за ней горшок.

«Господи! На воздух, скорее на воздух, — пронеслось у нее в голове. — Иначе я прямо здесь грохнусь в обморок — от этого ужаса, этой вони!» Она схватила талоны и толкнула ногой дверь. В руках она держала свой портрет. Кружилась голова и дрожали ноги. Она быстро дошла до дома, торопливо разделась, встала на стул, сняла со стены фотографию родителей и повесила на освободившийся гвоздь портрет. Отошла чуть в сторону, улыбнулась и вслух сказала:

— Хороша!

Потом она выпила чаю, поела холодной пшенной каши и крепко уснула. Проснулась только к десяти утра — на работу ей было к обеду. В комнате было холодно, и вылезать из-под одеяла не хотелось совершенно. «Буду валяться!» — решила она. На следующий день она сговорилась с сотрудницей и по очереди они отстояли за мукой. За это Томочка отвесила ей два килограмма. Муку она пересыпала в стеклянные банки, закрыла чистой льняной тряпицей — пришлось разорвать почти новую наволочку, очень жалко — и поставила банки под кровать. Вечером она напекла блинов — целую гору. Еще оставалось полбанки клубничного варенья. Ах, какое удовольствие она получила от ужина, впервые наплевав на свою талию. Захотелось спать. Уже засыпая, тепло, под двумя одеялами, она свернулась в клубок — мелькнула мысль про Художника. Стало как-то неприятно. «Да ну! — решила Томочка. — Им все равно уже не помочь: и он не жилец, и его мамаша. А я продержусь о-го-го». Но все-таки царапало по сердцу. Неприятно. Потом она стала мечтать, что муку можно поменять на сахар — она очень любила сладкий чай — и даже на масло. Томочка мечтательно вздохнула и... тут же уснула.

Через неделю она уезжала в Татарию. Муку пересыпала в наволочку — сколько смогла унести, остальную оставила там же, под кроватью. Нежно упаковала свой портрет в старый пододеяльник и поставила за шифоньер. В чемодан положила любимые платья, кофточки, новые туфельки на каблуке, пару белья, покрутилась по комнате — ах, да — еще пудру и духи. Фотография родителей осталась лежать на подоконнике.

В Татарии она оказалась в колхозе — прежде передовом. Заправлял всем старый председатель — крепкий пятидесятилетний мужик без одной ноги — по этой причине его не взяли на фронт. Поселили Томочку у бабушки Юлдуз. Старушка была крошечного роста, круглая, как колобок, в белом платочке по самые брови. Целый день она крутилась по хозяйству — мела избу, ходила за курами, коровой, ныряла в погреб за картошкой, варила густой суп с квадратной лапшой, которую тут же ловкими и быстрыми движениями резала сама. А вечерами молилась. На фронт ушли трое ее сыновей.

Томочке она выделила закут с железной кроватью на панцирной сетке, уютной, мягчайшей периной и двумя подушками из гусиного пуха. Томочка ей подарила свою шаль — по синему фону красные розы, — отсыпала муки, и бабушка Юлдуз сказала, что кормиться они будут вместе. Вечером зашел председатель, Томочка сидела на кровати, закутавшись в пуховый платок, и плакала, глядя на кирзовые сапоги, телогрейку и брезентовые варежки, выданные ей накануне. Завтра ей предстояло выйти в поле — собирать морковь и свеклу.

Председатель долго смотрел на нее, потом тяжело вздохнул и сказал:

— Куда вам в поля! Приходите с утра в контору — будете помогать бухгалтеру. — Развернулся и резко вышел, стуча протезом по деревянному полу.

— А ты понравилась ему, девка, — усмехнулась старая татарка. — Вообще-то, Иваныч у нас мужик суровый, нежалостливый. Живет бобылем — жена его померла, третий год как. Честный мужик, справедливый. До баб не жадный.

Томочка снесла телогрейку и сапоги в сени. На работу она ходила в старом котиковом жакете, подаренном еще Руководителем, и фетровых ботах. Очень экономила пудру и помаду — их осталось совсем немного. Мазала руки на ночь топленым маслом, а лицо — сметаной. Готовила и прибиралась по-прежнему бабушка Юлдуз. Томочка приходила из конторы, ужинала и ложилась в кровать — слушала радио или читала книжки, взятые в библиотеке. Председатель, мужик, не искушенный в женском вопросе, лаской не избалованный, потерял голову от Томочки сразу и бесповоротно. Об этом, конечно же, заговорило все село. Приходил вечерами к бабушке Юлдуз, сидел часами, смущал Томочку. Она очень уставала, ей хотелось спать, а приходилось общаться, выдумывать темы для разговоров, рассказывать о себе. Сошлась она с ним месяца через два, и он предложил ей переехать в его дом. Томочка отказалась. К чему ей это? Стирка, готовка, огород — обычная бабская работа, от нее не открутишься, все на глазах, все на виду. А здесь, у старухи, она на всем готовом — даже тарелку за собой не моет. Маникюра и лака на ногтях, конечно, нет, но руки свои она сохранила вполне. Ему так объясняла свой отказ:

— Погоди, еще мало времени прошло, да и что люди скажут? Бабы сейчас до мужиков голодные, у всех мужья на фронте, а ты не с местной сошелся, с заезжей столичной цацей.

— Так и так же все знают, — удивился он.

— Знать-то знают, а в глаза никто не колет. К чему людей дразнить? У всех горе, а мы тут семью затеваем. Погоди, вот война кончится и заживем общим домом, — разумно отвечала Томочка.

— А не сбежишь в Москву? — прищурясь и помолчав, спросил он.

— Привыкла я к тебе, — тихо сказала Томочка, опустив глаза.

— Привыкла? — переспросил он. — Привыкла ты, а я за тебя жизнь готов отдать! — Он вздохнул и вышел из избы.

Из города он всегда привозил ей подарки, что смог достать — то кулек карамелек, то рассыпной чай, то шматок сала, то теплый платок, то кусок земляничного мыла. А однажды привез флакончик духов «Белая сирень», и глаза его светились, когда он видел, как она радуется.

Говорил, что после войны поднимет колхоз, поставит новую большую избу — что ей в старой и темной хозяйничать!

— А то и сына мне родишь, а, Тома?

— Поживем — увидим, — уклончиво отвечала Томочка, свежая, с тонкими нежными пальчиками, изящными ножками в новых чулочках. Тонкая талия, темные кудри, нежный запах сирени.

Пожили. Увидели. Вернее, увидел он, Председатель — пустую кровать и отсутствие вещей в доме бабушки Юлдуз. И естественно, отсутствие самой жилички. В 44-м, когда уже можно было уезжать в Москву, Томочка тихонько собрала вещи, договорилась с подводой и, когда Председатель уехал на два дня по делам, тихохонько отбыла, ни с кем не попрощавшись, не оставив записки. Сказала только тихое «прощайте» своей доброй хозяйке. Бабушка Юлдуз стояла на крыльце, качала головой и вытирала слезы со старых сморщенных щек.

Председатель запил по-страшному, по-черному. Пил, пока хватало самогонки. Получил строгача по партийной линии. Хотели его снять — да не могли, заменить было некем. Спустя месяц пришел в контору — черный с лица, но бабы его пожалели и простили — необъятны сердца русских женщин. Попивал он теперь постоянно и через полгода умер прямо в машине, сидя рядом с водителем: откинул голову, захрипел — и был таков. Врач в больнице сказал — разрыв сердца.

А Томочка уже вовсю обживалась в Москве. Прибралась в комнате, помыла окна, повесила портрет, постирала занавески, вытащила из-под кровати банки с мукой — фу, гадость, конечно же — завелись черви. Снесла банки на помойку. Вернулась на старую работу в домоуправление, в паспортный стол — занималась пропиской. Люди возвращались из эвакуации, с фронта, приходили к ней. Она на своем месте была царь и бог: захочет — отложит дело подальше, захочет — ускорит. Те, что посообразительнее, приносили подарки, Томочка цвела. Годы ее ничуть не испортили — та же нежная кожа, яркие глаза, изящная фигура. Опять встала на каблуки, достала любимые платья, сшила пару новых, ярко накрасила губы — свежая, надушенная, хорошенькая. Бархатная шляпка на пышных волосах, легкий шарфик на шее, брошка на кофточке.

Вскоре появился Дантист. Весьма банально — в 46-м, после Победы, в тридцать шесть лет, у нее заболел первый зуб — здоровье, надо сказать, у нее всегда было отменное. Три дня мучилась, прикладывала к десне толченый чеснок, ватку с водкой — ничего не помогало. Соседи посоветовали ей своего опытнейшего врача.

— Опыт-ней-ше-го, — со значением сказала соседка, закатив глаза к потолку. — Попасть к нему невероятно сложно, но я все устрою, — таинственным шепотком добавила она.

На следующий день Томочка, дрожа от страха, опустилась на коричневое дерматиновое кресло в кабинете Дантиста. Было ему лет сорок — сорок пять — седоватый, длинноносый, с проницательными и цепкими светлыми глазами, высокий, худощавый.

— Боитесь? — притворно удивился он.

Томочка сглотнула слюну и кивнула. Звякнули инструменты, и она, жмурясь от страха, открыла рот. Зуб был запущен, и одним визитом не обошлось.

— Пульпит! — объявил Дантист и положил мышьяк.

Через два дня она пришла вновь, и он закончил работу. Она спросила его, сколько должна. Он усмехнулся и сказал, что денег с нее не возьмет, а вот прогулку в саду «Эрмитаж» она ему теперь должна.

Через месяц почти ежедневных свиданий Дантист сделал ей предложение. Конечно же,

Томочка согласилась. Нестарый, интересный, прекрасно одевается, элегантный. Ухаживает красиво — цветы, рестораны. Не жадный определенно. Правда, жилплощади в Москве нет — свои полдома в Болшеве, но это не беда. Свадьбу сыграли у него дома. Стол накрывала его старшая сестра, старая дева, обожавшая брата без меры. Фаршированная щука, куриный бульон, рубленая селедка, печенка с луком, штрудель с изюмом. Сестра, полная, некрасивая женщина лет пятидесяти трех, подавала на стол и украдкой вздыхала. Чуяло, чуяло ее умное сердце, что не та жена досталась любимому брату. Но дело сделано. Пришлось смириться. Стали жить в Болшеве. Дом был разделен на две половины, у каждого свой вход, своя кухня, своя душевая. Постарался покойный отец Дантиста — разумный человек. Томочке было грустно — гулять и созерцать она не любила, природу не чувствовала. Дантист уезжал на работу в Москву — она спала до полудня, потом пила кофе, читала журнал «Работница» и грустила. Обедов не варила, белье не гладила, иногда тряпочкой пыль смахнет — и ладно. К вечеру заходила золовка. Молча проходила на кухню — проводила ревизию. Поднимала крышки от пустых кастрюль, громко и тяжело вздыхала и шла на свою половину. Возвращалась с кастрюлями и судочками. Преувеличенно громко гремела на кухне, заходила в комнату, смотрела на Томочку, наводившую перед зеркалом марафет, — на челочке одинокая папильотка, брови подщипаны, носик напудрен, губы накрашены. Никаких халатов — юбочка, блузочка. Брошка у воротника. Томочка оборачивалась к ней и вопросительно вскидывала тонкие брови. Чего, мол, надо? Золовка опять тяжело вздыхала, топталась у двери и уходила к себе.

«А может, это справедливо? — горестно вздыхала она на своей половине. — Такой вот пустышке достался достойный человек, а я? Кому нужны мои котлеты и пироги, кому нужна я — старая, неухоженная, рассыпающаяся колода? Была в жизни пара-тройка мужиков, но как-то все не складывалось. Приходили, пили, ели, иногда оставались до утра. Так прошла жизнь. Черт с ней, с моей жизнью, но брата жалко до слез».

Иногда не выдерживала и выговаривала брату — тот смеялся, отмахивался:

— Да бог с ней, что не бьется у плиты, зато встречает душистая, отдохнувшая, голову кладет на грудь. Не жена — украшение дома. И потом, — добавлял он шепотом, наклонившись к самому уху сестры, — я с ней счастлив. Понимаешь? Ну, как с женщиной, — уточнял он, чмокал сестру и, насвистывая, уходил к себе.

По выходным ездили в Москву — гости, театры, кино, магазины. В гостях было шумно и весело. Томочка оживала, много танцевала, громко смеялась. Талия девичья, ноги легкие, музыку чувствует. Дантист, не скрывая, любовался ею. Делал подарки. К Новому году, например, прекрасную шубу из серого каракуля — легкая, длинная, в пол, с воротником а-ля Мария Стюарт, широкими манжетами, летящей спиной, высокими плечами. Ко дню рождения — серьги: стрекозки — изумрудные глазки, рубинчики на спинке и крылышках. Продавала старая арбатская дама, из бывших, говорила, Франция XVIII век.

Ходили в рестораны — Томочка обожала вкусно поесть. Откинувшись на стуле после сытного ужина, обмахивалась салфеткой, розовые щеки, глаза горели:

— Ах, как я люблю жизнь!

Он усмехался и давил «Беломор» в массивной пепельнице. Потом смотрел на нее долгим взглядом. Все понимал.

— Птичка божья, — вздыхал он и накидывал ей на плечи манто.

В 51-м Дантиста взяли. Взяли из дома, в воскресенье, в пять утра. При обыске нашли зубное золото. Томочка тихо скулила в углу. Сестра собирала узел — сменное белье, теплые кальсоны, носки. В восемь утра Томочка, прихватив все свои вещи, уехала к себе в Колокольный. Ночь спала тревожно, утром собралась и поехала на вокзал, шла торопливо, оглядываясь. Ехала она к тетке, сестре покойной матери, в деревню под Смоленском. Одинокая тетка, добрая душа, была ей рада. Все вздыхала и кряхтела, что тяжело тащить одной огород, хозяйство, хотя какое там хозяйство — три курицы да старый, облезлый петух. Изба темная, грязная — тетка почти слепая. Жили на теткину пенсию — хлеб, картошка, капуста. В 53-м Томочка засобиралась в Москву, вид у нее был не ах. Тетка плакала, целовала ее, она вырывалась — от тетки пахло погребом. Тетка просила ее не забывать. Томочка кивала, обещала выслать денег, как только сможет.

В Москве первым долгом сходила в парикмахерскую, сделала стрижку, укладку. Расплакалась, когда парикмахерша сказала, что пора закрашивать седину. Сделала маникюр, купила кремы — для рук, для лица. Проветрила шубу — не завелась ли моль. Отдала в починку ботики и босоножки. Вымыла окна, протерла портрет — и опять заплакала: «Ах, какая я на нем молоденькая и хорошенькая!»

Жить было не на что — все подарки Дантиста конфисковали при обыске. В воскресенье она поехала в Болшево. В половине Дантиста горел свет, она постучала в окно — вышла молодая высокая женщина. У Томочки замерло сердце — женился, женился, и это при живой-то жене! Но нет, женщина объяснила, что комнаты она снимает с мужем и двумя детьми, а знать ничего не знает и посоветовала постучать на половину к хозяйке. Так и сказала — к хозяйке. Видеть золовку совсем не хотелось, но деваться некуда — Томочка поднялась на шаткое крыльцо и постучала в дверь. Золовку она сразу не признала — на нее грозно смотрела седая, неопрятная, тучная старуха с палкой в руке. Обе, не сводя друг с друга глаз, молчали.

— Чего тебе? — спросила золовка.

— Вот, приехала, — пролепетала испуганно Томочка.

Золовка усмехнулась:

— Вижу, что приехала, и вижу, что выглядишь неплохо.

Опять замолчали.

— А как он, ваш брат? — тихо спросила она.

— Брат? — выкрикнула золовка. — Мне-то он брат, а тебе он кто? Может, забыла?

Томочка сжалась и испуганно заморгала.

— Чего явилась?! — Золовка почти перешла на крик.

— Да вещи кое-какие хотела забрать: тумбочку там, одежду, гитару... — оправдывалась Томочка.

— Вещи тебе? Какие тут твои вещи? Сбежала, как крыса, ни разу не объявилась, ничего не узнала, ни письма, ни передачи. Ты хоть бы сейчас спросила, где твой муж, а то — брат! — Женщина прислонилась к косяку и хрипло закашляла.

— Деньги, деньги еще, — бормотала Томочка. — Ведь были сберкнижки, а на них — деньги, я помню, я знаю, — повторяла она.

Сестра Дантиста выпрямилась, сделала шаг вперед и замахнулась на Томочку своей клюкой:

— Пошла отсюда, стерва, сволочь! Пошла с глаз долой! И попробуй приди еще сюда, зашибу насмерть, мне терять нечего, все потеряно. Муж твой в тюрьме повесился, а больше никого у меня нет!

Томочка опрометью бросилась к калитке. На станцию почти бежала.

— Старая сволочь, жирная гадина, и поделом тебе, поделом!

В электричке она совсем раскисла, хлюпала носом: нет, ну подумать только, какая гнусная баба. В чем обвиняла? В том, что Томочка хотела жить, жить. Просто жить, и больше ничего. Разве это преступление — хотеть жить? Сама прожила, как собака в конуре, только и знала, что такое керогаз и кастрюли, и ее, Томочку, хочет туда же. Дома она успокоилась, выпила молока с медом, чтобы уснуть. Уснула.

Надо было устраиваться на работу — жить было не на что. Хотелось поближе к дому и не на полный рабочий день. Повезло — устроилась в магазин «Ткани», в бухгалтерию. Директором был немолодой, лысый и толстый Соломон Матвеевич. Сошлась она с ним через три месяца. Пригласила к себе. Он пришел с цветами и шампанским. Был уже порядком увлечен. Называл ее куколкой.

— Хорошенькая ты! — восхищался он. — Так бы целый день на тебя и любовался.

Но любоваться было некогда — Директор был деловой человек. У него, конечно, имелась семья — жена, сын, внуки. Но Томочку он боготворил — говорил, что сбросил с ней десяток лет. И вправду, мужчиной он оказался крепким не по годам. Томочку баловал, но осторожно. Крупных подарков не делал, так — часики, духи, отрезы на платье. Иногда подбрасывал деньжат. Наученная жизнью, Томочка их не тратила — откладывала. Жизнью своей была вполне довольна — понимала, не девочка уже, а тут ухажер не из последних. Замуж не хотела — хватит, побывала, получила потом одни попреки и претензии. В общем, жизнь наладилась вполне сносная.

А в 60-м Директора накрыли с какими-то махинациями. Был открытый суд, довольно громкое показательное дело. Томочка дрожала как осиновый лист: мало ли документов она подписала, не особо вглядываясь. На суде Директор вину признал и все взял на себя. Томочка проходила как свидетель. Дали ему пять лет, с учетом возраста, болезней и чистосердечного признания. На суде Томочка увидела семью Директора — жену, сына и невестку. Они смотрели на нее с ненавистью. Директор сидел, опустив голову, похудевший и постаревший. Томочка заметила, что у него дрожат руки. Из магазина она, понятное дело, ушла — на место директора поставили злобную тетку с орденскими планками на черном пиджаке. Томочке она в тот же день сунула под нос заявление по собственному желанию. Та особо не пережива-

287

ла — деньги у нее, слава богу, были, можно было тянуть до пенсии.

Но не сложилось — в реформу 61-го сгорело все дочиста. От такого кошмара и расстройства Томочка заболела — в первый раз в жизни и так серьезно. Надевая бюстгальтер, нащупала твердый шарик под левой грудью — удлиненный, как сливовая косточка. Наутро побежала к врачу. Из больницы ее уже не отпустили. Вместе с опухолью заодно отняли всю грудь — прелестную, маленькую, совсем не увядшую Томочкину грудь.

Через месяц, выйдя из больницы, она подшила кусочки байки в правую чашечку бюстгальтера. В зеркало теперь на себя раздетую не смотрела — иначе сразу слезы, слезы. Такая фигура! Ножки, шея, руки — все сохранила, уберегла. И эта мерзость — выскоблено все до кости и ужасный лиловый шов. Дали инвалидность — копейки, конечно, еле сводила концы с концами. Пошла в булочную в соседний дом — сидела на кассе, завернувшись в серый пуховый платок, постоянно шмыгая носом — двери хлопали, открывались, и по ногам шел сквозняк. Обрезала старые валенки — под кассой не видно. Красила хной все еще густые волосы, губы — любимой красной помадой. Но себя не обманешь — видела в зеркале: усыхает, усыхает.

Теперь была одна радость — взять горячих бубликов и сайку с изюмом, и дома, вечером, со сладким чаем. С тоской смотрела на свой портрет — жизнь проскочила, пролетела. Хорошего в ней было — по пальцам пересчитаешь, а плохого на телегу не уложишь. Вскоре из булочной ушла, после воспаления легких, — от этих сквозняков никуда было не деться.

Однажды Томочка встала пораньше — обычно она любила поваляться часок в постели после сна. Вымыла голову, накрутила волосы на крупные бигуди, подщипала бровки, тщательно провела карандашиком помады по вытянутым трубочкой губам перед зеркалом, надела самый нарядный свитерок — светло-кремовый, с нежными розовыми розочками по декольте, только что отглаженную коричневую юбку-пятиклинку, новое пальто в крупную клетку (к пальто прилагался аналогичный беретик), взяла в руки замшевую сумочку с замком в виде плотного банта. Добрым словом помянула Директора, довольно оглядев себя в зеркало, почти с порога вернулась — ах, забыла — и подушилась любимыми духами «Белая сирень». На улице была ранняя весна — дневное солнце уже набрало свой обманный, короткий, почти летний жар, с крыш бойко рвалась частая капель, под ногами плавились оставшиеся после зимы редкие проплешины снега.

Томочка, глядя на яркое, синее небо, жмурилась от слепящего солнца и легко, словно девочка, перебирая стройными ножками, лихо обходила, почти перескакивала частые лужи. Она шла по самому краю тротуара, опасливо вглядываясь в висевшие на крышах частоколом сосульки. До нужного ей дома она добралась примерно за час. Дом был по-прежнему мрачен и монументален. Во дворе она слегка замешкалась и заметалась, боясь перепутать подъезд. Но нет, память у нее, слава богу, была прекрасная. И очень удобная — помнилось только то, что хотелось. Эту формулу она вывела для себя давно. К чему расстраиваться и вспоминать неприятности? Ни здоровья, ни красоты это не прибавляет. Плачешь, страдаешь, а толку? Расстроенные нервы, красные глаза, бессонная ночь. А жизнь-то одна. Другой не будет.

Она с трудом открыла чуть примерзшую дверь — парадное было с северной стороны — и вошла внутрь. Номер квартиры она помнила тоже прекрасно, хотя была там всего лишь однажды, поздно ночью, когда семья Руководителя отдыхала где-то на курорте, кажется, в Трускавце. Или в Ессентуках? Томочка на минуту задумалась и наморщила лоб. Дверь была все та же — массивная, деревянная, с потемневшей латунной ручкой. Она решительно нажала на кнопку звонка. Ей долго не открывали. «Неужели зря?» — огорченно подумала она и тут услышала звяканье дверной цепочки и звук открывающегося замка. На пороге стояла высокая худая старуха с лошадиным лицом, в старом, выношенном байковом халате. Она молча и внимательно посмотрела на нежданную гостью и наконец неласково спросила:

— Кого вам?

Томочка слегка растерялась, стушевалась, у нее запершило в горле, и она неловко произнесла:

— Послушайте, здесь жил...? — И она произнесла фамилию Руководителя.

Старуха молчала. Томочка нетерпеливо и настойчиво повторила:

— Жил, я вас спрашиваю.

— А кто ты такая, чтоб меня об этом спрашивать? — удивилась старуха.

— Поверьте, я имею к этому отношение, — горячо и убедительно заверила нелюбезную старуху настойчивая Томочка.

— Да? — Старуха вскинула бесцветные жидкие брови. — И какое же, интересно?

Тут Томочка совсем растерялась.

— Может, я могу пройти? — осторожно спросила она, оглядываясь на соседнюю дверь.

Старуха усмехнулась:

— Да ты не бойся, говори, зачем пришла.

— Видите ли, — бормотала Томочка, — дело личное, очень личное, даже, можно сказать, тайное. Все же будет лучше, если мы пройдем в квартиру.

Старуха посмотрела на нее тяжелым и пронзительным взглядом, а потом тихо сказала:

— А я ведь тебя узнала. Сразу узнала. Ты ведь с дочкой одно лицо. Лицо-то одно, только из нее человек получился, а не такая тварь, как ты.

Томочка задохнулась от неожиданности и обиды и даже отступила шаг назад от двери.

— Только не дочка она для тебя, поняла? — продолжала старуха. — Спустя почти тридцать лет явилась. Что, деньги нужны, старость подходит? Знаю я таких гадин, как ты!

— Что вы такое говорите! — лепетала Томочка. — Я просто пришла, просто, понимаете, ну, узнать, познакомиться. Что я, права не имею, по-вашему?

— А за двадцать восемь лет желания познакомиться не появлялось? — криво усмехнулась старуха. — О здоровье справиться, как живет дитя, как учится, что на завтрак ест? Как подымала я ее, когда ее отца в 39-м взяли без права переписки. Выжила ли в войну? Нет? В голову не приходило? Нет у тебя ни дочки, ни прав на нее. Ты ее в Дом малютки сдала и отказную подписала. И пошла отсюда, пока я милицию не вызвала, пошла вон, гадина. Из девочки человек получился, будь спокойна. И дорогу сюда забудь! Меня есть кому защитить — три зятя, внуки. Вон! — закричала она.

Томочка бросилась вниз по лестнице.

— Да что вы знаете о моей жизни? — крикнула она, сбежав на один пролет.

Дверь со стуком захлопнулась.

Томочка выскочила на улицу и громко разрыдалась. «Глупая, мерзкая баба, как он вообще мог прожить с ней столько лет», — думала возмущенная Томочка.

Добравшись до дома бегом, почти бегом, она сняла промокшие ботики, опустила ноги в таз с горячей водой — ах, не дай бог заболеть, у нее такие слабые легкие. Напилась горячего молока с медом — верное средство от расшалившихся нервов — и, укутавшись в одеяло, немного поворочавшись, все же уснула, шепча и уговаривая себя, что расстраиваться не стоит, ибо врач говорил, что все болезни от нервов, только от них. А болеть ей нельзя, никак нельзя, ведь даже стакан воды поднести некому. Она снова горько расплакалась, но вскоре, слава богу, уснула.

Через неделю в дверь раздались два коротких звонка. «Кого еще принесло?» — удивилась Томочка. На пороге стояла высокая некрасивая дама, впрочем, с породистым, крупным лицом, прекрасно одетая — Томочка тут же отметила и ее элегантную шляпку, и сумку в цвет, и мягкое шерстяное пальто, и тонкие лайковые перчатки. Дама щелчком открыла свою замечательную сумочку и быстрым движением достала широкий, плотный конверт из коричневой крафт-бумаги и, не снимая перчаток, протянула его Томочке.

— Надеюсь, вы нас больше не побеспокоите? — с усмешкой спросила дама, подняв левую четко прорисованную карандашом бровь.

Она шагнула к ступенькам, потом, слегка обернувшись, так, в четверть головы, бросила, высокомерно кивнув подбородком на конверт:

— Здесь, думаю, достаточно! — И деловым шагом стала спускаться вниз по лестнице, держась рукой за деревянные перила.

Растерянная, Томочка зашла в комнату и ножницами разрезала плотную бумагу. В конверте лежала изрядная сумма денег — она даже присвистнула от удивления.

* * *

Томочка прожила долгую жизнь, пережив многих, да почти всех, кто встретился на ее жизненном пути. Старожилы еще почти двадцать лет могли наблюдать, как каждый полдень — обязательно — на Патрики приходит пожилая, но все же прекрасно сохранившаяся худенькая женщина в пожелтевшей от времени каракулевой серой шубе, кокетливом меховом берете, с палочкой в руке. Идет она медленно, осторожно — так опасен перелом шейки бедра у хрупких женщин, — но тем не менее не тяжело. На все еще приятном лице вполне живые, темные, совсем не стариковские глаза, рот аккуратно подкрашен помадой цвета спелой вишни, и это по-прежнему ей идет. В руке у нее газета и французская булочка за семь копеек. Она аккуратно расстилает на скамейке газету, садится и начинает крошить булочку. К ее по-прежнему стройным ногам собирается стайка курлычущих голубей. Она разговаривает с ними, уверенная, что они ее узнают и, как ей кажется, ждут именно ее. Обманчивое мартовское солнце уже прилично припекает, и она, закрыв глаза, подставляет ему свое лицо. Она не думает ни о чем — голова ее свободна и пуста. Она не знает ничего ни о своей когда-то оставленной дочери — красавице и прекрасном, достойном человеке, хорошем, кстати, враче, ничего не знает о ее детях — своих кровных внуках: двух мальчиках-погодках, вымахавших под метр девяносто, умниках и балагурах, уже студентах. Она не вспоминает мужчин, так любивших ее когда-то и оставленных ею. Она не знает ни мук, ни раскаяния, ей непонятны угрызения совести и чувство долга. К старости она не завела ни собаку, ни даже кота, считая эту привязанность обременительной. Она по-прежнему живет в своей комнате, похожей на пенал, и по-прежнему на стене висит ее портрет — прекрасный, надо сказать, портрет, написанный талантливым человеком, одним из тех, кто любил ее когда-то.

Только портрет не стареет, а она, Томочка, увы, дряхлеет, дряхлеет, и это нельзя не признать. Чудес, описанных Оскаром Уайльдом, увы, не произошло. На портрете она по-прежнему молода и прекрасна. И это, пожалуй, единственное, что греет ей душу. Она блаженно прикрывает глаза под слегка дрожащими, увы, морщинистыми веками и засыпает со слабой улыбкой на все еще пухлых и мягких, представьте себе, губах. Засыпает навсегда. И падает ее маленькая рука в замшевой перчатке, вытертой до блеска, с остатками французской булочки. И крошки сыплются на пожелтевший и вытертый серый каракуль шубы, а ненасытные голуби недовольно и возмущенно курлычут у ее ног, и падает черная железная палка на землю. И никто не поднимает ее — все спешат по своим делам.

И голуби разлетаются, невысоко подняв над грешной землей свои ожиревшие тела. Завтра хлеба покрошит им кто-нибудь другой. И кто-то из прохожих мимолетом удивится, как мило спит аккуратная и симпатичная старушка. И хватится старый дворник-татарин только к вечеру, когда стемнеет, увидев ее в той же позе, с той же слабой улыбкой на лице, и вызовет милицию.

Жизнь наконец ей ответила взаимностью и послала легкую смерть. Ей-богу, смешно — легкая жизнь, легкая смерть. Впрочем, не стоит завидовать. В чем же она, право, виновата? Она ведь так искренне любила эту несправедливую жизнь. Бедная, бедная, одинокая Томочка. Бог ей судья!

А вы говорите, по делам нашим...

Победители

Тогда ей казалось, что она этого просто не переживет. Глупая, наивная девочка! Пережить пришлось еще много чего. О-го-го, сколько пришлось пережить. Потом она не раз удивлялась человеческим возможностям. А ведь ничего, и не то переживали.

Но тогда все это казалось невозможным, трагическим, непреодолимым. Катастрофой, бедой и даже горьким горем. Он улетал. Скорее всего — навсегда. Да-да, конечно, навсегда. Тогда все уезжали *навсегда*. А возможность встречи была мизерной, минимальной. Почти невозможной и невероятной. Но без веры в эту встречу вообще невозможно было бы жить.

Любовь накрыла их внезапно. Вроде знали друг друга не первый день — правда, так, шапочно. Привет — привет. Одна компания. У него свои дела, у нее, как водится, свои. А тут вдруг такое. Просто обвал, лавина. Торнадо, тайфун. Или смерч. Ну что там еще? Просто встретились однажды глазами, и понеслось...

До его отъезда оставалось полтора месяца. Полтора месяца до вселенской катастрофы. Полтора месяца до неизбежного одиночества. И все эти полтора месяца они ходили за руку — страшно было просто разжать ладони — и считали каждый день. Им становилось все страшнее. У него, конечно, перед отъездом куча дел. У нее — зимняя сессия. Первая. Завалишь — вылетишь из института.

Она ждала его у всех этих бесчисленных контор, где у него был ворох бумажных предотъездных дел. Он ее — у института. Полчаса, час разлуки — и они бросались друг к другу, словно не виделись сто или двести лет. Думать о будущем было страшно. Она — та еще оптимистка. Но, конечно, об этом самом будущем говорили. О детях, например. Спорили. Она хотела двух мальчиков и девочку. Он хотел трех девчонок. Такой вот чудак. Он рассказывал ей, что у них будет светлый дом в прекрасной стране. Большой и уютный. Возле дома будет обязательно зеленая лужайка и позади густой сосновый лес.

— А цветы? — уточняла она.

— Ну, это на твое усмотрение, — соглашался он.

— А когда? — все время спрашивала она.

— Не скоро. — Он был реалистом. — Но обязательно будет. Только для этого надо пережить то, что пережить положено.

— Я смогу. — Она была уверена, что сможет. А как же иначе. Просто без всего этого жизнь обнулилась бы и вообще потеряла всякий смысл. А денечки таяли, улетали. Они еще крепче держались за руки, и казалось, не было такой силы, которая могла бы их разомкнуть.

Он улетал в понедельник.

— Я не поеду в аэропорт, — сказала она. — Не сердись и не обижайся. Просто я не смогу с тобой прощаться.

Он кивнул и согласился. Ту, последнюю, ночь они совсем не спали. Говорили, говорили без конца. Строили свой дом, красили стены, спорили, как назовут детей. Смеялись. Плакали. Любили друг друга истово, как в последний раз. Она гладила его по лицу — хотела запомнить каждую черточку, все его выпуклости и впадинки. Он ловил ее руку и прижимал к своим глазам. Потом она плакала, а он утешал ее и горячо говорил, что лучше ее нет и не будет на всем белом свете. И что у них обязательно, непременно все это сложится — и белый большой дом, и зеленая лужайка, и три девчонки с ее, и только ее, глазами.

В аэропорт она, конечно, поехала. Народу была тьма. А они стояли и опять держали друг друга за руки. И ничего не видели вокруг. А счет времени уже шел на минуты. Объявили регистрацию. Она завыла в голос — по-простому, по-бабьи, и вцепилась в него. Подруга ей шепнула:

— Приди в себя. Здесь, между прочим, его мать.

Ее почти оторвали от него. Пришло время со всеми прощаться. Он обошел всех. Долго стоял молча, обнимая мать. Потом опять подошел к ней.

— Ну, держись, малыш. Ты у меня сильная. Все выдержишь. Ты точно из отряда храбрецов, да, малыш?

Она кивнула.

Он прошел таможенный досмотр. Обернулся, увидел ее глаза. И двинулся к стойке сдачи багажа. Еще пару минут — и он уйдет дальше. На паспортный контроль. И станет недосягаем, не виден. Последний взгляд. Он поднимает два пальца.

— Victory, малыш, — кричит он и уходит. Все.

Ее кто-то обнимает за плечи, кто-то выводит на улицу и дает прикуренную сигарету.

Ах, боже мой, аэропорт!
Какое воссоединенье пауз
И слез, и чьих-то голосов,
И мысли — что теперь осталось.

Дальше — ничего не будет. Ничего, кроме ожидания писем. Бесконечного ожидания. И беготни по десять раз к почтовому ящику. Но это все будет впереди.

А пока к ней подходит его мать.

— Я подвезу тебя, садись, — предлагает она.

Они садятся в видавшие виды зеленые «Жигули».

Долго молчат. А потом его мать говорит ей:

— Дурочка, ты вот думаешь сейчас, что твоя жизнь закончилась?

Она кивает.

— Глупая, у тебя столько еще впереди. Да что там — столько! У тебя все впереди. Вся жизнь. Ну не раскисай, слышишь?

Она кивает и ревет, как последняя дура.

— Господи, — качает головой его мать. — А что же мне тогда делать? Он мой единственный сын, между прочим. Мне тогда остается только застрелиться.

— Что вы понимаете? Я так люблю его, просто не представляю себе жизни без него.

— Дурочка. А обо мне ты подумала?

Она молчит. А его мать добавляет:

— Ну, родишь, поймешь. А пока — держись, девочка. Это, может быть, первое испытание в твоей жизни. Держись! И пиши ему только веселые письма. Ему там точно хуже и сложнее, чем нам.

Она почти обижается и думает, что никто, никто не может понять ее горя. Даже его умная мать.

Они потом даже подружатся, и она будет приезжать к ней в большую и мрачноватую квартиру на Смоленке, где все будет кричать о нем — и стены, и стулья, и чашки. И на серванте будет стоять его фотография в полный рост: длинные волосы, узкие джинсы, улыбка во весь рот. Она зайдет в его комнату и с закрытыми глазами, как слепая, станет трогать его книги, письменный стол, кровать и прижмет к лицу его клетчатую рубашку, оставленную впопыхах на стуле.

А потом, конечно, будут письма. Австрия, Италия. Рим, фонтан Треви, Колизей. «Итальянки красивые, малыш, но лучше тебя нет. Помню все. Шатаюсь по городу и думаю о нас с тобой. Держись, малыш. Мы справимся, вот увидишь!»

Она обстоятельно и подробно писала ему — сессия, зачеты, экзамены. Родители. Младший брат. Все о друзьях — общих и только ее. О том, что прочла и посмотрела в кино.

Дальше была Америка — и он захлебывался от впечатлений. Он был в восторге от этой страны и опять писал ей про дом с лужайкой и про то, что они увидят весь мир, родят детей и будут счастливы всю жизнь. Непременно.

Она много плакала, очень много. Писала тревожные и наивные стихи. Редко ходила на шумные сборища. Плохо спала ночами. Похудела, осунулась — правда, это ей шло. И еще появилась какая-то загадочность во взгляде.

Один раз он позвонил ей — коротенько, буквально на две минуты. Она опешила — не ожидала. Он кричал в трубку, что по-прежнему любит ее и что его воротит от всех баб и что лучше ее нет на свете.

«Сравнил наверняка», — усмехнулась она. Но не обиделась, нет.

А надо было уже на что-то решаться. На какие-то, между прочим, действия. А это было ох как непросто. Мать и отец, скорее всего, вылетели бы с работы. Бабушка, наверное, слегла бы и вряд ли поднялась. А младший брат? Вынянченный, выпестованный... А институт? Пятнадцать человек на место при поступлении — это так, к слову.

А он все восхищался Америкой — все гениально, все сделано и подогнано под людей. Писал, что работает в пиццерии — весь в муке, но это только начало, слышишь, малыш, только начало. Я обещаю тебе, что у нас будет то, о чем мы говорили. И ради этого я готов на все.

Она немножко оживала — так, по чуть-чуть. Годы брали свое. Нет, конечно же, она любила его с прежней силой. И так же ждала писем. Но к почтовому ящику уже бегала не пятнадцать раз в день, а только вечером. Друзья тормошили, звали в компании и... Она перестала пренебрегать приглашениями. Но! Никаких романов. Никаких! Честное слово. Он тоже стал писать чуть реже. Сначала — чуть. А потом просто реже.

Она хорошо запомнила *то* письмо. Так хорошо, что несколько лет могла повторить его наизусть. Казалось бы, это было просто еще одно письмо, как десятки до него — в узких, голубоватых и чуть хрустких конвертах: сначала все про дела и делишки, про учебу в университете — поступил, молодец, умница просто. А потом он написал, что ей надо решить все самой, и только самой. То есть это должен быть *ее* абсолютно осознанный выбор — в смысле смены декораций всей жизни и переезда в другую страну. Он писал очень правильно, умно, тонко и осторожно. Что мы знаем друг о друге, малыш? Ведь не только пуд соли не съели сообща, но даже и крупинку. Только карамельный период, когда глаза закрыты у всех и на все. Только самые нежные слова и самые сладкие поцелуи. А жизнь, между прочим, совместная жизнь — это трудности и препоны. Справимся или нет? Кто же знает. А если не получится, ну, не сложится если... Ты должна быть готова и к этому, и к самостоятельной жизни *здесь.*

Она все поняла. И даже не обиделась. Ей, стыдно признаться, стало легче. Даже просто совсем легко. Просто — камень с души. И глубокий вздох облегчения. Ведь было страшно *так* ломать свою жизнь — и не только свою, а всех своих близких. Да и вообще, при принятии судьбоносных решений не много героев. И она, как оказалось, тот еще герой. Пусть все считают наоборот, но она-то знает себе цену. А дальше он опять писал, что любит ее и что скучает, конечно, в общем, все как обычно. Но это уже не было так актуально.

Больше она ему не писала. Вслед тому письму он еще написал два последних — коротких и каких-то смущенных. Спрашивал, в чем дело. Грустно шутил, что она нашла ему замену. Но сам был умен — все понял.

А через год она вышла замуж. По любви, между прочим. Через два года родила сына, а еще через три — второго. Всяко, конечно, в их жизни бывало — но брак все же сложился. Крепкий, вполне дружественный, партнерский брак. Муж позволил ей сделать карьеру, и она всегда это помнила. К тому же отец он был чудесный — мальчишки его обожали. Купили квартиру, машину. Построили дачу. Ездили в отпуск. Она написала кандидатскую. Получала чуть больше мужа, но хватало ума расставить все грамотно, без обид. Домашнюю работу в основном делал муж, давая ей возможность писать вечерами в спальне свои доклады, рецензии, статьи. У него тоже хватило ума задвинуть свои амбиции и гордиться женой. За все эти годы они приспособились друг к другу, притерлись. Знали все выбоинки друг друга, все впадины, кочки и буераки. Словом, стали одним целым. Монолитом. Крепостью. Попробуйте, троньте! Фиг выйдет! Вместе мы — сила! У них правда была хорошая, крепкая семья.

На конференцию в Нью-Йорк она попала в самом начале нового столетия. Тогда все приурочивалось к гладкому и волнительному слову «миллениум». Нет, она много ездила и до того — вся Европа, Китай и даже Австралия. Ее статьи печатали крупнейшие научные журналы. Ее любили приглашать в президиумы, еще бы — совсем молодая женщина, известный ученый и к тому же еще и хороша собой. А вот в Америку попала тогда впервые.

Накануне в аэропорту она сильно подвернула ногу — дура, идиотка, надо же было выпендриться на двенадцатисантиметровых каблуках. Теперь придется мучиться, сама виновата. Поселили их на Манхэттене, на Парк-авеню, в Waldorf Astoria — отеле, где останавливаются президенты. После ужина, обязательного мероприятия, она, уставшая, с больной ногой, села в кресло под торшером, достала из сумки записную книжку и набрала его номер.

Конечно, у нее был его номер — столько общих знакомых. Она кое-что знала о нем, пунктиром — женился, развелся, опять женился, есть дочь. Карьера состоялась, хотя все от него ждали большего. Живет в пригороде, в своем доме, разумеется. У кого в Америке нет своего дома!

Он узнал ее сразу:

— Вика, ты?! Ты здесь, в городе! На сколько? Так мало? Господи, когда мы увидимся? — Он был смущен и точно — рад.

Она ответила, что завтра у нее свободный вечер. Только завтра, и то — пару часов. Она назвала ему свой отель, и он присвистнул:

— Ого! Ты даешь, девочка!

— Да брось, — ответила она. — Все эти понты уже не для нашего возраста.

Они посмеялись.

Вечером следующего дня, в восемь по Нью-Йорку, она вышла в холл отеля. Юбка, пиджак, лодочки на каблуках, ухоженное лицо, маникюр, прекрасная стрижка. Интересная, дорогая женщина сорока лет. Мать двоих детей. Известный ученый. В общем, жизнь удалась. Правда, слегка расстроилась, глядя в зеркало: и морщинки под глазами, и лишний вес — увы, увы. Узнали они друг друга сразу. Он поднялся из кресла и пошел ей навстречу. Она успокоилась: его тоже жизнь потрепала — и пузцо наметилось, и лысина просвечивает.

Он подошел к ней:

— Прекрасно выглядишь.

Она махнула рукой.

Они зашли в маленькое кафе — три столика справа от лобби. Заказали кофе и коньяк. Разговор не клеился. Она взяла инициативу в свои руки. Больше говорила сама — в основном о командировке, о своем докладе. Потом коротко — о детях, муже, родителях. Дача, квартира, машина. Отпуск в Греции. Вспомнили старых друзей и с удовольствием посплетничали.

— Ну а ты? — спросила она.

Он пожал плечами:

— Всяко бывало. Разно. Был бизнес — потерял. Потом поднялся, с большим, надо сказать, трудом. Первый брак оказался неудачным —

307

пробным, как говорят. Есть дочь. Прекрасная девочка, но чужая. Совсем чужая. Лет десять после этого был в свободном полете — осторожничал. Потом, слава богу, встретил хорошую девушку, американку. Большая умница, но иногда мы все же не понимаем друг друга. Слишком разная ментальность, как говорят сейчас. Да и разница в возрасте приличная. Купил дом в хорошем районе. Отдыхать люблю на Майами. Одним словом, жизнь удалась — жаловаться грех.

Она посмотрела на часы, и он перехватил ее взгляд:

— Торопишься?

— Не то чтобы очень, но завтра у меня доклад. Тяжелая неделя, да еще смена поясов — ночью совсем не спала, а днем как сонная муха.

Он предложил свои услуги — показать город, провести по магазинам.

— Что ты, — отмахнулась она. — Вся неделя расписана: завтрак, ужин, конференция, доклад. Всего один свободный день, да что там день — полдня, с обеда. У нас гид, машина — все покажут, всюду отвезут. Да и какие магазины — у нас же все есть. Все то же самое, что здесь. Может быть, только подороже.

Он улыбнулся:

— В это невозможно поверить.

— Что ты, — воодушевилась она. — А рестораны, кафе! Москва — красавица. Абсолютная Европа.

Он слушал и кивал. Она спросила:

— А приехать не хочешь?

— Нет. — Он грустно улыбнулся. — У меня там ничего не осталось, кроме воспоминаний. А они и так со мной. Вот так. С возрастом стал сентиментален, — попытался оправдаться он.

— Это нормально. Так у всех, — откликнулась она. Потом встала и протянула ему руку. Он покачал головой:

— Ну, ты, мать, даешь! — Шагнул к ней и обнял ее за плечи, чмокнул в щеку: — Ну, желаю тебе.

— Тебе тоже! — Она улыбнулась и провела рукой по его щеке.

Ночью опять не спалось. «Черт, хороша же я завтра буду!» Она зажгла свет, села на кровати, посмотрела на часы. Спать ей оставалось меньше шести часов. Она взяла телефон и набрала свой домашний номер. Трубку снял муж и удивился:

— Викусь, не спится?

— Не-а, совсем. Ну как вы там, как Лешка, как Сашка? Как управляетесь без мамаши?

Муж рассмеялся:

— Ну, мы люди привычные, нас пылесосом и борщом не испугаешь.

Потом он рассказывал ей про мальчишек — отметки, секция тхеквондо у старшего Лешки, бассейн у младшего Сашки. Что едят, как едят, мирно ли живут, какая погода в Москве.

— Как мама, как свекровь? Да, да, командировка удачная, завтра доклад, конечно, психую.

Еще сильно подвернула ногу — вот тебе итальянские туфли, каблуки двенадцать сантиметров, мать их. А завтра доклад — не в кроссовках же идти. — И она долго жаловалась ему, что она очень нервничает перед докладом: — Мне кажется, он сырой, да и с английским у меня, ты же знаешь, совсем не блестяще.

Муж успокаивал ее:

— Ты справишься, зайка, не психуй, справишься. Ты же у меня победительница!

— Ах, как ты в этом заблуждаешься! — грустно ответила она.

Потом они поболтали еще минут пять — так, ни о чем, — и муж сказал, что надо бежать на работу.

Хромая, она пошла в ванную, набрала холодной воды и опустила туда слегка опухшую ступню. Стало легче. Потом туго замотала ногу полотенцем, выпила снотворное и попыталась заснуть. Перед глазами стояла заснеженная Москва образца 80-го. Крупные снежинки кружили под фонарем в плавном и медленном вальсе. Отчаянно мерзли ноги и руки. Он снял с нее варежки и долго целовал и дышал на ее озябшие пальцы. Она смеялась и пела ему любимую песню:

Сашка, ты помнишь наши встречи
В приморском парке, на берегу?
Сашка, ты помнишь теплый вечер,
Весенний вечер, каштан в цвету?

310

А он уверенно говорил ей, что у них будет сто, нет, тысячи вечеров на море, под каштанами или пальмами — какая разница? Она плакала и соглашалась — действительно, какая разница.

И еще она вспомнила аэропорт, его последний прощальный взгляд и поднятые вверх пальцы — указательный и средний: Victory, малыш! Мы победим, мы выдержим! Victory — победа и ее имя, кстати. Не случайно, наверное. Ей негоже было проигрывать. Не по ранжиру. Впрочем, проигравшей она себя не считала. Она встала, подошла к окну и закурила.

Какая чушь — эта их прошлая жизнь. «Все это так далеко, что и помнится плохо, — врала она себе. — Короче, там, за горизонтом, там, за облаками. Там. Там-тарам. Там-тарам». Ничего этого уже и в помине нет. Как нет и той девочки с заплаканными глазами и опухшим носом. Девочки, верящей в светлое будущее. Теперь была жизнь. Здесь и сейчас. Полная компромиссов и жестких решений. Полная борьбы и схваток не на жизнь, а на смерть. А ничего, выстояла. Пережила. Переживет еще — о-го-го. Дай только, Господи, сил. Она справится. Утрет сопли — и будет жить дальше. Красивая. Сильная. Успешная. Мужнина жена. Мать двоих детей. И она не позволит себе раскиснуть — ни-ни. Такой опыт, господи. Не позволяй себя втянуть в душный омут воспоминаний. *Там* она уже давно расплатилась. По всем векселям.

Утром болела от снотворного тяжелая голова. Она вытащила из морозилки лед и протерла им лицо. Заказала кофе в номер — двойной эспрессо с сахаром и лимоном. Рассмотрела свою ногу — опухоль не спала, и появилась краснота. Она вздохнула и стала одеваться. Позвонил коллега и сказал, что через пятнадцать минут ее ждут в конференц-зале. Она надела белую шелковую блузку, нитку жемчуга на шею, узкую черную юбку, сунула ноги в ненавистные узкие лодочки — черный лак, узкий нос, высоченные каблуки. Триста долларов, между прочим. Скривилась от боли. Хромая, дошла до двери и открыла ее.

Так! Выпрямить спину, подобрать живот, грудь вперед, подбородок туда же, голову чуть откинуть, не забыть про улыбку. Да, и главное — не хромать. Победительницы не хромают. Будем обманывать людей дальше.

Она шла по мягкой ковровой дорожке к лифту и думала о том, что ей больше всего на свете хотелось бы послать всех к чертям собачьим и улететь домой. Помазать ногу фастумгелем, перебинтовать эластичным бинтом и лечь в свою кровать. А на тумбочке будет стоять чай с лимоном и лежать любимая книжка. И слушать, как за дверью устраивают разборки ее сыновья, а муж одергивает их: «Тише, мама отдыхает!»

«Ничего! — подумала она. — Неделя пролетит быстро».

Она вызвала лифт — он тотчас бесшумно распахнул свои двери, она зашла в него, нажала кнопку лобби, улыбнулась и посмотрела на себя в зеркало.

* * *

Он приехал домой, поставил машину в гараж и тихо прошел на кухню. Достал из холодильника початую бутылку водки — и залпом выпил стакан. Будить жену не стал и бросил подушку на диван в гостиной. Закрыл глаза, но даже водка не помогла — сна не было ни на минуту.

Он думал о том, что она будет в этом городе еще неделю. Целую неделю! И он наверняка не увидит больше ее, потому что звонить ей было бы невероятной глупостью — он это отлично понимал. Но знать, что она будет рядом — в часе езды от него — еще целую неделю! Да ладно, что там неделя — смешно. Вот жизнь пролетела — не успели оглянуться. А тут всего лишь неделя!

Промучившись еще часа полтора, он включил телевизор без звука и стал смотреть какой-то дурацкий старый фильм. Потом взял телефон и набрал номер дочери. В штате Калифорния, где она жила, сейчас был день.

— Hi, Vicky, — сказал он ей. — How are you?[1]

---

[1] Привет, Вики! Как ты? (*англ.*)

Дочь бодро отрапортовала и быстренько закруглилась — у нее были свои дела.

* * *

К обеду она вернулась в свой номер — у двери стояла корзина с розовыми лилиями. Она поставила цветы на журнальный столик и вытащила маленькую глянцевую карточку, прочла имя отправителя и усмехнулась — теперь его звали Алекс.

— Алекс, — повторила она вслух.

Потом посмотрела на часы, разделась и быстро пошла в душ. Долго стояла под прохладной водой и мурлыкала что-то себе под нос — доклад прошел успешно, и она осталась довольна собой. Через час ее ждала машина — предстояла экскурсия по городу, ну и магазины, естественно. Все равно с пустыми руками не приедешь — Америка все-таки. Хотя глупо опять что-то тащить — у нас же все это есть. Пусть даже дороже. Она раздвинула тяжелые плотные шторы и увидела прекрасный и великий незнакомый город. Надела джинсы и кроссовки — нога нестерпимо болела, — выпила таблетку болеутоляющего и опять успокоила себя, что неделя пролетит быстро, не успеешь оглянуться.

Да ладно, что там неделя — смешно. Вот жизнь пролетела — не успели оглянуться. А тут о чем говорить — какая-то неделя!

Содержание

Алик — прекрасный сын 7

Проще не бывает 52

Близкие люди 115

Легко на сердце 156

Негромкие люди 195

Поселок художников 218

Дорогая Валерия 245

Любовь к жизни 259

Победители 297

Литературно-художественное издание

Метлицкая Мария

НАША МАЛЕНЬКАЯ ЖИЗНЬ

Ответственный редактор *О. Аминова*
Литературный редактор *Е. Слуцкина*
Редактор *Ю. Раутборт*
Художественный редактор *П. Петров*
Технический редактор *О. Куликова*
Компьютерная верстка *С. Птицына*
Корректор *В. Назарова*

ООО «Издательство «Эксмо»
127299, Москва, ул. Клары Цеткин, д. 18/5. Тел. 411-68-86, 956-39-21.
Home page: **www.eksmo.ru**   E-mail: **info@eksmo.ru**

Өндіруші: Издательство «ЭКСМО»ЖШҚ, 127299, Мәскеу, Ресей, Клара Цеткин көш., үй 18/5.
Тел. 8 (495) 411-68-86, 8 (495) 956-39-21
Home page: www.eksmo.ru   E-mail: info@eksmo.ru
Тауар белгісі: «Эксмо»
Қазақстан Республикасында дистрибьютор және өнім бойынша арыз-талаптарды
қабылдаушының
өкілі «РДЦ-Алматы» ЖШС, Алматы қ., Домбровский көш., 3«а», литер Б, офис 1.
Тел.: 8(727) 2 51 59 89,90,91,92, факс: 8 (727) 251 58 12 вн. 107; E-mail: RDC-Almaty@eksmo.kz
Өнімнің жарамдылық мерзімі шектелмеген.
Сертификация туралы ақпарат сайтта: www.eksmo.ru.certification.

Сведения о подтверждении соответствия издания согласно
законодательству РФ о техническом регулировании можно
получить по адресу: http://eksmo.ru/certification/

Подписано в печать 18.06.2013. Формат 70×90 ¹/₃₂.
Гарнитура «Baskerville». Печать офсетная. Усл. печ. л. 11,67.
Доп. тираж I 5100 экз. Заказ 1446.

Отпечатано в ОАО «Можайский полиграфический комбинат».
143200, г. Можайск, ул. Мира, 93.
www.oaompk.ru, www.оаомпк.рф тел.: (495) 745-84-28, (49638) 20-685

ISBN 978-5-699-49693-8

9 785699 496938 >

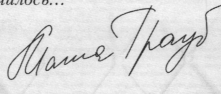

*В книгах я пишу о **чувстве**,
без которого у меня ничего бы не
получилось...*

Маша Трауб

МАША **ТРАУБ**

Любовная аритмия

**Приобрести иммунитет к любовной аритмии
так же невозможно, как и вылечиться от нее!**

2011-698